KB269253

푸른 진주

푸른 진주

양순석 소설

문이당

작가의 말

'모든 인간의 열정은 삶의 진보에 기여한다.'

미국 건축가 프랭크 로이드 라이트가 건축 의뢰인의 아내와 사랑에 빠져 조강지처와 여섯 자식을 버려둔 채 언론의 집중포화를 맞으며 유럽으로 잠적했던 사건에 대해 훗날 자서전에서 스스로 그때를 회고하며 단 한 줄의 문장으로 심경을 피력한 말이다.

도덕과 윤리를 넘어선 진실의 생명력이 놀랍다. 열정이야말로 인간의 삶을 앞으로 나아가게 하는 진실이 아닐까.

열정과 매혹에 사로잡혀 소설을 쓰던 시절을 지나 이제 나는 시간의 맨 얼굴과 면벽하듯 마주하고 있다. 시간과 나 사이엔 그 어떤 촉발 장치도 없다. 오로지 나, 그리고 시간이 있을 뿐이다. 내게 일상은 여전히 숭고하지만 한 줄의 글도 창조해 내지 못하는 시간은 공허하기만 하다.

그러므로 고통을 수반한 작업을 통해 굳이 이 책을 내려는 이유는 시간과 나 사이에 매개물, 혹은 영감이 절실히 필요했기 때문이라고 토로해야겠다.

　긴 세월을 두고 드문드문 발표했던 여덟 편의 소설에는 시간 속
에서 내가 안타까이 찾으려 했던 것이 일관되게 숨어 있다. 시간을
견디며 사유하고 상상한 작은 세계들이다. 일상을 복제한 세계 속
엔 이제는 사라진 청계천 육교가 아직 남아 있고 더 이상 사람들의
소통 수단이 되지 못하는 편지도 살아 있다. 여덟 편의 소설을 정리
하며 깨달은 사실은 오래전에 쓴 소설일수록 내 손길을 완강히 거
부한다는 것이다. 내 소설이 나의 나태를 뼈아프게 질타하고 나는
반성한다.

　흔적 없이 내 소설을 매만져 다시 한 권의 책을 갖게 해주신 문
이당에 감사의 마음을 전한다.

2007년 6월
양 순 석

실연(失戀)

1

한 여자가 내 집으로 들어왔다.

늦여름이었다.

나는 미닫이문을 활짝 열어젖힌 마루 끝에 앉아 바깥을 내다보고 있었다. 그 여자가 내 집에 들어서기까지 여름내 나는 마루 끝에 나앉아 그렇게 바깥을 내다보며 살았다. 아니 보다 정확히 말하자면 내가 보고 있었던 것은 바깥이 아니라 바깥으로 향하는 문이었다.

마루에 앉아 정면을 바라보자면 폭 좁은 마당을 사이에 둔 잿빛 담장이 시선을 가로막을 뿐이었다. 바깥으로 향하는 통로인 녹색 철 대문은 마루로부터 정면에서 오른쪽으로 시선이 비끼는 곳에 나 있었다.

유난히 무덥고 습한 여름내 나는 마루에 나와 살다시피 하며 망연히 녹색 철 대문을 바라보곤 하였다. 마루에서 마른 빨래를 개키거나 다림질을 하면서도 내 시선은 순간순간 일감에서 빠져나와 녹색 철 대문 쪽으로 향하곤 했다. 일거리 없이 우두커니 앉았을 때에는 아예 대문과 대각선을 이루는 마루의 벽에 기대어 앉아 맹렬히 대문에 시선을 꽂아 두곤 했다.

드나드는 이 없던 대문간을 뚫어져라 쳐다보며 누군가를 기다리기 시작한 것은 인근 부동산 소개소에 문간방 하나를 내놓은 다음부터였을 것이다. 그러나 내가 여름내 마루에 나와 앉아 기다린 대상은 단순한 세입자로서의 그 누군가는 분명 아니었다. 그러기에는 너무 오래 기다렸다.

비워 둔 방은 집의 오른쪽에 내달린, 대문과 일직선으로 마주 보이는 방이었다. 대문 쪽을 향해 방의 한 면을 거의 다 차지하는 커다란 남향 창이 나 있는 방이었다. 방은 아주 작았다. 세를 놓기 위해 그 방에 쌓아 두었던 안 쓰는 세간을 다 치우고 나니 저절로, 아 정말 작구나 하는 말이 입 밖으로 새 나오며 누구더러 들어와 살라기엔 너무 작지 않을까 망설여지기까지 했다.

아주 오래된 대추나무가 그 방의 창 앞에 서 있었다. 창 위로 훌쩍 솟은 대추나무는 마치 수호신처럼 그 작은 방 앞에 버티고 서서 햇빛도 바람도 저 먼저 맞은 후에 한 번 쓰다듬은 다음 창호지를 두드려 가만히 방 안에 들여놔 주곤 했다. 그래서 혼자 있기 딱 좋은 그 방에 누우면 방 안은 우물 속처럼 아늑하다가 때로는 바닷속처럼 무한정 광활하게 느껴지기도 했다. 여름날에 창을 열고 누워 있으면 높다란 대추나무가 낮은 천장을 뚫고 치솟아 오른 듯해서 공간의 협소함이 전혀 느껴지지 않았다.

작지만 특별한 내면을 가진 그 방의 새로운 주인을 쉽게 찾을 수 있을 것 같지는 않았다. 그러나 네 개의 방 중 세를 놓을 만한 것은 그 방밖에 없었다. 지나치게 작긴 해도 간이 부엌이 딸려 있는 방이었고 본채 마루와는 여닫이문을 통해 격리되어 있어서 그 문만 닫으면 세입자에게 독립성까지 부여해 줄 수 있었다.

여름내 그 방의 주인은 나타나지 않았다. 지루한 장마 탓이었다. 장마가 며칠씩 이어지는 나날, 나는 마루 끝에 걸터앉아 처마에서 수직으로 내리꽂혀 마당에 기다랗게 골을 파 놓는 사나운 장맛비를 구경하면서도 기다림을 버리진 않았다. 때로 처마 밑의 깊게 팬 땅엔 실개천이 흐르듯 빗물이 넘쳐흘렀다. 하늘이 온통 컴컴해지도록 퍼붓는 빗속에서도 나는 기다리고 있었다. 비를 피해 뛰어들지도 모를 방의 주인을.

마당 한 귀퉁이에 흙을 파서 깊숙이 묻어 두었던 구근에서 싹이 트고 줄기가 뻗어 나가더니 장마가 오기 전 6월, 피를 토하듯 붉은 칸나가 피어났다. 내 나이 마흔이 훌쩍 넘도록 그처럼 선연한 붉은 빛은 처음 보았고 나는 전율했다. 어두운 땅속에서 저 혼자 피어난 꽃이었다. 죽음을 뚫고 솟아난 순결한 생명의 빛깔이 있다면 바로 그 빛일 거라는 예감이 스쳐 지나갔다.

아마 그 직후였을 것이다. 특별한 내면을 지닌 방을 내놓고 누군가를, 무언가를 기다리기 시작한 것이. 땅을 뚫고 솟아오른 선혈 한 점이 오래도록 닫아걸었던 문의 빗장을 푼 것일까.

간간이 늙수그레한 부동산 중개인이 사람을 뒤에 달고 와서 방을 보고 가기도 했지만 그들 중에 내가 기다리던 방의 주인은 없었다. 그들은 방을 영 마음에 들어 하지 않는 눈치였고 혹 그쪽에서 원한다 하더라도 내가 기다리던 방의 임자는 아니었다.

지루한 장마가 걷히고 집 안에 볕이 들기 시작할 때 나는 빈방의 눅눅해진 창호지를 뜯어내고 풀을 쑤어 새하얀 한지를 발랐다. 그 방은 창호지만 새로 발라도 단박에 새 방으로 보일 만큼 방에 비해 유난히 창이 크게 나 있었다. 한지를 새로 바른 창문틀을 볕 잘 드는 마당 한 켠에 세워 두고 탄력을 주기 위해 분무기로 물을 내뿜었다. 그러다 장난삼아 분무기 대신 입 안 가득 물을 머금었다 뿜어 보았는데 그만 매끈한 격자 한 칸에 구멍이 뻥 뚫리고 말았다. 그 부분만 도려내고 땜질을 하자니 아침부터 정성을 바친 작업에 흠집을 내는 것 같아 영 내키지 않았다. 다 뜯어내고 새로 해야 하나 하고 있는데 담장 가에 막 피어나기 시작한 철 이른 코스모스가 눈에 들어왔다. 연분홍 여린 꽃잎을 따다가 망친 격자 한 칸을 땜질하고 그 위에 오종종 붙였다. 한지가 마르자 팽팽하게 당겨 붙은 순백의 창호지에 연분홍 꽃잎이 수줍은 듯 마알갛게 다시 피어났다.

새 창문을 끼우고 나는 방에 반듯이 누워 보았다. 가슴 밑바닥 어디선가 아늑한 설렘이 일렁이기 시작했다. 그 방은 흉한 상처가 아물고 이제 처음 돋아나기 시작한 연분홍의 새살과도 같은 순결한 빛으로 물들어 그 누구라도 품어 줄 듯했다.

지쳐 가는 여름날 오후에 그 여자가 내 집으로 들어섰다.

늘 그랬듯이 마루에 앉았다가 대문을 밀고 들어서는 그녀를 보았다. 그녀를 보는 순간 방의 주인이 찾아왔음을 나는 알았다.

스물다섯 남짓, 곧바로 그녀의 내부에 감춰진 무엇인가가 오래 기다려 온 내게 간절히 전해지는 것을 느꼈다.

그녀는 마루에 걸터앉아 손바닥에 꼭 말아 쥐고 있던 손수건을 펼쳐 이마와 콧등의 땀을 찍어 낸 후 마루 안쪽으로 시선을 돌렸다. 그런데 휘휘 옮겨 다니는 그 눈빛이 허공을 맴도는 듯 어디에도 가 닿지 않고 건성이었다.

「부동산에서 혼자 가보라고 약도를 그려 줬는데, 골목길이 많아 좀 헤맸어요. 오래된 집인가 봐요.」

「오래된 동네에 와서 새 집을 기대했어요?」

무심결에 내뱉고 보니 그녀에게 무안을 준 것 같아 마음이 편치 않은 데다 그녀가 일어나 나갈까 봐 불안하기까지 했다.

「방을 좀 볼 수 있을까요?」

다행히 펼쳤던 손수건을 다시 차곡차곡 접으며 그녀가 말했다. 마당을 빙 돌아 그녀를 방으로 데려갔다. 그녀는 방문 앞에 서서 볼 것도 없는 그 작은 방을 보고 또 보았다. 선뜻 방 안에 발을 들여놓지 못하는 그녀에게서 망설임이 읽혔다.

「너무 작지요? 짐이 없어서 그래요. 본래 방은 짐을 들여놔야 더 커 보이거든요.」

「그런 게 아니고, 창문이 너무 커서요. 너무 밝아요.」

그녀는 낭패한 얼굴로 여전히 방에 들어서지 못하고 머뭇거렸다. 그녀 대신 내가 방으로 들어섰다.

「그렇지도 않아요. 이 안쪽 창문은 창호지를 바른 문이라 맨유리 창하고는 달라요. 밝아도 되바라지게 밝지 않고 오히려 아늑하다니까요. 내가 이 방에 살아 봐서 잘 알아요. 그래도 정 밝은 게 싫으면 쓰던 커튼이 많으니까 하나 달아 드릴 수도 있어요.」

그제야 그녀는 문지방을 넘어 방으로 들어섰다. 오래 비어 있던 창 넓은 방이 그녀를 담담히 받아 주는 것 같았다.

그녀는 다음 날 바로 이사를 왔다. 어디서부터 달려왔는지 흙먼지를 뽀얗게 뒤집어쓴 용달차 한 대에 단출한 짐을 싣고 내 집 문 앞에 왔다. 도와주는 이 하나 없는 이사였다. 용달차 기사가 짐 덩어리들 몇 개를 마당에 휙휙 내려놓고 차를 몰아 떠나자 그녀는 별 서두르는 기색도 없이 그것들을 하나씩 방으로 옮겨 갔다. 끌고 온 짐에 아무런 애착도 없어 보였다.

불현듯 그녀를 받아들인 내 자신이 두려워졌다. 처음 보는 순간 그녀를 붙잡아 둬야 할 것만 같은, 여름내 기다려 온 누군가가 바로 그녀일 것만 같은 직감에 사로잡혀 버린 나 자신을 어떻게 설명할 수 있을까. 그 방에 들 수 있는 사람에 대한 선택권을 쥐고서 내가 고르려 했던 사람이 과연 그녀였을까.

혼자 사는 여자면 좋겠어요.

부동산 소개소에 그렇게 조건을 달아 놓고서 정작 늙수그레한 중개인이 데려왔던 혼자인 여자들을 나는 은근히 물리쳤었다. 그들은 내가 기다린 누군가가 아니었다. 치명적일 만큼 어떤 직감에 의존한 기다림이었다.

그러나 그녀를 보는 순간 섬광처럼 깨달음이 왔다. 내가 기다린 것은 그녀가 아니라 그녀에게 내포되어 있는 그것이라는.

2

그가 떠났어요.

그날, 안 보는 사이 좀 수척해진 듯한 그는 흰 셔츠 왼쪽 가슴께에 끝을 V자로 도려낸 검은 리본을 달고 나타나서 말했지요.

오늘 저녁 비행기야.

귓가에 그의 말이 날아와 앉을 때에도 내 눈은 집요하게 그의 가슴께에 매달린 검은 리본을 향해 있었어요. 그것은 그의 언어보다 먼저 내게 던져져 그와의 마지막을 보여 주기 위한 상장(喪章) 같았다고 할까요.

주말이면 우리가 만나곤 하던 길모퉁이에 위치한 찻집에서였어요. 이미 예견했던 순간이었지만, 그가 그 말을 했을 때 탁자 하나를 사이에 둔 그와의 거리가 비현실적으로 아득히 물러나고 있는 거예요. 우리는 찻집에 마주 앉아 더 이상 대화를 이어 가지 못했어요. 전에도 우리는 그 찻집에서 별로 이야기를 나눈 기억이 없긴 해요. 그곳은 우리가 다른 곳으로 함께 가기 위해 잠시 거쳐 가는 장소였을 뿐 그 이상의 아무런 의미도 없는 곳이었거든요. 우리는 그곳에서 만나자마자 곧바로 자리를 뜨곤 했었죠. 만나기 무섭게 우리가 그곳을 나가 향했던 곳은 예성장이란 곳이었어요. 그 찻집은 예성장으로 들어가는 길목에 있었지요. 그도 나도 그저 '거기'라고만 했을 뿐 그 찻집의 이름조차 불러 주지 않았어요.

그런데 이제 와 생각해 보니 우리가 서로를 기다리며 앉아 있곤 하던 짧은 시간의 그 장소에는 어쩌면 우리의 모든 것이 응축되어 있지 않았을까 싶네요. 서로를 향해 온몸의 세포를 활짝 열어 놓고 기다리던 그 간절했던 시간들 말이에요.

검은 리본을 가슴에 달고 나타난 그가 자신이 타고 아주 떠나갈 비행기의 출발 시각을 말한 그날, 우리는 처음으로 거기에 오래 앉아 있었어요. 이제 다시 찾지 않게 될 그곳은 마지막 순간의 기억만으로 비로소 우리에게 의미를 얻게 되었고 아마도 우리가 함께 했던 숱한 추억의 장소를 제치고 내게 깊숙이 각인되어 끝끝내 지워지지 않을지도 모르겠어요.

언제나 함께해 왔던 우리만의 익숙한 시간과 장소에서 일순 그 모든 것이 낯설어지더군요. 무슨 말을 해야 할지, 어떤 몸짓과 표정을 지어야 할지, 언제 일어나 가야 할지, 그 모든 게 너무도 막막하고 낯설기만 했어요. 유행가 가사처럼 사랑이 떠나고 나니 세상도 끝인 것 같더군요.

오랜 침묵이 흘렀지만 어쩌면 아주 짧은 시간이 지났을 뿐인지도 모를 일이에요. 시간에 대한 감각을 잃고 있었으니까요. 우리의 과거가 시간의 그물을 빠져나가 마구 뒤엉키다 또 해체되어 가는 거 같았어요. 기쁨과 함께 슬픔과 고통이 따라 흐르던 생의 물길이 돌연 끊기는 순간 나는 기이한 상태에 빠져 들었고 나를 그 지경에 이르게 한 그를 앞에 두고도 그를 의식할 수 없어진 거예요.

세상을 끝나게 한 사람이, 그리고 이 기괴한 시간에서 나를 구해 줄 유일한 사람이 바로 내 앞에 있었지만 이상하게도 나를 살려 달라고, 제발 이 혼돈을 평정해 달라고, 물길을 다시 터달라고 말해 보지 못했어요. 그는 내게 이미 예전의 그가 아니었나 봐요.

나가자.

그가 먼저 자리에서 일어서며 말했어요. 우리는 찻집 계단을 내려갔어요. 그가 좁고 컴컴한 나무 계단을 앞장서 한 발짝씩 내려갈 때마다 전에는 들리지 않던 삐거덕거리는 소리가 들려왔고 거기에 맞춰 익숙한 그의 체취가 내 코끝을 파고들었어요. 그가 곧 내게서 떠날 것이라는 현실이 아직 몽환에 빠져 있는 나를 아프게 공략하는 것 같았죠. 계단을 다 내려가 바깥으로 나오자 놀랍게도 그가 예성장을 향해 성큼성큼 걸어가고 있지 않겠어요. 발걸음의 관성이었을까요. 그가 멈춰 서서 뒤돌아볼 때까지 나는 찻집 앞 길모퉁이에 그대로 붙박여 있었어요. 내 시선이 자연스럽게 그의 왼편 가슴에 매달린 검은 리본에 날아가 꽂히더군요. 그는 왜 검은 리본을 달고 나타난 것일까 또다시 궁금했어요. 우리가 함께했던 날들에 조종을 고하기라도 하는 표시인가.

그는 반쯤 몸을 돌려 나를 향해 서 있었고 나는 시선을 그의 가슴께에 매달린 검은 리본에 둔 채 그의 얼굴을 외면하고 있었어요. 아니, 마지막 순간까지 그가 내게서 원하고 있는 것을 외면하고 싶었던 건지도 모르지요. 어쩌면 그는 감당키 힘든 내 시선을 피하기 위해 검은 리본을 달고 나타난 것이 아닐까 하는 엉뚱한 생각까지 들었어요. 그러니까 그때까지도 나는 그의 얼굴을 전혀 마주하지 않고 있었던 거지요. 그는 그때까지도 내 시선으로부터 놓여나 있었던 거예요.

그와 나 사이의 몇 발짝 거리에는 이제 그 무엇도 남아 있지 않은 것처럼 느껴졌어요. 성마르게 보채는 그의 그림자만 너울대고 있을 뿐이었지요. 나는 그의 그림자를 따라가서 내 몸을 맡기는 수밖에 없었어요. 그의 입김은 불을 뿜어내듯 뜨겁고 몸짓은 그 어느 때보다 격렬했지만 가슴 한복판에서 결빙이 시작된 내 몸은 점점 손끝 발끝으로 서늘한 기운이 퍼져 나가면서 얼어붙어 버리더군요. 거짓말처럼.

너 우니?

그가 내 눈물을 핥으며 말했어요.

울지 마, 바보야.

옷을 차근차근 다 찾아 입고 나서야 비로소 그의 얼굴을 바라볼 수 있었어요. 그날의 처음이자 그리고 영영 마지막이 될, 침대 위에 널브러진 그를 자세히 보았어요. 땀으로 머리칼이 뒤엉킨 그의 얼굴은 천진한 어린아이처럼 해맑아 보였어요. 우리가 함께했던 숱한 시간의 짐을 내려놓은 얼굴이었다고 할까요. 그 얼굴을 보자 이제 더 이상 그와 함께할 수 없으리라는 죽음과도 같은 상실감이 무섭게 나를 덮쳐 오더군요. 나는 침대 위에 널브러져 눈을 감고 있는 그에게 셔츠를 들어 보이며 물었어요.

이 리본 왜 달았어요?

그가 눈을 뜨고 바라보더니 입술을 일그러뜨리며 소리 없이 웃음을 짓는 거예요.

오늘, 현충일이잖아.

그랬었구나.

나는 백을 메고 일어섰어요. 그가 당황한 표정으로 벗은 몸을 화들짝 일으키더니 말을 더듬거리더군요.

너, 너, 왜 그래?

당신보다 먼저 가려구.

왜, 왜?

왜냐구? 세상이 끝났는데 나도 좀 달라져야 하지 않겠어요?

그를 혼자 두고 예성장을 빠져나온 건 그때가 처음이었어요. 예성장에서 우리가 늘 만나던 그 찻집까지 인적이라곤 없는 적요로운 한낮의 길 위를 뛰다시피 걷는 내 발소리에 쿵쿵 가슴까지 울리고 있었어요.

그에게 버림받은 나는 외려 그를 떼어 내는 다급한 심정이 되어 방향 없이 차에 몸을 싣고 어디로든 자꾸 도망치고 싶었어요. 이상하게도 그 순간엔 그저 그에게 다시 붙들리고 싶지 않은 마음뿐이었어요. 차창을 내다보며 한참을 달리다 아무 생각 없이 낯선 곳에 내려 또 마냥 길을 걸었지 뭐예요. 걷다 보니 길가에 잔뜩 꽃을 내다 놓은 꽃집 앞에서 나도 모르게 발걸음이 멈춰지더군요. 안개, 장미, 국화, 스타치스, 한 다발씩 사 안은 것이 한 아름이나 되었어요. 고를 겨를도 없이 황망히 꽃을 사서 짓누르듯 안으니 서늘한 가슴이 조금 진정되는 것 같지 뭐예요. 가슴 한가득 꽃을 안고 다시 또 정처 없이 걷는데 빗방울이 꽃잎에 날아들기 시작했어요. 버스 안에서 들었던 기상 예보가 맞았어요. 예년보다 이른 장마가 시작될 거라고 했거든요. 기상 캐스터는 예년에 비해 장마가 일찍 찾아와 늦게 물러날 것 같다며 각별히 대비할 것을 강조하더군요. 빗방울이 후둑후둑 여린 꽃잎을 적셨어요. 꽃을 안고 힘껏 뛰었어요. 제대로 포장도 하지 않고 덥석 끌어안은 꽃들이라 뛰는 동안 목이 꺾이고 더러는 밑으로 빠져나가기도 하는 것 같았어요. 뛰면 뛸수록 점점 꽃다발이 헐거워지는 것 같더군요. 흠뻑 비에 젖어 눈에 띄는 일식집으로 들어갔어요. 스탠드에 앉아 뜨거운 국물을 주문하자 따스해 보이는 노란 불빛 아래에서 정갈한 흰 모자를 쓴 조리사가 장국을 내주며 말하는 거예요.

국립묘지에 가시나 봅니다.

그 말을 듣고 내려다보니 기이하게도 꽃다발 중에서 빨간 장미 다발만 고스란히 빠져 있지 뭐예요.

현충일이라 그런지 국립묘지 가시는 손님이 아침부터 몇 분 계시네요. 이렇게 비가 쏟아져서 제대로 참배나 하시겠습니까?

그 사람이 물수건을 나무 접시에 받쳐 내오며 친절하게 덧붙인 말이었어요.

국립묘지가 있는 동네까지 와버린 걸 그제야 알아챘어요.

죽은 자에게 꽃을 바칠 수 있는 여자가 된다면 더없이 행복할 것 같은 순간이었어요.

3

대추나무에 열매가 영글기 시작했다.

연녹색 열매들이 가지 끝에 돋아나면서 나무는 집 마당의 주인
으로 우뚝 그 아름다움이 빛났다. 담장을 껑충 뛰어넘도록 키가 크
고 가지가 무성하면서도 그런 까닭에 곧잘 잊힌 채로 있다가 가을
이면 자신의 존재를 드높고 아름답게 드러내는 나무였다. 짙은 녹
색의 우거진 잎 사이사이로 은은히 빛나는 진주 알갱이 같은 연녹
색 열매들이 살짝살짝 모습을 드러낼 때쯤이면 대추나무의 생명력
은 집 안팎의 누추하기 이를 데 없는 것들을 일시에 압도하였고,
그 아름다움에 놀라움을 보태어 하루하루 폭발하듯 열매를 키워
나갔다.

나는 그녀가 커튼을 걷고 창 앞에 우뚝 선 그 아름다운 나무를
보아 주길 그녀의 창 앞에서 간절히 기다렸다.

내 집에 온 그날부터 그녀의 넓은 창엔 두꺼운 커튼이 드리워졌
다. 그녀의 요청으로 이사하는 날 바로 내가 달아 준 것이었다. 그
녀는 그날부터 마치 장막 저편에서 아직 준비가 덜 끝난 배우처럼
그 모습을 드러내려 하지 않았다.

어둠이 채 걷히지 않은 새벽녘 신문이나 우유를 집으러 대문간
으로 나가다 으레 엿보게 되는 장막 틈새의 흐린 불빛. 때로 숨죽
인 흐느낌마저 엿들을 때면 나는 내가 그녀를 고통 속으로 몰아넣
은 것만 같아 날이 밝도록 창 앞에서 함께 숨죽이고 벌을 서기도
했다. 내가 그 고통을 불러들인 것이다. 내가 원한 것은 그녀가 아
니라 그녀의 고통이었다. 그녀는 줄곧 내 마음 깊은 곳에서부터 손

짓하여 불러들인 애처로운 영혼임에 틀림없었다.

대추 열매가 서서히 자줏빛으로 물들어 갈 때 나는 의식을 치르듯 장막에 가려진 그녀의 창을 조심스레 두드렸다. 한참 후에 창호지문이 열리더니 커튼 한 귀퉁이가 세모꼴로 접히며 그녀의 얼굴이 유리창 안쪽에 나타났다. 문을 열어 보라고 손짓을 보내자 암갈색 커튼을 망토처럼 뒤집어쓴 그녀가 창호지 바깥의 덧유리창을 열고 얼굴을 내밀었다. 마당 가득 넘실대는 가을 햇살에 드러난 그녀의 얼굴이 흡사 종잇장 같았다. 눈이 시린 듯 손으로 차양을 만들어 밖으로 얼굴을 내민 그녀의 가느다란 목엔 푸릇푸릇 핏줄이 도드라졌다. 어깨를 덮어 내린 굵은 웨이브의 검은 머리채가 그녀의 목선을 타고 출렁거렸다.

「왜 그러세요?」

창밖에 선 나를 내려다보며 그녀가 경계의 눈빛으로 물었다. 핏발 선 눈이 애처로웠다.

「바쁘지 않으면 나 좀 도와줄래요?」

「무슨?」

「오늘 대추나무를 털려구.」

「대추나무요? 어딨어요?」

그녀가 대문 밖으로 시선을 옮기며 물었다.

「여기 있잖아.」

내가 그녀 바로 앞의 나무 기둥을 손으로 짚어 보이며 말하자 그녀는 신기한 듯 손을 내밀어 대추나무 기둥을 쓰다듬었다.

「아, 대추나무 처음 봐요.」

그녀는 커튼을 젖히고 창밖으로 상체를 내밀어 나무를 올려다보았다. 그러느라 종잇장 같던 얼굴에 핏기가 돌았다.

「나와서 봐요, 대추가 얼마나 많이 열렸다구. 작년엔 시원찮더니 올핸 엄청 따겠어.」

그녀는 굽슬굽슬한 머리카락을 손수건으로 동여매고 나왔다. 나는 플라스틱 바구니를 있는 대로 마당에 내다 놓은 뒤 사다리를 타고 대추나무로 올라갔다. 올라간 내게 그녀가 장대를 건네주었다. 장대로 가지들을 흔들자 잘 영근 대추 알들이 후드득후드득 마당으로 쏟아졌다. 그녀는 장막 속에 숨어 있던 사람답지 않게 떨어져 내리는 대추를 향해 바구니를 치켜들고 날렵하게 몸을 날리거나 마당에 떨어진 대추를 잽싸게 주워 바구니에 담았다. 우리는 오후 내 번갈아 대추나무를 오르내리며 대추 수확에 바빴다. 그녀가 나무에 올라가 가지를 흔들어 댈 때면 나뭇잎이 서로 부딪치면서 우르르 바람 소리를 냈고 그 사이로 그녀의 웃음이 새소리처럼 묻어 나다가 뒤이어 탐스런 대추 열매가 후드득 떨어져 내렸다. 나는 나무 아래에 바짝 붙어 서 있다가 우르르 나뭇잎이 흔들리기 시작하면 열매가 쏟아지기 전에 얼른 그녀의 웃음소리를 들을 수 있을까 나무 위로 귀를 곧추세우곤 했다. 나무에서 내려올 때 그녀의 얼굴은 발갛게 달아올라 있었다.

우리는 마루에 앉아 거둬들인 맏물 대추를 맛보았다. 다디달았다. 그녀는 쉬지 않고 대추를 깨물어 먹으며 말했다.

「이렇게 맛있는 거 처음 먹어 봐요.」

「원래 대추를 보고도 먹지 않으면 늙는다는 말이 있잖아. 그만큼 몸에 좋다는 거겠지.」

「그런 말이 있어요?」

그녀는 그녀 앞에 놓였던 수북한 대추를 거의 다 먹어 치웠다. 마치 허기진 여자처럼 아귀아귀, 그러나 참 맛있게 그것을 먹었다. 그동안 그녀의 방에 딸린 간이 부엌에서 취사의 흔적을 찾아볼 수 없었던 나는 무서운 기세로 대추를 먹어 치우는 그녀를 보자 기이한 느낌마저 들었다.

「마루에 잔뜩 있으니까 언제든 갖다 먹어.」

「그래도 돼요?」

「그럼, 우리가 같이 거둔 건데.」

그녀의 눈이 아이처럼 반짝 빛났다. 어느새 흰자위에 퍼져 있던 핏기가 깨끗이 씻긴 맑은 눈이었다.

그날 이후 그녀의 조그만 부엌에서는 고소한 냄새가 넘쳐 나기 시작했다. 그녀의 창은 여전히 닫힌 채였지만 움푹 꺼진 작은 부엌은 개방되었다. 나는 마당을 빙 돌아 그녀의 부엌으로 가서 쪽문을 열곤 했다. 사람 몸 하나 돌리기도 여의찮은 협소한 공간이었다.

그녀는 휴대용 버너를 피워 놓고 쭈그려 앉아 뭔가를 요리해 땀까지 흘리며 먹고 있다가 부엌 입구에 서서 물끄러미 바라보는 내 눈길과 마주치면 비행을 들킨 소녀처럼 어색한 미소를 지어 보였다. 변변한 취사도구도 없는 부엌에서 식탐에 빠져 있는 그녀를 보노라면 왠지 울컥 슬픔이 치받치곤 했다. 그녀 안에 깃든 거역할 수 없는 생명력이, 고통을 타고 넘는 그 식탐이 가여웠다.

「그날 대추를 먹은 다음부터 왜 이렇게 식욕이 솟구치는지 모르겠어요. 그전에는 물도 못 마실 만큼 식욕이 통 없었거든요. 요새는 잠을 자면서도 먹는 생각만 난다니까요.」

입 안의 것을 씹느라 볼을 오물거리는 그녀의 표정이 내 눈엔 처연해 보였다.

「홑몸이 아닌 것 같은데?」

그녀는 제 몸의 변화도 알아차리지 못하고 있었던 걸까. 탐욕스레 입으로 가져가던 젓가락을 맥없이 부엌 바닥에 떨어뜨렸다.

4

그 사람을 만나기 전까지는 늘 혼자였어요.

외갓집에서 자랐지요. 기억의 처음은 늘 다섯 살 때쯤으로 거슬러 올라가요. 학교에 들어가기 훨씬 전이었으니까 아마 내 기억이 맞을 거예요. 외갓집은 천변에 있었던 것 같아요. 나무로 지은 이층집이었어요. 다섯 살 아이는 주로 그 집 2층에 혼자 있었어요.

그 2층 방에 누워서요.

아팠었냐구요? 아뇨, 아프진 않았어요. 엎드려 누워서 방바닥에 귀를 대면 아래층의 소리가 더 잘 들렸거든요. 이모와 삼촌이 여럿 있었어요. 학교에 다니거나 일하러 나가는 그들은 집에 돌아오면 늘 소란스러웠어요. 웃고 떠들고 악을 쓰며 싸우기도 많이 싸웠어요. 하루도 조용할 날이 없었어요. 그런데 나는 너무 심심해서 그 소리 듣는 게 재미있었던가 봐요. 그 소리를 듣느라 누워서 바닥에 귀를 붙이고 살았어요. 그들이 웃으면 엎드려서 같이 웃고 그들이 소리 지르며 싸우기라도 하면 난 무서워서 엎드린 몸을 오그라뜨리면서도 귀를 떼지는 않았어요.

그렇게 늘 혼자였어요. 다섯 살 아이는 외갓집의 2층 방에서 혼자 오후 4시를 맞곤 했어요. 어떻게 시간까지 정확히 기억하느냐구요? 아래층에서는 오후 4시면 어김없이 라디오 소리가 들려왔거든요. 그것도 아주 크게요. 이모나 삼촌들이 즐겨 듣는 음악 프로 시간이었던 것 같아요. 라디오에서 4시를 알리는 시보가 뚜우뚜우 울리고 나면 곧바로 그 음악, 아마 시그널 뮤직이었겠죠, 그 음악이 흘러나오곤 했어요. 매일매일 오후 4시 시보와 함께 그 음악을 들었어요. 다섯 살 아이를 변함없이 잊지 않고 매일 방문해 주는 건 세상에서 오직 오후 4시의 그 음악뿐이었죠. 친구 같았어요. 아주 경쾌한 멜로디였어요. 혼자 있을 때 그 멜로디를 흥얼거리면 훨씬 덜 심심했어요. 지금도 내 입에서 그 멜로디가 뱅뱅 도네요. 한

번 들어 보실래요?

귀에 익다구요? 그렇죠? 언젠가 우연히 라디오 음악 프로에서 그 음악이 흘러나오는 걸 들은 적이 있어요. 진행자의 멘트를 놓쳐서 곡목을 외워 두진 못했지만 어린 날 내 귀를 맴돌던 그 음악을 어른이 되어 실제로 들으니 참 신기하게 느껴지더군요. 아마 사람들이 즐겨 듣는 올드 팝 몇 소절쯤이 아니었을까 싶어요. 반주에 휘파람 소리까지 섞인 그 경쾌한 가락이 어린 내겐 왠지 슬프게 들리곤 했어요. 글쎄, 말해 놓고 보니까 슬펐다는 표현은 좀 그렇네요. 어린애가 슬픔이 뭔지나 알았으려구요. 그저 뭐랄까, 그 음악은 해가 지기 시작하는 오후 4시만 되면 세상에서 나 혼자 어둑한 2층 방에 엎드려 있다는 사실을 마음속에 반복해서 새겨 주는 그런 시그널 뮤직 같은 거 아니었을까요.

그 음악이 흘러나올 때가 되면 아래층은 모처럼 조용해지곤 했어요. 음악 방송에 귀를 기울이느라 그랬겠죠. 가사를 받아 적기도 하면서 말이에요. 저는 뚜우, 하고 시보가 울리면 친구 같은 그 시그널 뮤직만 듣고 나서 몸을 일으켜 낮은 창밖을 내다보곤 했어요. 앉아서도 턱이 닿는 낮은 창이었어요. 창으로는 늘 하천과 둑방이 보였구요. 하천은 지는 해를 받아 반짝거렸고 둑방은 어디론가 멀리 뻗어 있었어요. 창에 턱을 괸 채 길고 긴 둑방의 끝을 보려고 자주 손으로 눈을 비볐을 거예요.

네? 2층이 아닌 것 같다구요? 왜요? 왜 그런 추측을 하시는 거죠? 다락방이었을 거라니요? 옛날 집엔 거의 다락방이 있었어요? 분명히 계단이 있었는걸요. 네? 계단을 통해 올라가는 방처럼 쓰이는 다락이 흔했다구요? 나무 계단, 맞아요. 방을 통해 올라갔던 것 같기도 해요. 분명하다구요? 듣고 보니까 그럴지도 모르겠네요. 아, 생각해 보니까 정말 그럴 것 같네요. 그때 난 너무 어렸으니까, 몸이 아주 작았으니까 내 몸을 기준으로 다 생각했을 테죠. 다섯 살 아이가 몇 개의 나무 계단을 밟고 올라가면 드넓은 방이 거기 있었어요. 그래요, 천장은 높지 않았어요. 그 말씀이 틀림없는 것 같네요. 왜 여태껏 그런 생각을 못했을까요. 왜 난 지금까지 다섯 살짜리 눈과 몸으로 세상을 보고 있는 걸까요. 그러니까 다섯 살의 나는 늘 외갓집 다락방에 혼자 있었던 거네요.

엄마, 아버지요?

그건 정말 기억이 안 나요. 그보다 더 전의 일일 테니까요. 으음, 무언지 모를 장면 하나가 기억 속에 남아 있긴 하지만요. 딱 한 번 보았을 뿐인 광경인데도 지워지지 않는 그런 지독한 기억 말이에요. 외갓집 식구들은 내게 이런 기억이 남아 있는 줄 아무도 몰라요. 그래서 난 그것이 혹 꿈속의 한 장면이 아니었을까 의심이 들 때도 있긴 해요. 내가 내 기억을 못 믿을 것 같기도 하고. 아, 잘 모르겠어요.

두 사람이 싸운 것 같았어요. 서로 방 양쪽 모퉁이에서 대각선으

로 마주 보고 있었어요. 엄마 손엔 가위가 들려 있었어요. 가위를
쫙 벌려서 이렇게 가운데를 잡고 있었어요. 그러니까 엄마의 손엔
두 개의 칼이 들려 있는 셈이었죠. 가위를 움켜쥔 엄마의 손에서는
새빨간 피가 흐르고 있었어요. 아버진 피투성이 러닝셔츠 바람이
었는데 가위에 다 찢긴 것 같았어요. 저요? 그때 내가 어디에서 그
광경을 바라보고 있었는지 그건 통 모르겠어요. 그 방에 함께 있었
는지 방 밖에서 들여다보고 있었는지 도무지 기억이 나질 않아요.
사실 그 사람들이 진짜 엄마 아버지였는지도 알 수 없어요. 그 기
억을 어떻게 믿겠어요?

아무도 엄마 아버지 얘긴 해주지 않았죠. 묻지도 않았구요. 생각
해 보세요. 기억 속의 충격적인 장면이 현실이었다면 무의식중에
라도 어린아이가 엄마 아버지 기억을 계속하고 싶었을까요? 그럼
요, 지워 버리고 싶었겠죠. 누구도 얘기해 주지 않았지만 실은 듣
고 싶지 않은 게 먼저였던 것 같아요. 믿을 수 없는 그 기억이 확인
될까 무서웠던 거겠죠.

난 처음부터 엄마 아버지 없는 아이로 자랐어요. 외갓집 식구들
은 하나같이 엄마 아버지에 대해서는 입을 다물고 아예 없는 사람
취급을 했어요. 그런데 내 기억 속에 남아 지워지지 않는 그 장면은
자꾸만 더 또렷해져 갔어요. 거기다 기억에 없는 그다음 장면까지
상상 속에서 마구 이어지는 거예요. 마치 다 본 것처럼 말이에요.

그 사람을 만났어요.

고등학교 때였어요. 늘 붙어 다니던 단짝 친구가 있었죠. 친구의 부모님은 참 좋은 분들이셨어요. 친딸처럼 날 대해 주셨죠. 어느 날 친구네 집에서 친구에게 말로만 듣던 친구의 오빠를 봤어요. 휴가 나온 군인 신분이었어요. 머리칼이 짧은 친구의 오빠는 휴가 기간 동안 캡을 눌러쓰고 우리 학교 테니스 코트에 와서 테니스를 치곤 했어요. 친구와 나는 벤치에 앉아 오빠가 테니스 치는 걸 구경하다가 돌아오는 길엔 셋이서 간식도 먹으러 다니고 음악다방에 가기도 했어요. 벤치에 앉아 구경하는 내 눈에 공을 쫓아 뛰어다니는 그 사람의 모습이 참 아름다워 보였어요. 사람이, 더구나 남자가 아름다워 보이기는 처음이었죠. 어쩌면 한 인간을 향해 처음 품어 보는 감정이었을 거예요. 미움이 아닌 아름다움.

그 사람이었어요. 하지만 그 감정은 내 안에 꼭꼭 숨겨 두었어요. 정말 언제까지라도 그러고 싶었어요. 그러다 졸업을 하고 우연히 길에서 그를 만났어요. 그 사람은 복학생이었죠. 장난처럼 말하더군요. 축제 파트너를 못 구했다며 잠깐 파트너가 되어 달라고. 왠지 슬펐어요. 그 사람이 대학생도 아닌 날 장난처럼 대해서 그랬나 봐요. 그 사람은 처음부터 내게 가까이 있어도 아득하기만 하고 그래서 아름다운 존재였거든요. 이미 누구와도 비교할 수 없는, 세상에 하나뿐인 그런 존재 말이에요. 그와 함께 세속의 즐거움을 누릴 거란 생각 따윈 한 적이 없었는데, 막상 그 사람의 청을 거절하지 못했어요. 그렇게 시작되었던 거예요.

그 사람과 함께하면서부터 세상이 참 밝아졌어요. 어둡고 혼자였던 다락방에서 그 사람이 비춰 주는 빛을 따라 환하게 눈이 시린 곳으로 이끌려 나오는 기분이었다고 할까요. 하지만 처음부터 그 사람의 동생인 단짝 친구에게도, 혼자인 날 가족처럼 대해 주던 친구의 부모님께도 우리 사이는 떳떳할 수가 없었어요. 그래서 우리의 만남은 점점 비밀스러워진 거구요. 아, 비밀스럽지만 결코 불행하진 않았어요. 아니 그 어느 때보다 충만한 시간이었어요. 이해하신다구요? 정말 고마워요.

혼자 있을 때에도 그 사람 생각만으로 내 온 마음에 우주가 벅차게 들어오는 것 같았죠. 그 순간은 그가 죽는다 해도 두렵지 않을 만큼 그의 전 존재가 완벽히 내 안에 들어와 있는 거예요. 일체감이라고 해야 할까요. 그토록 오래 혼자였던 내가 말이에요. 내 자신의 존재를 누구에게든 감사드리고 싶어졌어요, 난생처음으로.

결국 그 사람 집에서 알게 되었어요. 친구가 먼저 알았죠. 친구가 그러더군요, 싸늘하게. 배신당한 기분이라고. 그때부터 우리 사이는 평화롭던 친구네 가족의 골칫거리가 되었고, 누구 하나 우리에게 우호적이지 않았어요. 아니 우리가 아니라 내게 말이에요.

내게 닥친 위기를 극복할 힘이 내 안엔 없었나 봐요. 두렵고 불안했어요. 지극히 자연스럽게 내 삶이려니 살아왔던 혼자만의 세계로 되돌아가는 건 죽기보다 싫었어요. 물론 그때까지도 외갓집

그늘에서 살고 있었죠. 하지만 그들은 아무도 내게 사랑을 주지 않았어요. 아니, 정확히 말하자면 내가 그들을 거부한 건지도 모르겠어요. 그들은 이런 날 측은해하기도 했지만 그보다는 방치해 두는 편이었어요. 내가 자초한 거예요. 왜냐구요? 왜 사랑을 거부했냐구요? 그들이 내게 베푸는 것들 가운데 무엇이 과연 진짜인지 혼란스러웠거든요. 아무도 말해 주지 않았고 나 혼자 받아들이고 나 혼자 판단해야 하는 그런 세계에 내던져진 채였으니까요.

무슨 말인지 알아듣기 쉽게 말해 보라구요? 아, 나도 어떻게 말해야 할지 정말 모르겠어요. 무서워요. 이런 얘기는 영원히 하고 싶지 않았거든요. 그냥 쉽게 편안하게 말해 보라구요? 나도 그럴 수만 있다면 얼마나 좋을까요.

…….

외삼촌이 여럿이었다고 말씀드렸던가요? 네, 내게 특별히 친절한 삼촌이 있었어요. 노래도 가르쳐 주고 데리고 다니며 영화 구경도 시켜 주던 참 좋은 삼촌이었죠. 내 공부도 봐주는 유일한 삼촌이었어요.

어느 날 숙제로 내준 문제를 많이 틀렸다며 벌을 준다고 삼촌 방에서 나가지 못하게 했어요. 어렸어요. 중학교에 들어가기 훨씬 전이었으니까요. 삼촌이 갑자기 낯설고 끔찍했지만 저항하기엔 너무 무서웠어요.

이상하죠, 그 기억은 시간이 갈수록 점점 몸집이 불어나는 괴물처럼 나를 꼼짝 못하게 덮쳐 왔어요. 기억의 시간으로부터 멀어질수록 기억은 더욱더 또렷해져 갔어요. 한 여자로 온전히 살아갈 수 없으리라는 예감이 내 뒷덜미에 달라붙어 나를 옥죄기 시작했어요.

왜 그러세요? 우시는 거예요? 아…… 괜한 이야길 했나 봐요. 괴롭혀 드리고 싶진 않았는데. 제발 그만 우세요. 이런 이야기까지 하게 될 줄은 정말 몰랐어요.

계속할까요?

그 사람과 나 사이에 위기가 닥쳤을 때 잊은 줄 알았던 그 일이 다시 날 괴롭히기 시작하는 거예요. 정말 두려웠어요. 어찌해 볼 수 없는 본질에 대한 두려움 말이에요.

절망한 나머지 그 사람에게 나를 던져 버리고 싶어지더군요. 부나비가 활활 타는 불에 뛰어들듯 내가 짊어진 것들 전부와 함께 투신해 버리고 싶은 심정이었던 거죠. 남들이라면 어떻게 했을까요? 자신의 본질에 대해 두려움이 없는 사람들이라면 어떻게 했을까요?

나는 겁에 질려 지레 희망을 분질러 버리는 쪽을 택하고 말았어요. 난 그렇게 그 사람에게 손쉬운 여자로 전락했고 그 사람은 이런 나를 탐닉했지만 그건 정말이지 내가 꿈꾸던 사랑의 완성이 아니었어요. 우리는 서로에게 집착하면 할수록 서로에게서 점점 멀어지는 이상한 사랑에 빠져 든 거예요.

그 사람은 어땠냐구요?

그 사람은 입버릇처럼 내 어둠, 내 그늘을 좋아한다고 말하곤 했어요. 심지어 늘 충혈되어 있는 내 눈까지 아름답다고 해줬어요. 그런 눈을 가진 여자는 세상에 너 하나밖에 없다고 말했죠.

왜 날 구해 주지 않았냐구요? 글쎄요, 그는 아름답긴 하지만 강인한 인간은 못 되었어요. 그는 우리가 처한 순간순간을 나보다 더 감당하기 힘들어했어요. 특히 어머니의 극심한 반대를 못 견뎌 했어요. 그전에 그의 어머닌 우리 딸, 우리 딸 하며 날 많이 아껴 주시던 분이었는데 한순간에 돌변해 버리시더군요. 혼란스럽기는 그가 더했을 거예요. 이기적인 사람이라구요? 제발 그렇게 말하지 마세요. 그 사람도 어쩔 수 없었을 거라고 난 믿고 싶어요. 혹 내 어둠이 그의 빛마저 덮어 버리지 않았나 그게 괴로울 뿐이에요. 그를 놔줘야 한다고 다짐하면서도 그러질 못했어요. 그럴수록 더 집착해 갔어요. 그 사람이 뒷걸음질 치며 물러서는 걸 느끼면 더 바짝 다가들었어요. 설마 소유할 수 없는 것에 대한 앙갚음으로 그랬던 건 아니겠죠? 어쩌죠? 생애 한 번뿐이었을 기회를 지키지 못한 고통이 너무 커요. 설령 다시 기회가 와도 내 몫은 그뿐일 거라는 절망이 너무 깊어요.

다시 시작할 수 있다구요?

그런 말, 이젠 내 귀에 들리지 않아요. 몇 살이냐구요? 스물일곱이에요. 스물일곱에 다시 버림받았죠. 어땠는지 아세요? 오랫동안 연락을 끊었던 그 사람이 만나자더군요. 나는 이미 버림받은 상태나 다름없이 지내고 있다가 연락을 받고 나갔어요. 그 사람은 가슴에 검은 리본을 달고 나왔더군요. 정말 끝인 걸 알았죠. 그런데 이상하게도 자꾸 그 검은 리본의 의미가 마음에 걸리데요. 그는 그의 어머니가 바라던 대로 아주 멀리 떠난다고 했어요. 그날 저녁 비행기로. 그리 될 줄은 오래전부터 짐작하고 있었지만, 다음 날도 아니고 바로 그날 저녁이라니요. 그날 저녁에 그 사람은 떠났어요.

나중에 알았죠. 그 사람 떠나기 직전 그의 어머니가 돌아가셨다는 걸. 그러니까 그 검은 리본은 차마 내게 말하지 못한 어머니의 죽음이었던 거지요.

나는요 그 사람이 아니라, 그의 어머니가 아니라, 사랑이 아니라, 세상에 버림받은 거라구요. 아시겠어요? 그 사람 떠나고 모든 게 끝났어요. 아무것도 할 수 없었어요. 직장이 있던 시골 마을은 밤이면 개구리 떼 울음소리가 극성스러워요. 온밤을 뜬눈으로 지새우는 날 위해 세상에서 오직 개구리 떼만이 죽어라 울어 댔어요. 그런데 자꾸 듣다 보니 개구리 떼가 나를 벼랑 끝으로 내모는 것 같았어요. 지긋지긋해서 견딜 수 없었어요. 그러니까 개구리 떼에 쫓겨 여기까지 온 거예요.

죽음이오? 내가 그렇게 보여요?

…….

그런데 이제 어떡하죠? 내 몸에 뭐가 있다구요?

참 이상하네요. 내 몸이 그 사람을 향해 닫히던 순간에 생명이

싹트다니요. 그래요, 내내 죽음을 생각하고 있었어요. 그 사람이 달고 온 검은 리본이 자꾸 날 죽음으로 불러들이는 것 같았으니까요. 증오와 죽음뿐이던 그 순간, 내 몸에 생명이 자리를 잡았다니요. 언제였냐구요?

6월이었어요.

5

6월이었다구?

6월이었다. 내 집 뜰에 핏빛의 칸나가 피어나던 때였다. 다른 집에 앞서 내 집에서도 딱 한 송이만 먼저 피어났는데 그 빛깔이 바라보는 사람의 눈을 빨아들일 듯 신비로웠다.

땅속에 묻혀 추위와 어둠을 견디다 한순간 밖으로 터져 나온 그 순결한 빛에 생의 남루마저 씻기는 듯했다. 그 생명력의 파장이 언제인지도 모르게 내 스스로 질러 버린 빗장 앞에 와서 멈췄고, 단단히 잠긴 채로 이제는 벽이 되어 버린 그것을 두드려 대기 시작했다. 그러자 믿을 수 없게도 그토록 견고하던 것이 스르르 빗장을 풀었다. 살 것 같았다.

기억을 봉합하듯 꽁꽁 묶어서 쌓아 두었던 케케묵은 짐들을 치우고 나니 그것들이 유령처럼 들어앉아 있던 자리에 방이 하나 생겨났다. 비워 놓은 그 작은 방에 누군가를 받아들이기로 마음을 정한 순간 이미 그 누군가를 향한 운명적인 기다림이 꿈틀거렸다.

6월이었다.

그녀를 데리고 병원에 갔다. 초음파 검사를 통해 그녀의 자궁에 안전하게 착상된 태아를 확인했다. 병리학적 판단은 종종 삶을 관통하는 빛과도 같은 예감의 뒤늦은 확인에 지나지 않았다.

그녀를 처음 본 순간 오래 기다려 온 방의 주인이라는 확신에 떨며 자신이 머물 곳인 줄도 모르고 떠나려는 그녀를 붙잡기 위해 안타까이 조바심쳤던 운명적 이끌림의 근거는 바로 그녀 안에 감춰진 그것이었음이 밝혀졌다.

그녀 안에서 들끓던 것들은 비로소 하나의 구근처럼 생명의 핵으로 뭉쳤고 이제 그녀의 몸속에서 저 혼자 맹렬히 분열을 시작할 것이다.

그러나 자신의 몸속에 온전히 자리 잡은 생명을 확인하고 나서 그녀가 맨 먼저 한 일은 야만적이기까지 해 보이던 식욕을 도려낸 일이었다. 그녀는 다시 먹지 않았고 움푹 꺼진 부엌은 폐허가 되어 갔다. 먹다 남긴 음식과 썩어 가는 음식 재료들은 집 안팎의 쥐들을 부엌으로 불러들였다. 그러잖아도 낡고 오래된 주택가라 집집마다 쥐들의 통로가 나 있었고 밤이면 그것들을 노리는 도둑고양이까지 출몰하는 동네였다.

그녀의 부엌은 쥐들의 소굴이 되어 갔다.

　밤새 부엌을 점령한 쥐들에게 시달린 그녀가 핏발 선 눈으로 내게 느닷없이 통고했다.

「나가겠어요.」

어디로?

「방을 내놓고 나가야겠다구요.」

너는 갈 곳이 없어. 갈 곳 없는 곳으로 나가겠다구?

「원하시면 위약금은 물어 드리죠.」

「안 돼.」

「위약금 내겠다니까요.」

「안 돼, 넌 못 나가.」

「당신이 뭔데?」

　그녀는 마치 쥐 떼에게 온몸을 갉히고 붉은 눈빛만 형형하게 살아남아 번뜩이는 듯한 몰골로 악을 쓰고 있었다. 그러나 공격의 자세로 한껏 목소리를 높이는 그녀의 모습에서 나는 어둑신한 다락방에 홀로 엎드린 계집아이의 외로움에 짓눌린 공포를 보았다.

「어디로 가려구?」

　그녀를 달래 보았다.

「당신이 상관할 바 아니잖아요.」

　그녀는 완강했다.

「저 방만큼 편한 곳은 어디에서도 못 찾을 거야. 그건 너도 알 테지.」

「천만에요. 당신이 날 감시하고 조종하고 있는 저 방이 편하다구
요?」

「널 감시하고 조종하는 게 아니야, 맹세코.」

너에게 나를 어떻게 설명할 수 있을까. 네가 혼자가 아니란 걸
어떻게 말해 줄까. 네 앞에 놓인, 너를 구해 줄 시간을 조금이라도
훔쳐 올 수 있다면 네게 보여 주련만. 네가 내 집에서 나가 어디로
가려는지 난 알고 있어. 유령이 기거하던 저 방을 비우고 널 받아
들인 내가 널 보내 줄 것 같아?

「그럼 뭐죠? 난 당신에게 내 모든 걸 다 털어놨어요. 바보처럼
당신이 유도한 줄도 모르고 말이죠. 이제 당신은 날 가둬 놓고
무얼 더 구경하고 싶은 건가요?」

그녀의 핏발 선 눈에서 눈물이 흐르기 시작했다. 봇물이 터진 듯
눈물은 멈추지 않고 흘렀다. 커튼 뒤에서 숨죽여 흐느끼며 쌓아 두
었던 둑이 마침내 무너져 내렸다. 그녀는 그대로 마루에 퍼질러 앉
아 꺼억꺼억 울고 또 울었다. 스물일곱 그녀 생애를 통틀어 처음
소리 지르며 울어 보는 울음이리라. 나중엔 다리를 뻗고 어린아이
처럼 발버둥을 치며 엉엉 울었다. 영락없이 엄마에게 떼를 쓰는 다
섯 살 전의 어린 계집아이였다. 내 뼈 마디마디에 그녀의 눈물이
스며드는 것 같았다. 그리고 그 눈물은 내 눈을 통해 다시 밖으로
뜨겁게 흘러내렸다.

그날 밤.

나는 담장을 기어 다니는 도둑고양이를 안아다 그녀의 부엌에
살며시 들여놓고 돌아섰다.

집을 찾아가는 길

그녀는 비의 처음을 보았다.

달리는 차창으로 부딪쳐 오기 시작한 빗방울은 가녀린 빗줄기가 되어 차창에 빗금을 긋듯 찍혀 나가더니 이윽고 앞 유리 전체를 세필화의 화폭으로 만들었다. 시야에 곧게 펼쳐진 회색빛 도로가 점점 짙은 색으로 젖어 들고 있었다.

국도 변의 키 큰 플라타너스 잎사귀들이 가냘픈 비의 세례를 받아 파르르 몸을 뒤척이며 떠는 듯이 보였다. 간지럼 타는 키다리 소녀처럼.

빗방울을 온몸으로 받아 내고 있는 플라타너스 잎사귀에서 어린 소녀의 모습을 보았다고 느낀 순간, 걷잡을 수 없는 우울이 그녀를 덮쳐 왔다. 이런 식의 느닷없는 감정의 습격을 그녀는 이즈음 들어 너무 자주 겪어 내고 있었다. 문득 어떤 이미지에 사로잡혔을 때 그것은 대개 그녀를 절망과 분노, 우울, 혹은 부끄러움으로 곧장 밀어 넣은 다음 익숙하고도 신속히 빗장을 걸어 잠그곤 했다. 어쩌다가는 그물에 걸려 파닥이는 은빛 물고기처럼 그녀의 깊고 어두운 우물에 파문을 일으키며 솟구치려는 무엇과 만나기도 하지만 그 역시 신기루일 뿐, 그녀는 매양 우울의 늪으로 속절없이 빠져드는 것이다.

이것이 나의 문제인가.

바깥으로 향했던 그녀의 시선은 하찮은 나뭇잎의 떨림에 함께 흔들리고 더 이상 대상을 바라보지 못한 채 언제나처럼 내면의 풍경으로 잦아든다. 나의 문제는 어디에서 비롯되었을까. 지금 나는 왜 이러는 걸까. 지금, 이 순간, 나는, 왜?

안개처럼 자욱이 흩뿌리는 빗방울을 받은 플라타너스 잎이 진초록으로 번들거리는 것을 다시 내다보며 그녀는 방금 자신이 떨리는 잎사귀의 몸짓 앞에서 멈칫, 그러다 아득히 굴러 떨어져 늪 속을 허우적거린 이유를 비교적 선명히 파악해 내었다. 참혹했다. 나는 이제 더 이상 젊지 않아. 곧 마흔이 되겠지. 나는 늙고 있어.

뾰족한 연필심으로 차창에 빗금을 긋던 빗줄기는 이제 자디잔 물방울이 되어 유리창에 매달리기 시작했다. 그녀는 앞 유리창에 무수히 돋아난 물방울을 골똘히 바라보며 어느 화가의 전시회에서 온통 캔버스 가득 위태롭게 매달려 있던 물방울들을 떠올렸다. 물방울만 그리는 화가, 그는 왜 물방울만 그리는 걸까. 물에 갇힌 전시장 한가운데 서서 불가해한 신성을 느끼던 기억이 떠올랐다. 그날 전시회장을 나서며 과연 허연 수염을 기른 화가가 신령의 모습으로 한 귀퉁이에 앉아 있는 걸 그녀는 보았다.

그녀의 눈앞에 위태로이 매달려 있던 물방울들 중 하나가 쪼르륵 제 몸을 허물어뜨리며 흘러내리자 무수한 물방울들이 잇달아 제 몸의 형체를 흔적도 없이 흘리기 시작했다. 문득 그녀는 전시회장의 사면 가득 매달린 물방울들을 들여다보며 캐내려 했던 의미를 뒤늦게 알 것 같기도 했다. 곧, 순식간에, 사라져 버릴 찰나의 영혼을 붙들어 두기 위하여 그는 그토록 수염이 허옇게 세도록 물방울의 리얼리즘에 자신을 던져 버린 것이 아닐까.

빗줄기는 점점 거세어지기 시작했다. 유리창에 부딪쳐 오는 빗방울들은 곧바로 빗물이 되어 흘러내렸다. 운전 중인 남편이 와이퍼를 작동시키자 차창에 몸을 던진 빗물이 단번에 짓이겨졌다. 남편의 예사로운 행위마저 그녀에게 흠칫 폭력으로 느껴지는 건 왜일까. 남편의 폭력은 그녀가 아니라 그녀의 문제에 가해지곤 했다. 당신은 당신의 문제에서 벗어나야 해. 벗어던져야 할 문제이므로 마구 폭력을 휘둘러도 무방하다는 투였다. 그러나 그녀에게 안긴 문제였으므로 그가 휘두른 폭력이 그녀에게로 깊숙이 날아와 박히는 어이없는 결과에 대해 남편은 알려고 들지 않았다. 오히려 이런 그녀에게 남편은 일삼아 다그쳤다. 당신의 진짜 문제는 이미 고쳐 볼 수 없는 문제를 가졌다는 것이지, 알아?

　남편이 던진 말이야말로 영원히 풀리지 않을 문제가 되어 그녀의 삶을 옥죄었다.

　비는 유리를 뚫을 듯한 기세로 전력을 다해 차창으로 날아와 부서져 갔다. 남편이 와이퍼의 작동을 높이더니 오디오 버튼을 눌렀다. 워즈 돈 컴 이지 투 미. 감미로운 힘에 실린 F. R. 데이비드의 노래가 세찬 빗줄기와 함께 그녀를 파고들었다. 아침잠을 설쳐 가며 떠난 터라 줄곧 뒷자리에 누운 채로 잠에 빠져 있던 아이가 노랫소리에 깨어나서는 창밖부터 내다보더니 실망스런 투로 말했다.
　「에이, 비가 오잖아. 쫄딱 망했다.」
　「인마, 아직 멀었어. 그쪽은 비가 안 올 수도 있다니까. 또 비가 좀 오면 어때. 비 오는 바다, 멋있잖아. 한숨 더 자라, 아들.」
　남편은 일찌감치 휴가 차량이 줄을 잇는 고속도로를 버리고 국도로만 차를 몰아가고 있었다.
　바닷가의 그 집을 향하여.

　1

　그 집은 해변의 모래 위에 서 있다. 그 집의 모든 창과 문은 오직 바다를 향해 뚫려 있다. 마치 바다를 위해 존재하는 집처럼. 실제로 거기에 바다가 없었다면 그 집도 생겨나지 않았을 것이다. 여름이면 사람들은 꾸역꾸역 바다로 밀려들었고 그들에겐 바다에서의 며칠을 위한 집이 필요했다. 그러나 그 집은 그들 누구에게서도 집으로 불리지는 못했다. 그 집에 머무는 사람들은 새벽부터 밤늦도록 바다에 나가 있다가 밤바람이 차갑게 느껴질 때에야 집으로 들어와 잠깐씩 잠자리에 들곤 하였다. 거의 대부분의 시간들을 바다에 나가 보내느라 하루 이틀 만에 검게 그을린 사람들이 가방을 챙겨 들고 집을 떠나면 뒤이어 바다를 찾아온 사람들이 들이닥쳤다. 사람들은 집을 찾아온 것이 아니라 바다를 찾아왔으므로 아무도 그 집을 사랑하거나 오래 기억하지 않았다. 그들에게 그 집은 회사의 깃발이 내걸린 하계 휴양소에 지나지 않았다.

그녀만이 달랐다.

처음 그 집을 찾았던 여름, 그녀를 데리고 온 남자가 다니는 회사의 깃발이 펄럭이는 그 집 앞에서 그녀는 자신을 불러들이는 새로운 손짓을 보는 듯했다. 그해 여름, 그가 바닷가에 방 하나를 잡아놓았다며 여름휴가에 동행을 권유하였을 때만 해도 그녀는 그녀 자신이 진정 원하는 삶이 어떤 것인지 알지 못했다. 알지 못한 채로 그를 따라 그 집까지 갔다.

처음 본 그 집은 몹시 낡고 초라해 보였다. 대강 철근으로 골조를 세우고 겉은 온통 시멘트를 발라 마감한 듯한 일(一)자형의 2층 건물이었다. 여름 한철 피서객이 드나드는 때를 제외하고는 다음

여름까지 해변에 빈집으로 서 있자니 바닷바람과 모래에 시달릴
대로 시달릴 수밖에 없었으리라. 건물 외벽은 흐린 날의 바다와 하
늘을 닮은 잿빛이었다.

잿빛 건물 앞에서 머뭇대는 그녀의 손을 잡아끌며 그가 말했다.

'뭐 어때, 결혼할 사인데.' 그녀는 그 집 앞에서 그렇게 남자의 청
혼을 받았다. 미처 청혼인 줄도 알아차리지 못한 말이었건만 남자
가 손을 잡아당기며 한 그 말은 그녀 등 뒤의 바다에서 넘실대는
파도 더미처럼 벅차기만 하였다.

그 집에서 그와 함께 이틀 밤 사흘 낮을 보냈다.

그녀는 바다에 있었지만 여름의 바다가 의미하는 모든 것들—
싱그러운 갯내음, 맨발에 밟히는 뜨거운 모래, 파도 소리, 밤하늘의
별빛은 그녀에게 없었다. 그녀의 몸과 마음을 온통 빼앗은 것은 그
집도, 여름의 그 바다도 아니었다.

그것을 사랑이라고 부를 수 있을까. 두 사람만의 지극히 내밀한
교류, 비공개적인 세계로의 함몰. 어떻게 처신해야 할지 헤아릴 겨
를도 없이 그 세계 속으로 덧없이 빠져 들면서 그녀는 새로운 삶을
향한 그녀 내부의 문이, 그토록 오래 닫혔던 문이 비끗 밀리면서
빛이 새어 드는 걸 느꼈다. 희미하게 새어 드는 그 빛을 쫓아서 그
녀는 그 세계 속으로 속절없이 미끄러져 갔다.

이틀 밤, 사흘 낮을 그 집에서 보내며 사람들이 모두 바다로 나간
낮 동안엔 둘만 텅 빈 집에 머물다가 밤이 되어서야 바다에 나가

뜨거운 몸의 열을 식혔다. 쾌락을 함께 나눈다는 것은 이제 더 이상 알아야 할 것이 없어진 사이가 되었음을 뜻하는 모양이었다. 그들은 밤바다의 모래사장에 나란히 앉아 그들을 향해 달려드는 흰 파도 거품을 말없이 바라볼 뿐이었다.

그의 곁에 앉아 침묵 속에서 파도의 흰 거품을 바라보던 그 밤, 그녀 내부의 문이 드디어 활짝 열리고 빛이 쏟아져 들어오던 그 밤, 그러나 까닭 모를 주저가 보일 듯 말 듯 따라붙는 걸 그녀는 물리칠 수 없었다. 그녀는 알 수 없는 혼란을 떨쳐 버리려는 듯 바다를 향했던 몸을 돌려 그 집을 바라보았다.

집 앞 출입구에 버티고 선 두 개의 가로등 불빛이 집을 밝혀 주고 있었다. 실내의 불빛이 모두 꺼져 퀭한 집은 창백한 불빛의 조명을 받아 흡사 연극 무대의 세트처럼 현실감이 결여된 모습으로 거기에 서 있었다. 그런데 그 순간 그 퀭한 모습의 집은 너무도 낯익은 느낌으로 섬뜩하게 그녀에게 다가들었다.

2

두 번째로 바닷가의 그 집을 찾은 여름, 그 집은 아무 변화도 없이 여전히 깃발을 나부끼며 그녀를 맞아 주었다. 변하지 않은 그 집 앞에 다시 서기까지 3년간 변화는 그녀에게 있었다. 바로 그 자리에서 그녀에게 청혼을 하였던 남자는 이제 그녀의 남편이 되어 있었고 그들 사이의 세 살짜리 아이는 그 집에서 잉태된 아이였다.

이틀 밤 사흘 낮 동안의 특별했던 시간을 간직한 집을 다시 찾은 여름, 그녀는 그 집을 배경으로 사진을 많이 찍었다. 그 집은 이제 여름마다 그녀가 원하면 언제든 찾아올 수 있는 남편의 직장 하계 휴양소였다. 사진 속에서 그녀는 나리꽃이 날염된 푸른빛의 노슬 리브 원피스에 챙 넓은 밀짚모자를 쓰고 그 크나큰 집의 안주인처 럼 자연스런 포즈를 취하며 남편 회사의 깃발 아래 서 있다. 넓은 챙이 그늘을 드리운 그녀의 얼굴은 그윽한 미소를 머금고 있는 듯 하다. 내면의 행복을 거울처럼 드러내고 있는 얼굴이 있다면 바로 그녀의 얼굴일 것이다. 사진 속의.

그 여름, 그 집에 머무는 동안 그녀 가족은 눈만 뜨면 새벽부터 바다로 나갔다. 해변 모래사장의 파라솔을 세내어 그 아래 돗자리 를 펴고 들어앉아 종일토록 바다를 들락거렸다. 태양의 고도를 따 라 파라솔을 뽑아 들고 이리저리 자리를 옮겨 다니는 통에 바다에 들어갔던 그녀의 남편은 번번이 다른 집 파라솔을 기웃거렸고, 아 직 걸음이 불안정한 아이는 제 발걸음의 속력을 조절하지 못해 뜨 거운 모래밭에서 뒤뚱거리다 곧잘 인형처럼 고꾸라지곤 했다. 남 편이 그녀를 지나쳐 남의 파라솔 쪽으로 성큼성큼 걸어가거나 넘 어진 아이가 뜨거운 모래에 파묻힐 때마다 그녀는 자지러지게 웃 음을 휘날렸다. 태양은 파라솔을 뚫고 그녀의 정수리에 내려와 꽂 히고, 바다는 시리도록 푸르렀다.

해 질 녘이면 그녀는 긴 원피스 자락을 무릎 위로 말아 쥐고서 남편의 팔에 매달려 발목쟁이를 바닷물에 간질이며 노을 진 해변을 거닐었다. 다른 한 팔로는 아이를 안은 남편이 그녀의 귓속에 뜨거운 숨결을 불어넣으며 속삭였다. 그때 생각나?

그리고 밤에는 남편의 긴 셔츠를 원피스 위에 걸치고 해변으로 나가 폭죽놀이를 구경했다. 여름 바다를 찾은 여느 피서객들과 똑같은 하루를 보내며 그녀는 남과 다르지 않은 자신의 삶을 바닷가 그 집에서 확인할 수 있었다. 남들처럼의 삶. 처음 그 집 앞에서 남편에게 청혼을 받았을 때 예감하였던 새로운 변화란 바로 남들처럼의 삶이었으며 그녀 자신이 얼마나 오랫동안 바로 그 삶을 갈망하였던가 뒤늦게 깨달을 수 있었던 것도 그 집에서였다.

아주 오래전부터 어린아이는 무엇이 되어 보겠다는 꿈을 가져 본 적이 없었다. 자라면서 화려하고 근사해 보이는 직업들을 알게 되었지만 그 어떤 것에도 욕망을 느끼지 못했을 뿐만 아니라 아이에게는 그것이 무의미해 보이기까지 했다.

어린아이에겐 되어 보고 싶은 그 무엇도 없었다. 다른 아이들이 곧잘 하던 말, 의사가 되어 아픈 사람들을 고쳐 줄래요. 훌륭한 사람이 되겠어요. 달나라에 꼭 가보고 싶어요. 어린아이에겐 공허하기만 한 말들이었다. 어린아이에겐 이루고 싶은 미래가 존재하지 않았다.

그러나 아무것도 되고 싶지 않은 채로 미래에의 꿈을 품지 않고

서도 아이는 자라서 어른이 되어 있었다. 그리고 바닷가 그 집 앞에서 한 남자로부터 정중하지 못한 청혼을 받기 전까지만 해도 그녀는 여전히 미래를 꿈꾸지 못하고 있었다.

그 낯선 집에서 남자를 받아들일 수 있었던 것은 그 남자가 이끌어 줄 미래에로의 통로에서 언뜻 빛을 엿보았기 때문이었으며 그 빛을 안타까이 쫓아가면서 그녀는 비로소 그녀에게도 이루고 싶은 것이 있었음을 깨달아 갔다.

참으로 뒤늦게 찾아낸 그녀의 꿈, 그것은 남들과 같은 삶 바로 그것이었다. 그리고 그것을 향한 갈망이 얼마나 오래도록 그녀 자신에 의해 억눌려 왔었던가, 그리하여 그녀 자신조차도 알지 못하는 내면 깊숙이 도사려 온 그것의 실체를 하마터면 영원히 놓쳐 버렸을지도 몰랐음을 처절한 심정으로 깨달아야 했다.

누구나 누리고 있는, 그러나 그녀에게는 아득하기만 했던 삶을 그녀는 한 남자로 인하여 꿈꾸어 볼 수 있게 되었다. 컴컴한 우물 속으로 한없이 두레박을 내려 한 모금의 샘물을 길어 올리듯 그녀 내면의 어둠으로부터 가뭇한 불씨 하나를 살려 준 사람이었다. 남들처럼 살아 보는 삶으로 가기 위한 통로에 그가 서 있었고 그녀는 기꺼이 그의 손을 붙잡았다.

그때부터 그녀에게 그는 길이 되었다. 유일하고도 절박한 길이었다.

그 여름 아이의 손을 잡고 다시 찾은 그 집에서 그녀는 그토록 오래 갈망하던 남들과 다르지 않은 삶에 들어와 있는 자신을 확인할 수 있었다. 해변의 놀이 시설에서 아이를 안고 회전 그네에 올라타 빙그르르 허공중으로 날아오를 때는 바다와 하늘이 하나가 되어 그녀와 아이를 싣고 어디론가, 남들의 삶을 넘어선 더 높은 곳으로 데려가 줄 것만 같기도 했다.

그러나 밤이 깊어지면 낯익은 바닷가의 그 집으로 남들처럼 조용히 깃들였다.

3

어릴 적 곧잘 꿈에서 보았던 집.

집은 늘 벌판에 홀로 서 있었다. 새 집이긴 한데 밝고 따뜻한 색조는 찾아볼 수 없는, 잿빛의 회벽이 그대로 드러난 집이었다. 그래도 집을 발견한 기쁨에 벌판을 가로질러 내달려 가 문을 벌컥 열어젖히면 집은 어김없이 비어 있었다. 그 휑뎅그렁함. 아, 집이구나 하는 순간 어린 그녀를 덮쳐 오곤 하던 낯섦. 아무도, 아무것도 없는 비어 있는 새 집의 괴기스러움. 집이란 단순히 건축물만 뜻하는 것이 아니란 걸 가르쳐 주려는 듯 어린 그녀의 꿈에 집요하게 나타나곤 하던 똑같은 그 집. 빈집.

꿈은 오래도록 반복되면서 어느새 그녀에게 스며들어 와 자리를 잡았다. 새 집이긴 하나 빈집의 쓸쓸함으로.

집 안에 담겨 있어야 할 그 무엇, 무미건조한 건축물을 하나의 집으로 완성시키기 위한 그 무엇, 그녀의 꿈속에 끊임없이 나타나 그 무엇이 비어 있음을 깨우쳐 주려 했던 집, 빈집.

그러나 어린 그녀는 그 집을 사랑했다. 매번 버림받으면서도 벌판 위에 홀로 서 있는 집을 향해 다가갈 때는 가슴이 설렜다. 그리고 언제나처럼 떨리는 손으로 문을 열었다. 따뜻하고, 밝고, 아기자기하고, 식구들의 손길에 닳아 반들거리는 물건들이 가득 놓여 있을 것이라 기대하며.

아, 집이구나 하는 설렘이 채 가시기도 전에 번번이 빈집의 황량함을 확인하면서도 그것이 꿈속의 집이란 걸 알았기에 그녀는 다시 또 가슴 설레며 집으로 다가갈 수 있었고 다가가는 순간의 터질 듯한 기쁨을 주는 그 꿈을, 꿈속의 집을 사랑하였다.

집이란 무엇일까. 꿈속에서 보아 온 집이 아닌, 그토록 들어가 살고 싶었던 집은 과연 어디에 존재하는 것일까. 끝내는 아버지를 버려야만 이룰 수 있으리라 믿게 되어 버린 집에의 갈망. 아버지를 부정하지 않고서는 이룰 수 없다고 믿어야 했던 꿈.

그녀의 아버지는 한 번도 집을 갖지 않았다. 초등학교 교사였던 아버지는 유난히 외진 곳에 위치한 학교로만 전전하며 줄곧 학교에 딸린 관사에서 살았다. 마치 관사에 살기 위해 남들이 꺼리는 벽지 학교만 찾아다니는 것 같았다. 아무도 가려 하지 않는 그런 곳이었다.

관사는 대개 학교 건물 뒤편의 후미진 곳에 위치해 있어서 볕이 잘 들지 않았고 여느 집처럼 식구들에 의해 오래 길들여지거나 보수되지 못하고 방치된 채로 허물어져 가고 있는 그런 집이었다. 죽 관사로만 돌아다니며 살았던 어린 그녀는 집이란 다 그런 줄만 알았다. 아니, 어쩌면 집이란 말조차 몰랐었던 것 같다. 꽤 오랫동안 집이란 말 대신 관사라는 말을 썼으니까.

관사는 늘 어둡고 춥고 비어 있었다.

어둡고 춥고 비어 있는 집. 다른 집을 구경하기 전까지는 세상의 모든 집이 다 그렇게 춥고 어두운 줄만 알았었다.

처음으로 친구를 따라가서 남의 집을 구경하던 날, 어린 그녀는 친구네 집의 천장 낮은 방에 창호지를 뚫고 들어와 가득 고인 그 빛과 볕에 눈이 다 부셨다. 그토록 환하고 따사로운 방에 들어와 있다는 사실이 스스로도 믿기지 않을 지경이었다. 게다가 그 방의 낡고 오래된 소소한 가구들마저 빛과 볕을 받아 그 집 식구들을 닮은 미소를 짓고 있는 듯 보이는 것이었다. 그 빛과 볕에 취해 그곳에서 시간 가는 줄도 모르고 어둑신한 저녁이 찾아올 때까지 머물렀다. 그 집의 구석구석엔 오랜 빛과 볕의 숨결이 배어 있는 듯했다. 환한 빛이 물러간 자리를 침침한 전등 불빛이 밝혀 주고 있었지만 그 인공의 불빛 아래에서도 친구 집의 낡고 손때 묻은 가구들은 여전히 미소를 머금은 채 은은히 빛나고 있었다. 노오란 알전구 불빛 아래 둥그런 상을 펼치고 친구의 가족들 틈에 섞여 앉아 저녁

을 먹었다. 친구의 어머니가 김치를 손으로 찢어서 어린 그녀의 밥
숟가락 위에 얹어 주었다. 그렇게 맛있는 밥은 처음 먹어 보았다.
흰 사기그릇 수북이 담긴 밥을 남기지 않고 다 먹었다.

집으로, 아니 관사로 돌아가고 싶지 않았다.

그때부터였을 것이다. 텅 빈 어둠 속에 자신이 버려졌다는 걸 의
식하기 시작한 것이. 그리고 그 빛과 볕을, 그 속의 집을, 집 속의
삶을 그녀 자신도 모르게 무섭도록 갈망하기 시작한 것도 그때부
터였을 것이다.

그러나 아버지는 이런 딸의 마음을 알려고 하지 않았다. 왠지 아
버지는 그런 삶을 피해 다니는 사람 같았다. 새 학교로 옮겨 갈 때
마다 아버지는 무엇보다 우선 관사를 원했다. 딸을 키우는 홀아비
교사가 내세우는 첫 번째이자 유일한 조건은 언제나 너무 쉽게 받
아들여졌고, 아버지는 새로운 곳에서도 이내 사람들의 눈길로부터
돌아앉을 수 있었다.

늘 춥고 어두운 관사에서는 거기에 어울리는 식사와 표정이 있었
다. 멸치와 김치에 물을 붓고 펄펄 끓이다가 마른국수를 넣어 삶아
내는 간편한 요리가 관사에서의 주 메뉴였다. 그것을 화난 사람처
럼 말없이 입속으로 꾸역꾸역 밀어 넣는 것이 관사의 삶에 어울리
는 표정이었다. 너무도 오래 그런 식사와 표정에 익숙해 있었으므
로 관사에서는 아버지도 그녀도 으레 그렇게 했다. 가끔 아버지는
식사가 부실하다 싶으면 국수 냄비에 버터를 한 숟가락 듬뿍 떠 넣

고 기름이 둥둥 떠다니는 국물을 훌훌 마시게 했다. 어린아이는 코를 잡고서라도 그것을 억지로 위장에 들이부어야 했다. 관사에서는 어떤 경우에도 아버지를 거스를 수 없기 때문이었다.

아버지에게는 의식주 자체가 거추장스러운 것인 듯했다. 겨울엔 실내의 연탄난로에서 그 즉석 일품요리를 조리해 냄비째 놓고 먹었고 여름이면 바깥에서 그렇게 했다.

어느 해인가 아버지가 옮겨 간 학교의 관사는 이미 다른 교사 부부가 오래 사용해 오고 있던 터라 관사가 빌 동안 그들 부녀는 학교 뒤채의 숙직실에서 살아야 했다. 놀라웠던 건 관사도 아름다워 보일 수 있다는 발견이었다. 꽃나무로 울타리를 두른 그 집을 보며 어린 그녀는 집에 담긴 사람의 삶에 따라 집이 변할 수도 있다는 걸 어렴풋이 깨달을 수 있었다. 그리고 집에 온기를 불어넣지 못하는 아버지 삶의 불행을 느끼기 시작했다.

숙직실에 사는 동안 그녀는 학교 화장실과 수도를 사용해야 했다. 이른 아침 눈곱도 떨어지지 않은 눈을 비비며 학교 화장실에 가다가 일찍 등교하는 부지런한 아이들과 마주치는가 하면 주번 아이들이 주전자를 들고 물을 받으러 오는 수돗가에서는 칫솔을 문 채 고개를 돌려야 하기도 했다. 하지만 아이들에게 드러내 놓고 놀림을 당한 적은 없었다. 남들과 다른 삶을 살아가는 아버지와 딸에게 그들 역시 격리의 시선을 유지하고 있었던 탓일까.

밤이면 아버지의 동료들이 숙직실로 모여들어 화투판을 벌이기도 했다. 때로 어린 그녀의 담임선생님까지 찾아들 때도 있었다. 한구석에서 담요로 몸을 말고 누워 죽은 듯이 자는 척해야 했던 숨 막히던 나날들. 화투판에서 단골 화제로 굴러다니던 말들, 김 선생 장가가야지. 언제까지 이러고 살 거야. 저 어린게 불쌍하지도 않아? 아무래도 김 선생 여자한테 크게 데인 거 같아.

아버지와 함께 붙어 다니던 초등학교를 졸업하고 처음으로 관사를 떠나 살 수 있게 되었지만 그녀는 여전히 친구 집과 같은 그런 집에서는 살지 못했다.

한 남자를 만나 비로소 그녀 내면 깊은 곳에 숨겨져 있던, 차마 드러내 놓지 못했던 오랜 갈망을 확인하면서 또 한편으로 그녀는 모르는 사이에 아버지를 닮아 있는 자신과 맞닥뜨렸다. 아버지처럼, 포기한 아버지처럼, 그 꿈은 이룰 수 없는 것이라 여기며 살아왔던 자신을. 진정으로 무섭도록 탐내면서도 눈 돌려 버린 것들.

그를 만나 아직 소멸되지 않은 그 꿈을 확인하면서 그녀는 지금껏 자신을 지탱해 온 것이야말로 어쩌면 감지하지 못할 만큼 깊은 곳에서 여리디여리게 살아 있던 그것의 힘이 아니었을까 싶었다.

4

그러나 아버지는 그를 반기지 않았다. 처음 그를 아버지에게 데려갔을 때 그녀는 아버지가 그를 좋아하지 않는다는 것을 직감했

다. 너무나 오랜 시간을 둘만이 함께 보냈던 그들 부녀는 서로의
감정을 바로 자신의 것처럼 읽어 낼 수 있었다.

그녀는 아버지의 거부감을 그 남자 개인에 대한 평가로 받아들
이지 않았다. 어떤 남자를 아버지 앞에 데려왔을지라도 아버지는
그랬을 거라는 생각. 그녀의 결혼, 그 자체에 대한 어처구니없는
거부감일 거라는 단정, 아버지는 세상의 모든 결혼을 저주하고 있
음이 분명했다.

아버지는 아직 관사에 홀로 살고 있었다. 정년을 몇 년 남겨 두
고 있었으므로 어쩌면 생애 마지막 관사가 될지도 모를 그곳으로
그녀는 청혼을 해준 남자를 데리고 갔다. 아버지의 집은 강 건너에
있었다. 기차에서 내려 다시 나룻배를 타고 강을 건너며 마치 소풍
이라도 가는 사람처럼 들떠 보이던 그의 곁에서 그녀는 마지막까
지 피할 수만 있다면 피하고 싶은 심정이었다.

아버지의 관사는 겉늙어 보이는 주인을 닮아 더욱 폐가처럼 보
였다. 손님을 맞기 위한 어떤 준비도 되어 있지 않았다. 그저 앉았
던 자리의 신문지를 걷어 내고 그의 인사를 받았으며 의례적인 몇
마디의 질문과 대답이 오갔을 뿐이었다. 아버지의 관사에 들어서
는 순간부터 되돌아 나오기까지의 그리 길지 않은 시간, 그녀는 그
곳을 견디기가 고통스러울 만큼 이미 아버지보다는 청혼을 한 남
자에게 기울어 있었다.

해가 뉘엿뉘엿 지고 있는 저녁의 산길을 아버지와 그녀, 그리고 그녀에게 청혼을 한 남자, 셋이서 걸어 내려왔다. 아버지의 관사에서는 밥 한 끼 서로 나누지 않고 내려오는 길이었다. 아버지의 즉석 일품요리만은 무슨 일이 있어도 피하고 싶었다. 산자락에 안긴 작은 마을에서 푸른 이내가 피어오르고 있었다. 걸어 내려오던 세 사람의 침묵을 깨며 남자가 말했다.

「어느 외국인이 말했지요, 한국에서 가장 아름다운 시간은 저녁 이라고. 지금 보니까 그 말이 실감 나는데요.」

그녀의 마음은 아름다움 따위에 다가갈 수 없었다. 아버지는 어떨까. 인적 끊긴 길엔 개들이 어슬렁거렸다. 그들은 아버지가 이끄는 대로 다시 말없이 나루터에 이르렀다. 빤히 바라다 보이는 강 건너편에 대고 아버지가 딴사람처럼 목청을 높여 소리쳤다.

「어이, 배 갑시다아 아 아.」

뱃사공이 나룻배를 저어 강을 건너오는 동안 그녀는 강기슭의 썩은 수초를 내려다보았다. 아버지를 찾아 다시 강을 건너는 일은 이제 없을 것만 같았다.

그들이 배에 오르자 아버지는 곧바로 등을 돌려세웠다. 강의 수면에서 저녁 안개가 피어오르고 아버지는 안개에 파묻혀 점점 멀어져 갔다. 단호히 아버지를 버리고 남자를 택하기로 한 그녀에게 무언지 모를 불안이 물결처럼 일렁였다. 아버지가 그녀의 결혼을 거부하기 이전에 어쩌면 아버지보다 그녀 자신이 먼저 결혼을 내

세워 아버지를 거부한 것이 아니었을까. 혹 아버지를 버리기 위해 남자를 붙잡은 것은 아니었을까.

나룻배에서 내려 저녁을 먹고 나자 그는 마치 가벼운 여행객처럼 그곳의 여관에서 묵고 가기를 원했다. 그러나 그녀는 굳이 막차를 타고서라도 그곳을 서둘러 벗어나고 싶을 뿐이었다. 아버지에게서 멀어지고 싶었다. 물리적으로나마 속히 그 순간을 모면하고 싶었다.

늦은 밤, 간이역의 플랫폼에 서서 마지막 기차를 기다렸다. 시골의 밤은 유난히 캄캄했다. 고개를 들어 밤하늘을 올려다보았다. 깜짝 놀랄 만큼 수많은 별빛이 반짝이고 있었다. 문득 그녀는 아버지와 함께 밤하늘을 올려다본 적이 있었던가 기억을 더듬었다. 기억이 떠오르지 않았다. 그러나 왠지 분명히 있을 것만 같았다. 아버지 등에 업혀 밤길을 걸으며 밤하늘의 별을 세어 본 기억이 꼭 있었을 것만 같았다. 단지 기억이 나지 않을 뿐이라고, 그렇게 믿고 싶었다.

어린 시설의 기억 중에서도 가장 먼 곳에, 너무 멀어서 그것이 현실에서의 기억이었는지 혹은 꿈결이었는지조차 어렴풋한 가운데 한 그림자가 있다. 형체는 없고 다만 그림자로만 어른거릴 뿐이다. 그러나 그림자의 목소리만은 또렷이 기억한다. 아버지의 목소리였다. 폭약을 품은 듯한. 그 이후 한 번도 아버지의 그런 목소리를 들어 본 기억이 없다. 살의를 담은 목소리였다.

애는 두고 가.

아버지를 버려두고 돌아서는 밤길에 기억 속의 아버지 목소리가 자꾸 되살아났다.

멀리서 기적 소리가 들려오자 내내 묵묵히 있던 남자는 기차가 당도하기 전에 얼른 말해 버려야겠다는 듯 짤막하게 내뱉었다.

「인생을 달관하신 분 같아.」

어쩐지 그 한마디가 이제부터 아버지를 격리시키겠다는 언명으로 들려왔다. 그러나 이미 그녀는 아버지가 아닌 남자를 선택한 뒤였으며, 그것은 이제 그녀의 삶이 통째로 변하는 것을 의미하였다. 그녀가 꿈꾸는 따뜻하고 밝은 집으로의 유일한 선택이었을 뿐이다. 아, 그가 아닌 어떤 남자라도 그때 그녀 앞에 나타났다면 그녀를 따뜻하고 밝은 집으로 데려가 줄 상대가 되었을 것이다.

그 무엇도 되고 싶지 않았던 냉소의 이면에 얼마나 처연한 갈망의 불씨가 숨어 있었던가. 그녀는 알 수 없는 두려움에 떨었다. 아버지를 떠나기 위해 기꺼이 선택했던 남자는 결코 아버지를 받아들여 줄 것 같지 않았다. 그녀는 실체를 드러내지 않은 채 자신을 지배해 왔던 욕망의 확연한 얼굴이 남자에게 반사되어 되비치는 것을 피할 수 없었다. 자신이 버렸으면서도 남자에게서는 받아들여지기를 바랐던 것일까.

그러나 아버지 아닌 남편을 선택한 그녀는 늙은 남자에서 젊은 남자로 상대를 바꾸어 남들처럼의 삶으로 의연히 다가갔다.

남들처럼.

그녀가 얼마나 집요하게 탐하였던 삶이던가. 남들처럼.

그들 사이에 아이가 태어나고 그녀의 삶은 다른 여자들의 그것과 닮아 갔다. 그녀가 그토록 살고 싶었던, 빛과 볕이 드는 밝고 따뜻한 집에서 아이를 키우고 식탁을 차리고 가구를 닦았다. 언제부턴가, 남편이 그녀에게 화두를 던져 주기 전까지는.

'당신한테 문제가 있다는 거 알아?'

어느 날 갑자기 남편으로부터 그 말을 듣는 순간, 이상하게도 제자리로 돌아온 기분이었다.

5

그녀는 2월에 봄꽃을 샀다.

백화점 식품 매장에 찬거리를 사러 갔다가 입구 바닥에 꽃밭처럼 오종종 전시된 꽃들을 보았다. 흰색, 노란색, 바이올렛 빛, 분홍, 진홍, 흑자줏빛의 꽃잎들이 마알간 얼굴로 그녀를 올려다보고 있었다. 그녀는 그것들 중에서 꽃봉오리가 탐스럽게 맺힌 진홍 프리뮬러 화분을 들어 올렸다. 값을 치르며 점원에게 물었다.

「2월에 벌써 꽃이 피었네요. 얼마나 살까요?」

「제값은 하고 죽어요.」

그녀는 앙증맞은 토분에 담긴 꽃을 집 안 여기저기에 놓아 보았다. 꽃은 어디에 놓아도 꽃답게 예뻤다. 그녀는 그것을 부엌의 창턱에 올려놓기로 하였다. 오후의 햇살이 오래 머무는 서향 창이었다. 특히 부엌의 창턱은 햇볕이 아무런 장애 없이 화분에 내려앉을 수 있도록 적당한 폭으로 나 있었다. 무엇보다 그곳은 하루 중 그녀의 시선이 가장 오래 머무는 곳이었다. 저녁을 짓다 말고 노을빛 물든 하늘에 넋을 빼앗겨 우두커니 서 있곤 하는 곳이었다.

부엌 창턱에 올라앉은 화분은 그녀와 아주 가까운 사이가 되었다. 남편이나 아이보다도 더 자주 그녀와 얼굴을 마주칠 수 있었다. 아침에 눈 뜨면 제일 먼저 하는 일이 화분에 물을 주는 일이었다. 남편과 아이가 나간 빈집에서도 바라볼 것이 있어 정다웠다. 그녀의 남편은 물을 마시다 말고 창턱에 붙박여 있는 그녀를 향해 심드렁히 말하곤 했다.

「그거 얼마나 가겠어. 봄도 되기 전에 모종을 옮겨 심은 게 며칠이나 살겠다구.」

점원은 제값은 하고 죽는다 했고, 남편은 얼마 못 간다고 했다. 꽃의 제값을 시간으로 환산할 수 있을까. 그녀는 기다렸다. 맺혀 있던 봉오리들이 꽃망울을 터뜨리는 순간을. 꽃봉오리가 만개하기까지의 숨 막히는 기다림에 온 정성을 바치는 심정으로.

꽃봉오리를 가만히 들여다보노라면 닫혀 있던 봉오리가 미세한 떨림으로 몸을 벌리며 터져 나오려는 듯한 안간힘이 그녀에게로 전달되어 왔다. 그것이 닫힌 문을 스스로 열고 터져 나오는 그 순간을 놓치지 않기 위해 그녀는 가슴 졸이며 화분에서 눈을 떼지 못했다. 집요할 정도로 그 순간에 집착했다.

그러나 맺혀 있던 봉오리는 끝내 피어나지 못했다. 진홍의 꽃봉오리들은 점점 빛깔이 엷어지더니 나중엔 흰빛에 가까워졌고 시름시름 죽어 갔다.

꽃을 보리라던 그녀의 끈질긴 희망은 사라졌다. 맺혀 있던 봉오리들이 작은 화분이 비좁도록 활짝 피어나 감히 그려 볼 수도 없었던 빛깔을 내뿜어 주리라 기대하였던 그녀는 이제 다시 문제를 안은 일상으로 돌아왔다. 마음을 쏟아 부어 줄 대상을 잃은 그녀는 다시 오래고 오랜 내면으로 돌아와 그녀 자신에게 묻고 또 물어야 했다. 너의 문제는 무어지?

그녀는 잠에서 깨자마자 더 이상 화분을 들여다볼 필요가 없어졌지만 시선은 아직 그대로 창턱에 놓인 화분을 거쳐 창 너머의 큰길가로 향한다.

오늘은 큰길가에서 택시를 기다리고 서 있는 한 가족에 시선이 머문다. 젊은 부부와 딸아이가 그 가족의 모습이다. 여자는 짧은 커트 머리에 검은 가죽 재킷을 입은 경쾌하고도 멋스런 차림으로 연한 살굿빛 원피스를 입은 딸을 안고 있다. 그 곁엔 몸집 큰 사내가 갈색 잠바 차림으로 바짝 붙어 서 있다. 사내와 여자가 무언가 계속 이야기를 나누고 있다. 아마도 한창 예쁜 짓을 하는 딸아이를 사이에 두고 장난스런 대화를 나누는 것 같기도 하다. 택시는 오지 않고 그들은 쉬지 않고 말을 주고받는다.

그녀는 창밖의 그들에게 잔뜩 마음을 빼앗긴다. 창턱에 올려놓고 바라보던 화분처럼 예쁘고 행복한 가족의 모습 그대로다. 가벼운 옷차림으로 보아 봄나들이라도 가는 것 같다. 그녀는 택시가 좀 늦게 와주었으면 싶어진다. 그들의 모습을 오래 바라볼 수 있으면 좋겠다.

그런데 한순간, 여자보다 훨씬 덩치 큰 사내가 갑자기 여자를 후려친다. 눈으로 보면서도 믿기지 않는 장면이다. 참으로 순식간의 장면 바뀜이 눈앞에서 거짓말처럼 이뤄진다. 여자는 이미 땅바닥에 나가떨어졌고 여자가 안고 있던 아이는 여자의 품에서 빠져나와 길바닥에 울고 서 있다. 사내는 몇 걸음 뒤로 물러서서 여전히 여자에게 무어라 소리를 질러 대는 것 같다. 이번엔 여자가 일어나더니 몸을 날려 사내에게로 돌진해 간다. 그러자 사내가 여자를 발로 냅다 찬다. 여자는 다시 길바닥에 고꾸라지고 만다. 아이가 울면서 찻길로 아장아장 걸어간다. 저런, 저런, 그녀는 저도 모르게 부엌 창을 마구 두드린다. 그녀의 손길이 닿지 않는 너무 먼 곳에 있는 아이는 겁에 질려 짧은 다리로 자꾸 걸어간다. 여자는 길바닥에 퍼질러 앉은 채 사내를 향해 삿대질을 해대며 산뜻해 보이던 머리를 마구 뒤흔들어 산발을 만든다. 사내는 제 분을 못 참겠다는 듯 우리 안의 짐승처럼 선 자리에서 빙글빙글 돌고 있다. 아이가 그들로부터 자꾸 멀어지고 있는 것 따윈 안중에도 없는 것 같다.

유리창을 두드려 대던 그녀는 미친 듯이 집을 뛰쳐나가 큰길가로 숨차게 달린다. 마침내 유리창으로 내다보이던 자리까지 달려온 그녀는 텅 빈 길에서 멈춰 선다. 아무도 없다. 길거리는 텅 비어 있고 아이가 걸어 들어가던 찻길엔 차들이 내달리고 있다. 그녀는 달리는 택시의 뒷유리로 아이의 살굿빛을 볼 수 있을까 선 자리에서 껑충껑충 뛰어 본다.

그들이 서 있던 자리에 멍하니 서서 그녀는 마치 낯선 그들 가족이, 아니 가족으로 분장한 배우들이 그녀만을 유일한 관객으로 팬터마임을 한차례 공연하고 떠난 것 같은 허탈한 기분에 빠져 든다.

그토록 행복해 보이던 그들의 모습은 그녀가 지어낸 허위에 지나지 않았음이 드러났건만 그녀는 그들이 보여 준 돌연한 변화의 충격에서 좀체 벗어나지 못하고 떨고 서 있다.

물 적신 솜처럼 무거워진 몸을 끌고 집으로 돌아온 그녀는 조금 전의 그 부엌 창가에 다시 가 선다. 유리창 너머는 예측할 수 없는 딴 세상 같다.

그녀는 창턱에 놓인 죽은 화분을 개수대에 내려놓고 수도꼭지를 활짝 연다. 세찬 물줄기가 쏟아지자 작은 화분에 담긴 한 움큼의 흙이 파헤쳐지며 그녀의 옷섶으로 마구 튀어 오른다. 작은 화분은 금세 빈 용기가 된다. 꽃은 죽었을지라도 한 움큼 흙을 차마 쏟아 버리지 못하고 있던 그녀는 이제야 깨끗이 비운 토분을 창턱에 다시 올려놓는다.

6

여름이 오면 바닷가의 그 집은 바다를 찾는 사람들을 위해 어김없이 개방되었다. 사원들은 저마다 전망 좋은 방을 차지하기 위해 앞 다퉈 예약 신청을 하였고 배정받은 방을 이용할 수 있는 날짜에 맞춰 여름휴가를 계획했다.

남들이 해마다 바닷가의 그 집을 찾는 동안 그녀는 남들처럼 살아 본다는 것의 허위에 스스로 지쳐 더는 그 집을 찾지 않았다. 바닷가 그 집에서 지낸 여름 한때의 기쁨과 설렘조차 기억하고 싶지 않았다.

진실과 거짓은 얼마나 가까운 곳에서 서로를 쉽게 엿보고 있었던지.

'우리 사이에 무슨 문제라도 있어?'

남편은 그렇게 시작했다.

조금씩 늦어지는 귀가, 느껴질 듯 말 듯 차가운 전류가 되어 그녀의 온몸으로 퍼져 드는 무성의한 손길, 권태로움을 미처 간수하지 못하고 내뱉는 말투, 그러나 남편의 말처럼 문제를 제기할 만한 일상의 변화는 아무것도 없었다.

정작 남편은 자신의 변화를 인정하지 않은 채 미세한 변화의 징후들에 갇혀 허우적거리고 있는 그녀에게로 문제를 던져 주었다. 그녀 스스로 더욱 혼란에 빠져 드는 사이 남편은 점점 멀어져 갔다. 남편은 그녀로부터 멀어져 가면서 집 안의 온기와 빛마저 거두어 갔다. 마치 내가 베풀었던 것, 내가 가져간다는 투로.

　남편의 밥을 짓고 가구를 반들거리도록 닦으며 가계부를 적는 일 따위는 이제 그녀에게 더 이상 절실한 것이 아니었다. 그것들에서 구원에의 믿음을 잃어 가고 있는 그녀에게는.

　그녀를 빛과 볕이 드는 밝고 따뜻한 집으로 데려가 주리라 믿었던 남편에의 절박했던 믿음마저 흔들리는 순간, 그녀가 집에 바친 모든 신성하기까지 했던 행위는 허위로 전락하고 말았다. 남편을 통해야만 이루어질 수 있다고 믿었던 꿈이었으니 남편으로 인해 무너진 건 당연한 결과였다. 다만 빛과 볕이 깃들었던 집이 그녀에게 너무도 익숙한 과거의 공간으로 그토록 쉽사리 바뀔 수 있는 현실에 절망하였다. 집 안에 떠도는 미미한 먼지 같은 것에 갇혀 시들어 가는 아내를 야유하듯 남편은 본질적으로 그녀와 다른 자신을 내세워 사뭇 당당하게 되물었다.

　'왜? 우리 사이에 무슨 문제라도 있어?'

　한결같은 태도였다. 남편의 되풀이되는 질문은 마침내 그녀의 본질을 향해 날아와 박혔다.

　아니면 당신에게 무슨 문제가 있는 건가?

　문제없는 우리 사이를 두고 문제 삼는다면 문제는 당신에게 있는 거야. 당신에게 문제가 있는 거라니까. 결국 모든 문제는 그녀에게 있었다.

　그러나 그녀는 차라리 받아들이고 싶었다. 그 길이 쉬웠다. 그녀에게서 떠나 버린 남편을 인정하기보다는 그 편이 차라리 견딜 만했다. 남편의 거짓이 드러나지 않기를 바라는 심정은 남편보다 오히려 그녀 쪽이 간절했다. 그래서 남편이 천연덕스럽게 그녀에게 던지곤 하는 반문, 왜 우리 사이에 무슨 문제라도 있어? 라는 말은 그녀에게 마약과도 같은 진통 효과를 주었다. 부딪혀 보리라 자신을 내던지고 다가가는 그녀에게 남편이 되쏘아 붙이는 그 말은 그녀를 얼마나 안도케 하였던지.

그토록 들어가 살고 싶었던 남들처럼의 집과 삶, 그 모든 것을 의미하였던 남편을 거부한다면 그녀는 이제 갈 곳이 없을 것이다. 정작 나선다 하여도 갈 곳이 없었다. 돌아갈 곳이 없었다.

그녀는 스스로 문제는 남편에게 있는 것이 아니라 그녀 자신에게 있다고 덧씌우며 허울뿐인 집 속에서 버티어 갔다. 집은 어린 시절 그녀의 꿈속에 나타나곤 하던 집, 아무것도 담겨 있지 않은 형체뿐인 집으로 변해 갔다. 이제 그녀는 더 이상 꿈꾸어 볼 어떤 것도 갖지 못한 채 빈집 속에 갇혀 버렸다. 집은 그녀의 감옥이 되었다.

나가서 갈 곳이 없는 자에게 감옥은 어떤 곳일까. 어느 날 남편이 말했다.

「병원에 가서 상담 한번 받아 보는 게 어때?」

7

세 번째로 바닷가의 그 집을 다시 찾았을 때 그녀는 아버지와 함께였다. 그해 여름 그들에게는 대가족을 위한 넓은 방이 배정되었다. 남편의 직급이 그만큼 올라간 까닭이었으며 그동안 여러 해 신청을 거른 덕분이기도 했다. 아버지를 배려해 신청한 방은 아니었지만 어쨌든 그해 여름휴가에 아버지가 동행할 수 있었던 것은 순전히 그 방 때문이었다.

아버지는 거부하지도 그렇다고 반기지도 않은 채 강 건너 학교의 관사에서 바닷가로 와 그녀 가족과 합류했다.

아버지와 함께한 그 여름은 유난히 일기가 고르지 못했다. 그들이 그 집을 배정받은 시기에 바다는 태풍의 영향권에 들어가 있었다. 여름이 시작되기 전에 계획되었던 하계 휴양소의 운영 일정은 변경이 허용되지 않았다.

그들이 바닷가의 그 집에 당도했을 때는 비바람이 몰아쳤고 파도는 포효하고 있었다. 그들에게 배정된 방은 철제 2층 침대가 양쪽 벽으로 두 개씩 나란히 놓인 8인실이었다. 방은 마치 학교 기숙사처럼 넓고 간결했다.

그들이 휑한 방에 들어서자 바다를 향해 나 있는 유리창의 창틀들이 일제히 밖으로 튀어나갈 듯 사납게 덜컹거리는 통에 창틀에 걸린 유리는 당장이라도 떨어져 산산조각이 날 것만 같은 위태로운 지경이었다. 창밖에서는 거대한 모래 기둥이 하늘로 치솟아 오르며 시야를 온통 희뿌옇게 가로막고 있었다. 그녀는 덜컹대는 창에 붙어 서서 바다를 보았다. 아무도 없는 텅 빈 바다를 태풍이 저혼자 휘저어 대고 있었다. 뿌연 시야 저편에서는 성난 파도 더미가 미친 듯이 전속력으로 그녀를 향해 덤벼드는 것만 같았다.

그들은 여덟 개나 되는 침대 중에서 각자가 원하는 자리를 골랐다. 아이가 좋아라 하며 2층으로 오르자 그녀가 따라 올라갔고 아래층엔 자연스레 그녀의 남편과 아버지가 서로 양쪽에서 침대를 하나씩 차지했다.

짐을 풀자마자 남편은 다른 방에 묵고 있는 회사 동료들과 어울리느라 태풍의 영향에 크게 구애받지 않는 듯했고 아이는 복도를 휘젓고 다니는 제 또래 아이들과 금방 한패가 되어 방을 나갔다.

창틀이 덜컹거리는 휑뎅그렁한 방에 남은 사람은 그녀와 아버지뿐이었다. 그녀는 짐을 대강 정리하고 2층의 그녀 침대에 누웠다. 높은 침대에 몸을 누이니 태풍이 몰아치는 바다 한가운데 떠 있는 기분이었다. 집을 벗어난 낯선 어딘가에 존재하고 있는 자신을 느꼈다. 마치 집을 버리고 바다 위 허공중으로 떠오르고 있는 그런 기분이었다. 집을 벗어나 자신의 존재감을 느껴 보기는 처음이었다. 늘 집 속의 요술 같은 삶을 꿈꾸어 왔던 그녀, 끊임없이 집 속에 담긴 무언가만을 갈망해 온 그녀에게는 전혀 예기치 못한 경험이었다.

태풍은 좀체 수그러들지 않고 파괴적인 위력으로 창틀을 흔들어 대고 있었다. 모래 위에 기초를 세운 집은 곧 뿌리째 뽑혀 나갈 듯이 유리창과 문이 하나가 되어 비명을 질러 댔다. 그 엄청난 파괴력을 높다란 침대에 가만히 누워 받아들이면서 그녀는 이상스레 조용히 가라앉는 듯한 자신을 느낄 수 있었다. 한없이 작고 가벼이, 자신을 뒤흔드는 거대한 힘에 아무런 저항도 하지 않고 누웠다가 한순간 그 힘에 날려 갈 준비가 되어 있는 자신을.

잠시 후 낮잠에 취한 아버지의 코 고는 소리가 우렁차게 아래에서 들려왔다. 창틀이 마구 덜컹거리는 방 안에 아버지와 둘만 남겨졌다는 사실이 그제야 새삼스레 실감되었다. 현실을 잠시 잊고 허공에 떠올라 있던 그녀에게 아버지의 코 고는 소리는 편안하고 아늑한 리듬을 타고 들려왔다. 몸을 돌려 내려다보니 텅 빈, 장식 없는 간결한 방이 마치 아버지와 함께 살던 관사의 모습을 닮은 것도 같았다.

비바람에 날려 갈 듯한 바닷가 집일망정 오롯이 부녀가 함께해 보기는 참으로 오랜만이었다. 그토록 벗어나고 싶었고 그래서 마침내 벗어났건만 벗어날 수 없는, 벗어 버릴 수 없는 무언가가 아버지와 그녀 사이에 여전히 이어져 여기까지 왔음이 뒤늦게 그러나 아늑한 깨달음으로 다가왔다. 한편 남편이 끊임없이 제기하던 그녀의 문제, 본질적으로 자신과 다르다는 것을 표 나게 부각시키려 했던 그녀만의 문제란 어쩌면 아버지를 내포한 그녀의 과거, 그를 만나기 전의 그들 부녀에 대한 조롱이 아니었을까 하는 참담한 자각이 뒤따랐다.

우리 사이에 무슨 문제라도 있어?

남편은 그녀에게서 치유 불능의 문제를 발견하고 스스로는 그런 문제를 갖지 않은 우월감에 음험하게 도취되어 갔던 것은 아닐까.

우리 사이에 무슨 문제라도 있어? 있다면 당신이겠지.

그들이 그곳에 머무는 동안 태풍은 좀처럼 물러나려 하지 않았다. 잠시 잠잠하던 파도가 성을 내며 솟구쳐 오르면 뒤이어 비바람이 몰아쳤다. 아버지는 홀로 우두커니 창가에 서서 비바람 몰아치는 바다를 바라보다가 태풍이 조금 잦아드는 듯하면 수영복만 입은 맨몸으로 기운차게 혼자 백사장을 달려 나가 바닷물 속으로 뛰어들었다. 아버지가 떠나간 창가에서 밖을 내다보면 팔다리를 마구 휘저어 준비 운동을 하며 바닷물 속으로 들어가고 있는 아버지가 그녀의 눈에 들어왔다. 바다에 뛰어들고 싶어 참지 못하는 어린아이를 보는 듯했다. 어린아이라면 말렸을 테지만 그녀는 그러지 못했다. 대신 아버지의 어린아이와도 같은 몸짓을 바라보며 유리창에 뺨을 대고 소리 없이 울었을 뿐이다.

그들 가족이 그곳을 떠나는 날 아침이 되어서야 비로소 태풍이 한반도를 빠져나가고 있다는 기상 예보가 라디오를 통해 흘러나왔다. 복도에서 놀던 아이들이 소리를 질러 대며 밖으로 뛰어나갔다.

그들은 오후가 되기 전에 방을 비워 줘야 했으므로 아직 태풍의 여파가 남아 있는 바닷가에 나가 서둘러 기념사진을 찍었다. 사진 속 그들 가족의 배경엔 파도가 으르렁거리는 듯한데 그녀는 한 손으로는 바람에 펄럭이는 치맛자락을, 다른 한 손으로는 하늘로 솟구치는 머리카락을 누르고 있다.

그들이 차에 올라타 해변을 빠져나올 때쯤 태풍은 홀연 자취를 감추고, 따가운 햇살이 대지를 달구기 시작했다.

8

태풍에 갇혀 바닷가 집의 관사를 닮은 방에서 아버지와 둘만의 여름을 보낸 이후 그녀는 두 번 다시 아버지를 볼 수 없게 되었다. 태풍의 흔적마저 사라지고 불볕이 내리쬐는 시외버스 터미널에 아버지를 떨구고 돌아설 때 그것이 아버지와의 마지막 순간이 될 줄 누가 알았을까.

그해 겨울 폭설이 내려 쌓이는 텅 빈 학교의 관사에서 아버지는 아무도 모르게 생을 마감했다. 아버지 생애의 마지막 관사가 되리라던 그곳에서 정년을 채 몇 달 남겨 두지 않았을 때였다. 더 이상 옮겨 갈 관사가 이 세상에 없었기 때문이었을까.

그 겨울 새벽, 학교 고용인의 전화를 받고 집을 뛰쳐나가 그곳에 이르렀을 때 건너야 할 강은 꽝꽝 얼어붙어 있었다. 학교 고용인이 그녀의 잠을 깨웠을 때 이미 아버지는 죽은 후였지만 그녀는 그 죽음을 믿을 수도 인정할 수도 없었다. 얼어붙은 강가에 닿을 때까지도 그녀는 그 생각뿐이었다. 그러나 믿을 수 없었고, 믿지 않으려 했던 것은 죽음을 인정하지 않으려는 생의 본능, 죽음에의 무력한 저항에 지나지 않았을 뿐이다. 아버지에게로 내달려 오기에만 혼신을 다했던 그녀는 눈밭이 되어 버린 강가에 이르러서야 비로소 목 놓아 울기 시작했다.

아버지이이이…… 아버지이이이…… 아버지이이이…….

흰 눈밭이 생과 죽음 사이에 가로놓인 건널 수 없는 강처럼, 그녀와 아버지 사이에 하얗게 펼쳐져 있었다. 그녀는 눈밭에 주저앉아 온몸으로 울음을 토해 냈다.

그녀가 한참이나 꺼이꺼이 목 놓아 울고 있는 사이 눈 덮인 강 위로 햇살이 퍼져 오르기 시작했고 흰 벌판은 마치 보석 가루를 흩뿌려 놓은 듯 사방으로 빛을 쏘아 댔다. 고개를 들어 캄캄하던 눈을 뜨자 그녀 앞에는 돌연 시리도록 눈부신 순백의 벌판이 아무도 지나지 않은 새 길처럼 다가와 있었다.

눈부신 강 아래쪽에선 한 떼의 아이들이 팽이를 돌리고 있는지 팽이채 소리가 힝힝 허공을 가르며 그녀의 귓가에 날아와 꽂혔다. 그녀는 눈물을 훔쳐 내고 저 멀리 빙판 위에서 몸이 보이지 않도록 춤을 추고 있는 팽이들을 바라보았다. 팽이가 회전력을 잃고 비틀거리는가 싶자 아이들의 채찍이 매섭게 허공을 갈랐다.

그녀는 벌떡 몸을 일으켜 세워 강을 건너기 시작했다. 그녀가 길을 내며 걷는 발자국을 따라 흰 분말이 먼지처럼 자욱이 피어올랐다. 그녀는 눈가루가 날아오르는 강을 쉬지 않고 걸었다. 뱃사공 없이 강을 건너 아버지의 죽음을 확인하러 가는 길이었다. 강 아래쪽에서 팽이 돌리는 아이들의 웃음소리가 얼음 위를 구르며 흩어졌다.

고용인에게 주검이 발견된 아버지의 사인은 심장 마비였다. 발목까지 덮는 눈을 치워 관사에서 학교로 길을 내놓은 것으로 보아 아버지는 눈을 치우고 들어와 바로 발작을 일으켜 죽음에 이른 것으로 추측되었다.

폭설로 교통이 두절되다시피 해 장례는 결국 아버지의 마지막 집이 되어 버린 관사에서 치렀다. 뒤이어 내려온 그녀의 남편과 방학 중에 연락이 닿은 몇몇 교사 그리고 인근 주민들만으로 음울히 그리고 간소하게 진행되었다. 상복 입은 그녀의 귀에까지 들리도록 문상객들이 빈번히 주고받던 말, 이 엄동설한에 딸네 집에라도 가 계셨으면 혼자서 그런 참변은 당하지 않았을 텐데. 마지막 순간에 이 적막강산에서 얼마나 참담했을꼬. 하여간 그 양반다운 마지막일세그려.

문상객들 탓만은 아니었다. 아버지의 갑작스러운 죽음은 그녀에게 슬픔에 앞서 괴로움을 먼저 몰고 왔다.

일시적으로 멈춘 아버지의 심장을 세차게 두드려 다시 박동할 수 있도록 그래서 아버지의 삶이 다시 이어질 수 있도록 해주었어야

할 누군가, 아버지의 입을 열고 뜨거운 호흡을 불어넣어 얼어붙은
심장을 다시 뛰게 했어야 할 누군가가 바로 그녀 자신이었음을 아
버지는 죽음으로 그녀에게 일깨워 주고 있었다. 지독한 복수처럼.

아버지의 장례가 진행되는 동안 그녀는 그 여름 태풍에 갇혀 꼼
짝없이 아버지와 단둘이 시간을 보내던 때 해야 했던 말, 그러나
망설이는 사이 영원히 주인을 잃은 말로 내내 괴로움에 떨며 울부
짖었다.

아버지, 관사를 떠나면 저한테 오세요.

아버지는 그렇게 그녀에게서 떠나갔다. 그러나 아버지는 그녀에
게 새로운 집을 남기고 떠났다.

아버지를 산에 묻고 내려오며 그녀는 그녀가 갖게 된 아버지의
무덤을 생각했다. 관사에 살아 있는 아버지가 아닌 무덤 속에 누운
아버지를 받아들여야 하는 순간이었다. 아버지는 죽음의 의식을 거
쳐 그녀에게로 들어와 예전의 아버지와는 다르게 자리 잡기 시작했
다. 아버지를 잃은 상실감에서 채 빠져나오지 못하고 있는 그녀에
게 아버지는 관사에서와는 다른 존재감으로 서서히 깃들고 있었다.
그녀를 온전히 품어 줄 유일하고도 완전한 아버지였다.

아버지를 잃은 자리에서 그녀는 고향을 갖게 되었다.

언제든 찾아가 목 놓아 울 수 있는 무덤은 그녀가 갖지 못했던
고향의 응축된 모습으로 그녀 앞에 나타났다. 그녀가 그토록 갈망
하였던 빛과 볕이 드는 집이란 어쩌면 고향의 다른 형태가 아니었

을까. 그것은 아버지가 빗장을 걸어 잠근 아버지 내부의 실제 이미지였으며 아버지를 벗어나 찾으려 했던 그녀의 오랜 헤맴 역시 빗장 너머 아버지에게로 들어가려는 애처로운 몸짓에 지나지 않았을 뿐이다.

9

그녀의 오랜 예감대로 남편에게는 다른 여자가 있었다.

아버지가 홀로 죽음을 맞이한 관사에서의 그녀의 부재는 그녀가 몸담아 살고 있는 남편의 집에서의 부재도 함께 의미하였다. 남편이 다른 여자에게 집착하는 동안 그녀는 남편에게 부재하는, 허울뿐인 아내에 지나지 않았다.

아버지의 죽음에 이어 남편의 부정은 자연스럽게, 더는 숨을 곳·이 사라진 거짓의 파국이 늘 그러하듯 그녀 앞에 드러나고 말았다. 남편이 그토록 당당할 수 있었던 이유는 오직 그것이 세상에 드러나지 않았기 때문이었으며 또 세상에 드러내지 않을 수 있다는 자신감의 표현이기도 했다.

그러나 남편은 세상에 드러나지 않는, 눈에 보이지 않는, 그래서 더욱 감춰지지 않는 생의 진실에 대해선 무지했다. 아니, 알려고 하지 않았다. 드러나지 않는 세계에 갇혀 외로움에 떠는 그녀에게 남편은 예사롭게 자신의 거짓을 무장했다.

왜? 우리 사이에 무슨 문제라도 있어?

그녀는 드러나지 않는 세계를 단호히 외면하려는 남편의 벽 앞
에서 번번이 그녀의 문제로 되돌아와야 했다.

이제 남편은 더 이상 자신의 부정을 은폐하거나 방어하지도 않
았다. 하지만 이런 남편의 변화에서 더 이상 진실을 감추지 않겠다
는 의지가 읽히진 않았다. 그는 이미 드러난 진실을 거짓으로 누를
수 없게 된 상황에 가벼이 손을 들었을 뿐이다. 그는 참으로 오랜
시간 그녀를 거짓으로 대해 왔으면서도 왜? 우리 사이에 무슨 문
제라도 있어? 하며 끊임없이 질문을 던져 그녀를 진실과 거짓 사
이에서 분열시켜 왔다. 그러나 이제 남편의 거짓으로 진실 누르기
는 끝이 났고 남편은 패가 안 좋은 도박판에서 손을 털듯 더 이상
사태를 숨기지 않았다.

이런 남편에게 그녀가 진정으로 묻고 싶은 말은 왜 당신은 나를
버리고 다른 여자를 사랑하였는가에 앞서 왜 당신은 나를 속였는
가, 였다. 그가 그녀에게 행한 거짓으로 그녀는 자신의 본질 자체
에 괴로워하였으며 그 고통 속엔 아버지도 함께 있었다.

그녀는 자신도 놀라울 정도로 담담하게 남편의 문제를 받아들였
다. 오랜 시간 남편의 벽 앞에서 홀로 물러 나와 자신의 문제에 깊
이 갇혀야 했던 그녀로서는 남편의 부정을 향한 분노보다 자신의
문제에서 풀려난 해방감이 먼저였다. 그러나 부단히 남들과 섞이
며 남들처럼 살고자 하였던 그녀에게 그곳으로 가는 유일한 통로

였던 남편은 치유하기 힘든 상처를 덤으로 남겨 주었다.

그녀는 남편에게 무엇도 종용하지 않았다. 그가 용서를 빌길 강요하지도 않았으며 문제의 해결을 재촉하지도 않았다. 상처를 건드리는 것조차 두려운 까닭이었는지도 모른다. 갑작스레 살갗이 찢기고 피가 솟는 상처를 당했을 때 얼른 그 상처를 움켜쥐고 잠시 확인을 유보하는 것처럼 자신의 상처가 얼마나 크고 깊은지, 과연 봉합될 수 있는지 알게 될까 그것이 두려운 그녀였다.

이런 그녀에게 남편은 이해할 수 없는 요구를 해왔다.

「나는 다 정리됐으니까, 이제 당신 문제만 해결하면 끝나.」

상처를 들여다보기조차 두려워 짐짓 평온한 그녀에게 남편은 그녀의 문제를 풀어야 한다며 다그쳤다. 남편은 그녀가 끝끝내 풀 길 없는 문제 속에 갇혀 있기를 원하는지도 몰랐다. 남편이 굳건히 쌓아 올린 거짓의 벽 앞에 섰을 때보다 더 참담해지는 심정이었다.

그녀는 다시 자신의 상처는 덮어 둔 채 남편을 거짓에 빠져 들게 한 그녀의 잘못은 무엇이었던가 스스로 묻고 괴로워해야 했다. 아내 아닌 다른 여자를 은밀히 만나 온 남편의 문제는 그녀의 오래고 오랜 보이지 않는 문제에 비하면 가볍고도 손쉬운 것쯤으로 여겨지기까지 했다. 쉽게 사랑하고 쉽게 거짓을 범하고 쉽게 되돌리는 남편의 삶이란 얼마나 경쾌한 것인가.

결국 모든 문제는 그녀에게로 귀결됐다. 그녀는 이제 그 옛날 어둡고 냉기 찬 관사에서 빛과 볕이 드는 집을 꿈꾸던 것처럼 여전히 아무 일도 없었다는 듯 당당하게 가볍고 경쾌한 삶을 이어 가는 남편을 질투하기에 이르렀다.

거짓과 진실이 뒤범벅되어 분간할 수 없는 남편의 가벼운 삶.

마침내 그녀는 그것을 탐냈다. 가벼이 살아갈 수만 있다면.

남편의 집이 그녀에게 결코 빛과 볕이 드는 그런 집이 아니었음을 깨닫고 나서도 그녀는 그 어떤 다른 집도 갖지 못했으므로 자신의 존재를 가볍게 덜어 내고서라도 그 집에 머무는 수밖에 없었다. 그러지 않고서는 갈 곳이 없었다. 아버지의 무덤밖에는.

그와 한집에 기거하면서 그의 밥을 짓고 그의 와이셔츠를 다리고 그의 수입을 관리하며 남들처럼 문제없어 보이는 삶을 지속하였지만 그녀는 이제 남편의 눈을 들여다보며 대화하지 못했다.

남들처럼 살아가기.

그녀에게 이것은 쉽게 던져 버릴 수 있는 것이 아니었다. 설령 진실과 거짓에 뒤범벅되어 함께 뒹굴어야 할지라도.

아무 문제도 일어난 적이 없는 듯 남편의 집에 살고 있었지만 그곳에 그녀는 부재하였다. 부재한 채로 그녀는 그곳에 살고 있었다.

10

바닷가 집은 그 어느 해 여름보다 멀게 느껴졌다.

이른 아침에 길을 떠났으나 도로를 메운 휴가 차량 행렬에 막혀 오후가 되도록 아직 그 집에 이르지 못하고 있었다. 아이는 몇 번 깨다 말다 하며 뒷자리에서 잠들어 있고, 남편과 그녀는 내내 말없이 앞만 바라보며 그 집을 향해 가고 있었다.

아버지의 죽음 이후로 처음 떠나는 여름휴가 여행이었다. 아이가 바다에 가자고 졸라 대지 않았어도 바닷가의 그 집을 다시 찾았을까.

「우리 이번 여름 거기나 가볼까?」

남편이 즉흥적으로 제의했을 때 그녀는 그 집에 대해 남편과 다른 기억을 간직해 온 자신을 발견하였다. 지난 몇 년 동안 남편도 그녀도 여름휴가를 계획하는 따위의 일상에서는 멀어져 있었다. 그녀에게는 이제 억눌린 꿈조차 남아 있지 않았다.

아이의 성화에 못 이긴 남편이 마지못해 그곳에나 가보자고 하였을 때 그녀는 잊고 살았던 그 집을 고스란히 기억해 냈고, 그러자 예기치 못했던 그리움이 밀려왔다.

처음으로 남자를 받아들이고 아이를 잉태한 집, 남들처럼의 삶이 꿈이 아닌 현실로 그녀에게 다가올 수 있도록 그녀를 위해 그때 그곳에 있어 준 집이었다. 그 집은 아버지의 관사도, 그녀가 꿈꿔 온 빛과 볕이 드는 그런 집도 아닌 매우 특별한 모습을 하고 바닷가에 서 있었다. 그녀 생애를 통해 몇 날 머물렀을 뿐인 집이었지만 그녀에게는 또 하나의 집, 어쩌면 진정한 의미의 그녀만의 집으로 기억되고 있는지도 몰랐다.

그런 까닭인가, 남편이 그 집에나 가보자고 하였을 때 그녀는 남편과는 다른 의미로 그 집을 떠올렸으며 내내 그리움을 품고 기다렸다.

그 집에서라면.

그들이 그곳에 당도하였을 때는 남편의 예상대로 비가 멎어 있었다. 그러나 흐린 잿빛 하늘 아래 수평선 쪽으로는 아직도 비가 내리고 있는 듯 시커먼 구름이 몰려 있었다.

해변 쪽에서 바라보는 그 집이 왠지 낯설게 느껴졌다. 왜일까, 의아한 마음으로 다가가는 그녀를 앞질러 아이가 뛰어가며 소리쳤다.

「야, 새 집이다.」

과연 집은 새 옷을 입고 있었다. 바닷바람에 시달려 우중충해 보이던 잿빛의 외벽이 산뜻한 흰색으로 칠해 있었다. 겉만 변한 것이 아니었다. 방으로 들어서자 역시 벽엔 크림 빛이 화사하게 덧칠되어 있었다. 아귀가 잘 맞지 않아 삐걱거리던 창문틀까지 견고해 보이는 새 새시로 갈아 끼워져 있었다. 그들 가족이 찾지 않는 사이 그 집은 외벽에서부터 내부 구석구석까지 말끔히 새롭게 단장한 모습으로 변해 있었다.

그녀가 선 채로 방 안을 둘러보는 사이 남편과 아이는 어느새 수영복으로 갈아입고서 비닐 튜브를 입으로 불며 바다로 뛰쳐나가고 있었다. 그녀는 남편과 아이가 벗어서 아무렇게나 던져 놓고 간 옷들을 하나하나 벽에 걸었다. 그런데 어쩐 일인지 손에 녹물이 묻어 났다. 자세히 보니 벽에 일정한 간격으로 박힌 굵다란 못은 예전의 것들 그대로인데, 어떤 것은 크림 빛 페인트 세례를 받지 못했는지 머리에 벌건 녹물을 뒤집어쓴 채 오래도록 그 자리에 방치되어 있는 모양새였다. 아마도 투숙객들이 기피하는 동안 녹은 점점 쌓여 갔으리라. 그녀는 크림 색 못을 골라 옷들을 걸었다. 그러고 나서 남편의 담뱃갑에서 은박지를 빼내어 아직 벌건 녹 가루를 뒤집어 쓴 채 깨끗한 벽에 어색한 모습으로 박혀 있는 대못의 머리를 꼼꼼 히 감싸 주었다. 크림 빛 벽 위에 은빛 점이 찍힌 듯 못의 머리가 반짝거렸다. 짐을 다 풀고 나서 그녀는 수건을 적셔 모래가 버석거 리는 방바닥을 훔쳐 내었다. 그런 다음 입고 온 옷을 훌훌 벗어던 지고 소매 없는 원피스를 맨몸에 걸치자 날아갈 듯 가뿐해졌다. 그 녀는 맨발에 슬리퍼를 꿰신고 챙이 넓은 모자를 손에 든 채 바다로 나갔다.

수평선 쪽에서 꿈틀거리던 검은 구름들은 어디론가 사라지고 없 었다. 오전 내 비가 그치기만을 기다리던 피서객들이 모두 쏟아져 나와 바다와 해변을 가득 메우고 있었다. 그들이 질러 대는 소리와 파도 소리가 뒤섞여 바다는 너무도 시끄러웠다. 그녀는 집 앞 계단 에 서서 인파로 시끌벅적한 바다를 바라보았다. 남편과 아이는 인 파에 휩쓸려 눈에 들어오지 않았다.

해변과 바닷속의 수많은 인파는 그녀의 눈에 마치 하나의 거대한 덩어리로 보였다. 남편도 아이도 한순간 눈앞에서 그 덩어리 속에 녹아들며 그녀에게는 무연한 존재가 되어 사라져 갔다.

문득 그녀는 그 거대한 인파의 덩어리를 내려다보며 집 속에 홀로 갇혀 버린 자신의 존재를 뼈아프게 느꼈다. 그녀가 지금 갇혀 있는 집은 아버지의 관사도, 빛과 볕이 드는 꿈의 집도, 어릴 적 자주 꿈에 나타나곤 하던 빈집도 그 어떤 집도 아니었다. 세상에서 가장 작은, 딱 그녀의 몸 하나 감쌀 만한, 더 이상 다른 누구도 들여놓을 수 없는 그런 집이었다. 너무 작아서 그녀 혼자 살 수밖에 없는 그런 집이었다. 남편이 그녀에게 던져 주었던 오랜 화두, 그녀의 고칠 수 없는 문제란 그녀만의 너무 작은 집을 두고 한 말이었음이 화드득 깨달아졌다.

그 집은 그녀의 몸에 덧씌워진 너무 작은 집, 그녀의 갑옷이었다. 그녀가 그토록 갈망하였던 집도 이 작은 집에 갇혀 있는 동안은 끝내 허상에 지나지 않았을 뿐이며, 먼저 그녀를 가둔 너무 작은 집부터 부수지 않는다면 그 어떤 집도 들어가 살 수 없는 꿈에 불과했다.

그녀는 마치 맨 처음 그 집을 찾았던 때의 그녀로 돌아가듯 계단에서 발걸음을 돌려 천천히 집으로 올라갔다. 그녀는 몇 해 전 아버지와 함께 묵었던 방을 찾아갔다. 아래층 구석에 위치한 방이었다. 복도를 지나 그 방을 찾아가며 그녀는 그 여름 태풍 속에서 아버지와 나누었던 무언의 대화를 불러내고 있었다.

아버지와 마지막으로 함께 보낸 그 여름, 이미 아버지에게 드리워진 죽음의 그늘을 보아 버린 것인지도 몰랐다. 아버지를 보며 까닭 없이 솟구치던 눈물, 안타까이 침묵 속에서 확인되던 둘만의 오랜 익숙함, 죽음의 그림자가 그들 부녀에게 허용한 마지막 시간임을 창밖의 사나운 비바람이 창틀을 흔들어 대며 맹렬히 알려 주었던 것을.

열린 문으로 살짝 들여다본 방은 비어 있었다. 묵었던 사람들이 막 짐을 챙겨 떠났는지 어수선한 채로 비어 있었다. 그녀는 빈방으로 조심스레 들어섰다. 그 방 역시 깨끗이 수리되어 있었다. 튀어나갈 듯 태풍에 흔들리던 창틀도 튼튼해 보이는 것으로 갈아 끼워져 있었다. 그녀는 아버지가 누워 코를 골며 낮잠에 빠졌던 침대에 가만히 걸터앉았다. 방금 아버지가 일어나 바다로 나간 자리인 듯 흐트러져 있는 시트를 쓰다듬어 보았다.

아버지와 함께했던 여름 안타까이 아버지를 떠나보내는 짧은 의식을 자신도 모르게 치렀던 그녀는 이제 다시 그 자리에 찾아와 아버지를 불러내려 하고 있었다. 그것은 오랜 시간 갇혀 있던 아주 작은 집을 부수기 위한 의식이기도 하였다.

그녀는 아버지가 누웠던 침대에 앉아 눈을 감고 그토록 오래 그녀를 가뒀던 집을 이제 아버지가 벗겨 가주길 빌었다.

얼마나 지났을까, 복도 끝에서 들려오는 여러 사람들의 왁자한 발소리에 그녀는 침대에서 일어나 살며시 방을 빠져나왔다. 그리고 문 앞에서 걸음을 멈추고 다시 한 번 빈방을 뒤돌아보았다. 그때, 지금껏 겪어 본 적 없는 한 기척이 슬쩍 곁을 스치는 것을 그녀는 놓치지 않았다.

마침내 껍질을 벗어 버린 그녀는 날아갈 듯한 몸으로 계단을 사뿐사뿐 걸어 내려갔다. 그리고 거대한 인파의 덩어리 속으로 휩쓸려 들어가기 시작했다.

뉴저지의 새

언니.

뉴저지는 참 좋은 곳이야. 아침이면 난 새소리에 눈을 뜬다우. 높다란 나무 위 수풀 속에서 수많은 새 떼들이 지저귀며 아침잠을 깨운다고 한번 상상해 봐. 행복할 것 같지? 덜 깬 잠을 떨쳐 내지 못하고 침대에 늘어져 귓가를 간질이는 새소리를 들을 때면 정말이지 행복하다는 생각이 들기까지 해. 서울을 떠날 때의 그 막막함에 비하면 꽤 발전했지? 내가 좀 징징댔수.

홍 서방이 어느 날 갑자기 멀쩡히 다니던 회사에 사표를 던지고 달랑 전 재산이던 성산동의 그 아파트까지 팔아 치운 다음 우리 세 식구 서울을 떠나올 때 내 기분이 얼마나 끔찍했는지 언니는 아마 모를 거야. 내가 그 집 장만할 때까지 어떻게 살았는데. 그렇게 쌓아 올린 걸 하루아침에 무너뜨리고 제 욕심이나 채우겠다고 무작정 떠나자는 남자를 믿고 따라나서야 하는 건지 정말 나한테 능력만 있었다면 당장 끝내고 싶은 심정이었다우.

이 나이에 다시 시작하는 기분이 얼마나 불안하고 막막한지 언니는 몰라. 처음 몇 달 동안은 언어가 낯설기도 했지만 그보다는 미래에 대한 불안감 때문에 우울증에 빠져 거의 말을 잊고 살았어. 우리 식구 전부 한국말까지 잊어버린 사람들 같았다니까.

이곳, 뉴저지로 이사 오고 나서 우리 식구는 집단 우울증에서 드디어 벗어난 것 같아. 한국 사람들이 많이 모여 사는 곳이기도 하지만 숲이 우거진 아늑한 분위기가 마치 고향을 다시 찾은 것 같기도 해.

언니, 우리 어릴 때 살던 마당 넓고 나무 많던 그 집 생각나? 특히 감나무가 많던 그 집 말이야. 엄마가 감잎을 따서 우물가에서 하나하나 씻던 날 아침상엔 꼭 생선 구이가 올랐었지. 엄마는 두꺼운 감잎에 구운 생선을 한 토막씩 얹어서 우리들 앞에 차례차례 놓아 주곤 하셨었지. 아, 지금 그 옛날 엄마가 뷔페식으로 감잎에 얹어 주던 자글자글 기름이 끓는 꽁치 한 토막생각이 간절해지네. 하지만 여긴 감나무가 없어. 새소리에 일어나 창을 열면 꼭 감나무 아래서 엄마가 잎을 따고 있을 것만 같은데 없는 거야. 그런데도 누워서 새소리를 듣노라면 꼭 여기가 고향 집 같은 착각에 빠지곤 해.

언니.

나는 여기 와서 새들이 노래한다는 사실을 처음으로 알았어. 새들은 우는 게 아니라 노래를 하는 거야. 그런데 이상하지? 아직 한 번도 그 노래하는 새들을 보지는 못했어. 아침마다 노랫소리로 내 잠을 깨워 주는 새들이 어떻게 생겼는지 참 궁금해. 언젠간 보게 되겠지. 보게 되면 언니한테 꼭 이야기해 줄게.

언니, 이제야 우린 조금 안정을 찾았어. 돌이켜 보면 내가 서울에서 얼마나 각박하게 살았는지 부끄럽기도 하고 용기를 내준 홍 서방이 고맙기도 해. 홍 서방도 공부하는 게 그렇게 신난대.

언니, 한번 놀러 와. 보고 싶어. 꼭.

안녕.

참으로 오랜만에 동생으로부터 날아온 편지였다.

동생의 남편은 뒤늦게 공부 바람이 불더니 느닷없이 솔가해 미국으로 건너갔다. 떠난 사람도 보낸 사람들도 서로들 불안해하며 속절없이 세월을 보내고 있었는데, 동생에게서 날아온 새소리 지저귀는 편지를 받고 보니 뉴저지의 새소리가 내 귓가로 날아온 듯 나 역시 행복해졌다.

형제 많은 집안에서 자매로는 내 바로 밑의 동생인 그 애는 어려서부터 몸이 잽싸고 무엇에든 애착이 강한 성격이라 살아가는 데 남달리 활기찬 모습을 보여 주곤 해서 내게는 더욱 든든한 존재였었다. 그러다가 갑자기 남편이 인생의 행로를 바꾸는 바람에 갈피를 못 잡고 먼 곳에서 한동안 연락마저 끊어 버려 그쪽으로 향하는 내 마음이 무거웠었다. 그러던 중 받은 편지라 잃었던 동생 하나를 다시 찾은 것처럼 반갑기 그지없었다.

그 편지를 시작으로 동생은 부지런히 그곳의 소식을 전해 왔다. 낯설고 막막한 환경 속에서 적응기를 거쳐 이제 본연의 모습을 되찾은 그 애는 쉴 새 없이 자기네 사는 이야기, 색다른 풍물, 심지어 이웃 사람들 이야기까지 내 눈앞에 그 생생한 광경을 펼쳐 보이듯 실어 날랐다. 급한 그 애 성격으로 더 이상 편지는 쓰지 않았고 전화를 통한 주기적 대화가 이제 우리의 일상이 되다시피 하였다.

태평양을 사이에 두고 뉴저지의 그 애는 통화 끝에 꼭 덧붙이기를 빼먹지 않았다.

「언니, 와보고 싶지. 언제 올 거야?」

동생이 그런 식으로 나를 불러들이려 할 때마다 내가 늘 하던 말.

「애, 안 가봐도 훤하다.」

이미 그 애와 지척에 사는 듯 대화를 나눠 오고 있는 터이기도 했거니와 나는 워낙 새로운 곳에 별반 호기심을 느끼지 못하는 덤덤한 성격이었다. 더구나 두 아이를 키우는 주부로서 선뜻 집을 나선다는 게 그리 쉬운 노릇도 아니었다. 때문에 그 애가 살고 있는 그곳, 뉴저지 역시 그저 사람 사는 흔하디흔한 도시일 뿐 내게 별다른 느낌으로 다가오지는 않았다.

그러나 뉴저지라는 도시가, 언제나 그대로인 그곳이 내게 아주 특별한 장소로 다시 다가오게 된 것을 무어라 설명할 수 있을까. 나는 내가 가보지 못한 먼 나라 어느 도시의 가로수, 수풀 속의 새,

그곳의 언덕길, 작은 호수 들에 대해 상상하게 되었으며 서서히 그 곳으로 이끌리고 있는 나를 느끼기 시작했다.

「언니, 나 옥수 언니 봤다.」

「옥수?」

「응, 분명히 옥수 언니 같았어.」

「옥수?」

「차를 타고 지나가다가 봤는데, 틀림없는 옥수 언니였다니까.」

옥수, 그곳 뉴저지의 어느 길가에서 동생이 얼핏 보았다는 여자가 곧 옥수라는 증거는 없건만 나는 그 순간부터 뉴저지의 옥수, 옥수의 뉴저지를 떼어 놓지 못하고 있었다. 마치 모습을 드러내지 않고 높다란 나무숲에서 노래한다는 뉴저지의 새처럼 자신의 모습을 숨긴 채 뉴저지에 깃들여 살고 있을 옥수가 은밀히 확인되는 순간이었다.

나는 그 겨울 드디어 뉴욕행을 감행하기에 이르렀다.

내가 표현한 감행이란 말에 모든 것이 함축되어 있다고 보면 될 것이다. 그 겨울을 넘기고 나면 내 나이 이제 마흔에 접어들 것이었다. 사실 그때까지 한 번도 혼자, 더구나 해외여행이라곤 해본 적이 없는 마흔이 다 된 여자였다, 나는.

무엇이 불현듯 나를 일상으로부터 끌어내고 있었는지 꼭 집어 말하기 힘든 가운데 무엇엔가 휘둘리고 있었음이 분명하다. 그러지 않고서야 감히 학교 다니는 아이 둘과 산적한 일상을 그토록 분연히 떨쳐 버릴 수 있었겠는지.

확실한 한 가지는 동생으로부터 옥수를 보았다는 말을 듣지 않았다면 뉴욕행 비행기에 몸을 싣는 모험 따위는 하지 않았을 거라는 점이다. 그러므로 2년 넘게 보지 못한 동생을 방문한다는, 겉보기에 심상해 보이는 그 여행은 실은 남모르게 어떤 존재를 품고 떠나는 머나먼 여정이 될 것이었다.

옥수, 나의 오랜 친구, 옥수.

그녀는 20년 넘도록 내 기억 속에 살아 있었지만 그녀 삶의 궤적이 일목요연하게 저장되어 있는 것은 아니다. 마디마디 끊긴 돌출적인 행적만 마치 영화의 예고편처럼 기억 속에 또렷이 남아 있을 뿐이다.

내가 알지 못하는 그녀 삶의 공백에 나는 도무지 접속할 수 없다. 세상으로부터 홀연 자취를 감추었다가 다시 등장하기를 반복하는 동안 나는 그것이 그녀, 옥수만의 세상살이려니 여기며 무시해 버렸거나 혹 잊고 싶었는지도 모른다.

여학교 2학년 때 처음 만난 옥수, 내 짝이었다.

연분홍빛 도는 해말간 피부에 동그란 얼굴의 옥수. 복도에 일렬로 늘어서서 키 순서대로 번호를 정하던 날, 슬며시 내 옆에 와서 살짝 발뒤꿈치를 들고 섰던 그녀. 가까스로 짝이 된 날 첫 수업 시간에 책상 밑으로 몰래 일본판 영화 잡지 『스크린』을 건네주던 옥수. 내가 프랑스 여배우 이자벨 아자니의 열여섯 살 적 얼굴을 처음으로 본 것도 옥수가 다달이 구해 오던 잡지, 『스크린』에서였다. 옥수와 나는 그때 이자벨 아자니보다 한 살 더 먹은 열일곱이었다. 열일곱의 옥수는 1년 내내 책상 위의 공부보다 책상 밑의 소설책 읽기와 영화배우 훔쳐보기에 골몰해 있었다.

그렇다고 옥수가 전혀 공부와 담을 쌓은 것만도 아니었다. 옥수는 외국어 시간에는 영판 딴사람이 되곤 했다. 영어와 불어 시간이면 수업은 옥수의 독무대였다. 옥수는 오직 영어와 불어를 배우기 위해 학교에 다니는 아이처럼 그 시간만 되면 신명이 올라 교실을 휘어잡았다. 그러나 다른 과목을 제쳐 놓은 옥수의 편집증적인 외국어 집착은 다른 반에서까지 비웃음거리에 지나지 않았다. 시험 성적표를 나눠 주는 날이면 담임선생님은 공개리에 옥수에게 치명타를 날리곤 했다.

「넌, 허파에 바람이 잔뜩 들어 가지고 영어만 쏼라쏼라 지껄이면 세상만사 오케이가 된다더냐?」

그렇지만 소풍 가서 옥수가 본토 발음으로 팝송을 불러 젖히면 선생님들이 먼저 앙코르를 청하곤 했다. 전체 오락 시간에 비스듬한 동산 언덕에 삐딱하게 서서 한 손을 교복 치마 주머니에 찌르고 건들거리며 「앵무새 언덕(Mockingbird Hill)」을 부르던 우리의 옥수.

　내 나이 마흔을 바라보던 그해 가을, 나는 인간에게 나이와 함께 새롭게 생성되는 감정이 있다는 걸 처음 알았다. 그것은 빗에 묻어 나기 시작한 생경한 흰 머리칼과 함께 찾아온, 참으로 낯선 감정이었다. 처음에 그것은 나의 일상에 친숙하게 따라붙던 짜증스러움과 비슷한 얼굴을 하고 나타났다. 하지만 그것은 내게 와서 머물다 어느 순간 슬며시 떠나가곤 하는 그런 익숙한 것들과는 어딘지 달랐다. 그것은 예전의 것들처럼 쉽사리 떠나지 않고 내게 들러붙어 일상을 마구 휘저어 대기 시작했다. 그것은 여태껏 나의 내면에서 생성되었다 자연스럽게 사라지곤 하던 것과는 미묘하게 다른 낯선 감정이어서 그것이 느닷없이 치솟을라치면 내 자신부터 당황스러울 지경이었다. 그러나 한번 치솟아 오르기 시작한 그것은 견딜 수 없는 상태가 되도록 나를 헝클어뜨렸고 그러면 나의 일상은 내가 아닌, 오직 그것의 지배를 받아야 했다. 이른 아침 아이의 등교 준비를 돕다가, 남편의 와이셔츠 깃을 비벼 빨다가, 욕실의 타일 바닥에 세제를 풀어 문지르다가 순식간 솟구쳐 오른 그것에 휩싸이면 나는 전지가 다 닳은 기계가 작동을 중지하듯 자동적으로 하던 일을 중단해야 했을 뿐만 아니라 바로 그 순간까지도 그토록 몰두하였던 내 행위의 부질없음에 치를 떨어야 했다. 그것은 그리도 벗어날 수 없던 일상에의 집착에서 간단히 나를 떼어 냈다. 일상에서 떨어져 나온 나는 비누 거품이 부글거리는 욕실 바닥에 퍼질러 앉아 일상의 뒤편으로 흔적도 없이 거품처럼 스러져 간 시간들을 망연히, 참으로 망연히 돌아다볼 뿐이었다. 그것이 나를 다시 일상으로 되돌려 보내 줄 때까지 나는 속수무책, 늪 속에 갇힌 듯 흐느적거리며 이제 곧 스러져 갈 시간 속을 떠다닐 뿐이었다.

그것, 그것의 정체는 슬픔을 동반한 노여움이었다.

겨울이 지나면 나는 무엇에도 마음이 홀리지 않는다는 불혹의 여자가 될 것이다. 무엇에 한번 홀려 보기라도 했던가. 불혹의 문턱에서 나는 몹시 앓았다. 그 가을, 슬픔을 동반한 노여움이 무시로 나를 휘저어 놓을 때 폭발할 듯 임계 수치를 들락거리면서도 정작 노여움을 풀어야 할 대상은 찾아낼 수 없었다. 아니, 나를 둘러싼 채 드러나지 않고 숨어 버린 모든 것이 대상이어서 딱히 하나의 표적을 집어낼 수 없거나 그 전부가 거대한 하나의 표적이 되어 버린 것 같기도 했다.

노여움에 갇혀 있자니 육신에 병이 들었다. 어느 곳 하나 성한 곳이 없는 것 같았다. 소소하게 병원을 드나드는 내 신체의 변화 앞에 의사는 대수롭지 않은 듯 무슨 장식처럼 신경성이란 말을 달아 주었다. 문병이랍시고 찾아온 친구는 여자가 마흔 전에 한번 앓아누우면 무섭게 늙어 버린다고, 그러니 어서 털고 일어나야 한다고 은근히 겁을 주었다.

그 가을 시름시름 앓으며 내가 건너뛴 세월 저편의 옥수를 생각했다. 뉴저지의 옥수는, 내게 아직 그 모습을 드러내지 않은 옥수는 동생의 아침잠을 깨운다는 수풀 속의 새처럼 그렇게 살며시 내 안으로 깃들어 왔던 것이다.

가을이 깊어 갈 즈음 나는 아무도 동반하지 않는 혼자만의 여행을 준비하기 시작했다. 온전히 혼자가 되어 본다는 것, 그 황홀한 자유.

기내에서 와인을 한 잔 청해 마시고 까무룩 정신을 놓았다가 다시 눈을 떴을 때 나는 시간과 공간의 족쇄에서 벗어나 내면마저 탈색되어 버린 듯한 기이한 상태에 떠오른 나를 느꼈다. 촘촘한 일상의 그물에 포획돼 하루하루 허우적거리던 내가 아닌 공포스러울 만큼 자유로운 나.

멀리 동생으로부터 잊고 있던 옥수의 소식을 듣는 순간 나를 걷잡을 수 없이 들쑤신 것은 어쩌면 내가 누려 보지 못한 옥수의 자유, 그것에의 갈망이 아니었을까. 그리하여 허공에 떠올라 산소 결핍증을 견디며 고통스럽게 날아가 닿으려는 그곳은 옥수가 꿈꾸던 자유의 신천지임이 분명했다.

오로지 대학 입시만이 생의 목표가 되어야 했던 고3으로 올라가면서 옥수와 나는 자연히 멀어졌다. 서로 다른 반으로 갈린 탓이기도 했지만 옥수의 생의 목표는 대학이 아닌 것 같아 보였다. 그렇지 않고서야 공부와 담을 쌓고도 그토록 여유로울 수 있었을까.

모의고사 다음 날이면 신속히 복도 벽에 횡으로 나붙던 전체 석

차. 한껏 억눌린 음울한 얼굴을 들어 재빨리 확인해야 했던 자신의
가혹한 등수. 그러나 옥수만은 음울하지도 억눌리지도 않은 몸짓
으로 복도를 휘젓고 다녔다. 처진 어깨로 웅숭그리고 있는 우리들
사이로 하이 소프라노의 웃음소리를 날리며 유유히 투스텝으로 미
끄러져 가던 옥수. 복도 맨 끝 부분에 가서야 옥수의 이름을 찾아
낸 내가 화장실을 나오는 옥수에게 물었다.

「너 대학 안 갈 거야?」

「대학? 다 시시해.」

「그럼, 뭐 할 거야?」

「대학이 우리나라에만 있는 건 아니잖아.」

「너, 유학 가려고?」

「어쨌든 난 떠날 거야.」

과연 그해 옥수는 국내 어느 대학에도 진학하지 않았다. 아니, 가
지 못했다. 대학 입시의 첫 번째 관문인 예비고사에서 떨어진 몇
안 되는 불명예 대열에 당연히 옥수는 끼여 있었다. 그 이후 나의
시야에서 멀어져 간 옥수는 어쩌다가 한 번씩 내 앞에 불쑥 나타나
자신의 존재를 확인시켜 주고 다시 사라지길 반복하였다.

3등석에 옹색하게 앉아 허공중에 갇힌 듯한 힘겨운 시간을 보내
느라 혼자된 자유의 달콤함조차 채 음미하지 못하는 사이 어느새

스튜어디스들이 기내에서의 마지막 식사를 내오기 위해 뜨거운 물수건을 집게로 집어 승객들의 손에 하나씩 떨어뜨리고 지나갔다. 오랜 시간 좁은 시트에 몸을 구겨 넣었던 사람들에게서 일제히 기척이 느껴졌다. 비행기에 실려 오는 동안 나는 말 잘 듣는 아이처럼 승무원의 지시에 순종하였다. 그들이 밥을 주면 받아먹고 음료수를 주면 마시고 영화를 틀어 주면 쳐다보고 불을 끄면 잠을 청하면서 그렇게 얌전히 갇혀 허공을 가르고 왔다. 이제 곧 비행기는 미국 땅에 내려설 것이다. 과연 옥수는 그녀의 꿈처럼 미국 땅에 살고 있을까.

처음 밟는 이국땅에서의 해후를 생각하자 문득 지금까지 내 쪽에서 먼저 그녀를 찾은 적이 단 한 번도 없었다는 사실이 새삼스레 떠올랐다.

대학에 들어간 이후부터 나는 무성한 소문 속의 옥수를 만나기 시작했다. 내가 아는 옥수와는 전혀 다른 옥수가 소문 속에 살고 있었다. 확인할 길 없는 가운데 소문 속의 옥수는 버젓이 대학생이 되어 있었다. Y대 배지를 달고 신촌을 활보하고 다니는 옥수를 보았다는 동창들이 늘어나는가 하면 실제로 Y대 교정에서 옥수를 만났다는 동창까지 있었다.

소문 속의 옥수가 초여름 어느 날 내 앞에 나타났다. 축제가 한창이던 우리 학교로 파트너까지 대동하고서. 나의 시선이 슬그머니 옥수의 왼편 가슴으로 향했다. 그러나 정작 Y대 배지는 옥수가 데려온 남자의 셔츠 깃에 달려 있었다.

그날 옥수는 Y대생 파트너와 함께 밤늦도록 남의 학교 축제를 즐기다 돌아갔다. 나는 끝내 떠도는 소문의 진상을 확인하지 못하고 옥수를 보냈다. 어딘지 모르게 옥수는 예전의 옥수와 달라져 있었다. 어쩐지 내가 그토록 캐고자 했던 옥수의 진실은 이미 옥수에게서 떠나 버린 듯했다.

이후에도 소문은 끊이지 않았지만 옥수는 소문을 비웃듯 버젓이 내 앞에 나타났다 또 얼마간 사라지곤 했다. 소문 속의 옥수와 내 앞에 출몰하는 실제의 옥수 사이에서 나는 어떠했던가. 그녀와 우연히 마주치거나 그녀가 나를 찾아올 때마다 온갖 소문을 감당하면서도 그녀를 내치지 않은 까닭은 무엇이었을까. 그녀가 소문 속에서 걸어 나와 현실에서 유일하게 소통하는 동창이 나 하나뿐이었다는 사실을 숨기면서 모두들 옥수의 소문을 재밋거리 삼아 흥분하거나 혹은 비난을 퍼부어 댈 때 그들에게 동조하지 않고 침묵으로 내가 지키려 한 것은 과연 무엇이었을까.

옥수를 향한 내 눈길에 소문을 확인해 보고픈 집요한 탐색의 눈빛을 감추고 있지는 않았다고 말할 수 있을까. 설마 모든 사람으로부터 내침을 당한 그녀의 외로운 영혼을 나만이 쓰다듬어 줄 수 있다고 믿었던 건 아니었을까. 나라면, 적어도 나라면 그녀의 비뚤어진 영혼을 감싸 줄 수 있으리라는 오만에 사로잡혀서. 외롭고 지친, 상처 입은 너 옥수야, 내게로 오렴. 마치 상처의 심연을 들여다보고 나오기라도 한 양 나는 언제나 그녀를 맞이할 자신감으로 충천해 있었던 것은 아니었을까.

너무도 젊었던 그때의 나.

밤늦은 시각에 나는 케네디 공항에 내렸다. 동생네 부부가 마중 나와 있었다. 생각보다 허름한 공항 건물 밖으로 걸어 나가니 진눈깨비가 흩날리고 있었다. 착륙한 비행기에서 빠져나와 흑인 여직원이 지정해 주는 입국 심사대 앞의 긴 대열에 지치고 어지러운 몸을 부리면서부터 짐을 찾아 검색대를 통과하기까지 내내 나를 짓누르던 낯선 것에의 긴장감이 진눈깨비로 질척한 땅을 보자 일순 사라졌다. 나는 불빛에 번들거리는 젖은 이국땅에 첫발을 내디뎠다.

밤이 깊도록 동생과 이야기를 나누다 새벽이 다 되어 잠자리에 들었지만 말로만 듣던 시차 탓에 통 잠을 이룰 수가 없었다. 새벽녘에 깜빡 잠이 들었던가 본데 귓속을 쪼아 대는 듯한 낯선 소리에 잠에서 깨고 말았다. 시계를 보니 겨우 한두 시간 눈을 붙였을까 싶은데 이상하게 머릿속은 맑았다. 의식을 가다듬자 내가 누운 곳이 내 집에서 뚝 떨어진 미국 땅이라는 것과 함께 방금 내 잠을 깨운 낯선 소리가 바로 동생이 말하던 그 새소리라는 생각이 황급히 떠올랐다. 새소리는 방 안에 들여놓은 듯 너무도 명징해서 거리감이라곤 느껴지지 않았다. 몸을 일으켜 창을 열어 보았다. 때 아닌 겨울비가 추적추적 내리고 있었다. 서울에서 보던 것과 똑같은 비였다. 똑같은 비의 냄새, 똑같은 빗소리. 간밤에 뉴욕 땅에 처음 내려선 나를 아늑하게 품어 준 것이 그립던 동생의 얼굴보다 흩날리던 진눈깨비였던 것처럼 창밖으로 추적추적 내리고 있는 겨울비를 보자 낯선 땅에서 맞이하는 첫날이 왠지 낯설게 느껴지지 않았다.

뉴욕의 겨울 추위가 매섭다는 말에 단단히 벼르고 떠났었다. 한번 눈이 내리면 무릎까지 파묻히는 폭설인 데다 한파가 극심하다는 주의를 듣고 생전 입지 않던 겨울 내복까지 챙겨 넣고 떠난 길이었다.

오라고 성화를 해대던 동생에게 내내 묵묵부답이다가 불쑥 겨울에 나서려 하자 이번엔 동생이 주춤했다. 뉴욕의 겨울 날씨가 관광을 하기에는 최악의 조건이라며. 그러나 애초 관광은 내 여행 일정에 포함되어 있지도 않았다.

그저 서울을, 일상을 혼자 떠나 본다는 것. 내게 특별한 느낌을 불러일으킨 뉴저지라는 동네에 가본다는 것. 뉴저지의 새소리를 내 귀로 직접 들어 보고 옥수가 지나갔다는 그 길에 서본다는 것. 그뿐인 여행이었다.

그리고 그중 하나, 뉴저지의 새소리를 나는 첫날부터 들었다. 서울에서라면 빗소리에 잠을 깼을 터인데 웬일인지 창을 열기 전엔 비가 오는 줄도 몰랐다. 비를 뚫고, 창을 뚫고 날아온 새소리에 깨어났던 것이다. 동생도 아직 그 모습을 보지 못했다는 새를 찾기 위해 건너편 숲을 바라보았다. 잎을 떨구어 낸 키 큰 나무들이 찬 비를 맞고 서 있었다. 새는 보이지 않는데 순간 나뭇가지 사이로 휘익 기척이 느껴졌다. 금빛 다람쥐였다. 저 맨몸의 잿빛 나무 어디에 다람쥐가 깃들일 곳이 있는 걸까. 그리고 새는 또 어디에?

「나, 새소리 들었다.」

아침 식탁에서 자랑삼아 말을 꺼내자 동생이 웬 새소리? 하는 표정이 되었다.

「니가 늘 말하던 그 새소리 말이야. 아침마다 낭만적으로 새소리에 잠을 깬다며?」

「으응, 그 새소리. 언니도 참, 난 이제 만성이 돼서 들리지도 않아. 오늘 아침에도 울었어?」

「그래, 여간 시끄럽지 않던데?」

「이런 비 오는 날에도 새가 지저귀나?」

새가 노래한다고 말하던 동생은 이제 와서 딴사람 얘기하듯 태무심한 표정이었다. 그러더니 얼른 화제를 돌렸다.

「언니, 우리 아침밥 먹고 맨해튼부터 나갑시다.」

「맨해튼?」

「뉴욕에 오면 일단 맨해튼부터 나가는 거야. 거기에 볼거리가 다 모여 있거든. 게다가 날씨까지 푹하니 좀 좋아. 언제 기온이 뚝 떨어지고 눈이 퍼부어 댈지 뉴욕 날씨는 감을 못 잡는다니까. 눈

푹푹 쌓여 봐, 나 운전 못해 언니. 홍 서방도 더 추워지기 전에 얼
른 맨해튼부터 나가라고 그러대.」

「맨해튼 어디?」

「엠파이어스테이트 빌딩부터 갈까? 일단 거기 전망대에 올라가
서 뉴욕을 한번 좌악 내려다봐야지 않겠어.」

「싫다 얘.」

「그럼 자유의 여신상?」

「흥미 없어.」

「아이, 그럼 뭐 구경하러 왔어?」

동생은 내가 오기도 전부터 내 관광 일정을 다 잡아 놓고 그것
중 하나라도 놓칠세라 서둘러 대기 시작했다.

「박물관이나 구경해 볼까?」

「아이구, 그 지겨운 박물관.」

동생은 식탁을 치우더니 서둘러 샌드위치를 만들기 시작했다.
식빵에 버터와 양겨자를 바르고 훈제한 터키 고기를 저며서 얹은
다음 양상추와 토마토를 끼워 넣는 재빠른 손놀림으로 보아 샌드
위치 싸는 데는 이골이 난 모양새였다. 내가 멍하니 보고 있자 그
제야 동생이 웃음을 지으며 말했다.

「언니, 박물관에 가려면 먹을 것부터 챙겨야 돼. 하루 종일 그 속
에서 살아야 하거든.」

「그 안엔 식당 없니?」

「카페테리아가 있는데 너무 비싸.」

「내가 사줄게.」

「아이구, 냅둬. 그런 돈 있으면 애들 청바지나 사다 줘. 여기 애들도 다 이렇게 싸 갖고 다니면서 구경해. 카페테리아에 가서 커피 한 잔 시키고 이걸로 점심 때우자구.」

동생은 유학생 아내의 내핍 생활이 몸에 밴 듯했다. 뉴욕에 도착한 이튿날부터 나는 동생의 성화에 못 이겨 맨해튼 관광 길에 올랐다. 샌드위치 보따리와 함께.

비는 쉬지 않고 맨해튼 가는 길을 적시고 있었다. 언덕과 언덕으로 이어지는 한적한 전원도시와도 같은 뉴저지를 벗어나 맨해튼으로 접어들자 도로는 아연 서울의 도로로 변했다. 서울의 것들보다 차체가 크고 투박한 차량의 행렬이 맨해튼 입구에서부터 줄을 늘이고 서 있었다.

「큰일이네.」

핸들을 잡은 동생의 입에서 포옥 한숨이 새어 나왔다. 우리는 맨해튼에 위치한 메트로폴리탄 미술관을 찾아가는 길이었다. 내가 박물관에나 가보고 싶다고 했을 때 동생이 선택의 여지없이 곧바로 추천한 곳으로 뉴욕에서 가장 크고 소장품이 방대한, 세계적인 미술관이라고 했다.

맨해튼 입구에서부터 가히 세계적인 메트로폴리탄 미술관을 찾아가는 우리의 대장정이 시작되고 있었다. 가까스로 맨해튼 진입에 성공하고 나서도 바둑판처럼 촘촘히 이어진 비슷비슷한 수 갈래 길을 뚫고 목적지를 찾아가기란 실로 아득한 노릇이었다. 복잡한 맨해튼에 나올 일이 좀처럼 없었던 동생은 점점 허둥대기 시작했다.

「큰일 났네. 맨해튼은 전부 원 웨이거든. 길 한번 잘못 들면 뱅뱅 돌다 도로 나가야 돼. 내 친구는 언니, 길을 못 찾아서 몇 시간을 이 빌딩 숲에 갇혀 가지고 뱅글뱅글 돌기만 했대. 멍청하다고 흉 봤더니 내가 그 짝 나게 생겼네.」

「맨해튼이 참 고약한 곳이구나.」

동생에게서 점점 길 잃은 자의 낭패로움과 짜증이 묻어나고 있었다. 그러나 내게는 동생의 절박한 길 찾기가 남의 일만 같았다. 마음 같아서는 차창에 스치는 예쁜 카페에 들어가 앉아 갓 구워 낸 베이글에 뜨거운 커피 한 잔 마시면서 한가로이 빗길을 내다보며 미국 사람 구경이나 실컷 하는 게 나을 것 같았다.

결국 그날 우리는 겨울비 내리는 맨해튼의 미로와도 같은 일방통행 도로를 몇 바퀴 돌다가 메트로폴리탄 미술관을 포기하고 지척에 있는(나중에 안 일이지만) 다른 미술관으로 발길을 돌려야 했다.

마치 원뿔의 꼭지를 베어 내고 거꾸로 세워 놓은 듯한 독특한 형상의 흰 건축물을 전면에 내세운 미술관은 둔중해 보이는 안정감의 첫인상으로 내게 다가섰다. 그러나 매끈한 곡선이 왠지 차갑게 느껴지는 현대적인 조형미의 흰 건축물, 구겐하임 미술관이었다. 세계적인 대형 미술관을 찾느라 기운을 다 빼버린 우리는 이제 마음을 비우고 차라리 쉬고 싶은 심정이 되어 둥근 건물 속으로 빨려 들어갔다. 로비에서 시작해 나선형의 경사를 따라 빙글빙글 걸어 올라가며 전시품을 감상하다 보면 저도 모르게 건물 꼭대기까지 자연스레 올라가 닿게 되는 그런 내부 구조였다.

올라가는 줄 모르고 오르다가 문득 만나게 된 그림 하나.

피카소의 「노란 머리의 여인」.

초록빛 줄무늬 소파 등에 팔을 얹고 그 풍만한 자신의 팔 위에 얼굴을 기대어 잠든 여인. 여인의 얼굴과 두 팔은 온통 화사한 분홍빛으로 부풀어 오를 듯한데 포니테일형의 머리 꼬랑지에 살짝 찍어 놓은 밝은 노란색은 의외로 차분했다. 여인의 감은 눈과 눈썹, 손가락 끝의 날아갈 듯한 곡선형 터치는 방금 붓질을 마친 것처럼 생생하였다. 왠지 모르게 자신의 팔뚝에 기대는 것 말고는 쉴 곳이 없어 보이는 여인의 짧은 휴식을 훔쳐보며 서 있자니 그윽한 안도감이 느껴졌다. 그때, 다른 그림을 구경하다가 내게로 다가온 동생이 등 뒤에서 무심히 던진 말.

「옥수 언니 닮았다.」

아, 어쩌면. 초록과 노랑, 분홍빛으로 경쾌하게 채색된 그림을 꿰뚫어 내가 찾으려 했던 그 이미지, 바로 옥수였다. 동그란 얼굴, 작고 통통한 손. 여름날 책상에 엎드려 팔에 얼굴을 파묻고 졸던 옥

수. 흰 교복 블라우스 소매 밖으로 터질 듯 비어져 나오던 옥수의
분홍빛 살.

「옥수 언니, 머리를 노랗게 물들였더라구.」

내 기억 속 과거의 옥수와 동생이 보았다는 현재의 옥수는 그렇
게 이미지가 서로 중첩되어 놀랍게도 「노란 머리의 여인」으로 구
겐하임 미술관 벽에 걸려 우리를 기다리고 있었다.

「네가 보았다는 여자, 옥수 확실하니?」

카페테리아에서 동생이 싸온 샌드위치를 베어 물며 비로소 내가
물었다.

「분명해. 내가 뭐 옥수 언닐 한두 번 봤나? 그 언니, 우리 집에 자
주 드나들었잖아. 우리 집에서 자고 간 것만 몇 번인데. 그리고
언니가 그 언니 말고 집에 데려온 친구가 또 있기라도 해?」

「맞아.」

「언제더라, 시험 때였지 아마. 밤 새운다고 그 언니가 미군 C레
이션 박스에서 나온 봉지 커피 가지고 우리 집에 왔었잖아. 그걸
무슨 탕약처럼 대접에 타서 언니들끼리 마시는데 내가 가만있나,
악착같이 얻어 마셨다가 꼬박 같이 밤샜잖아.」·

「그래, 그랬었지. 밤새 너 상대해 주다 우린 시험도 망치고.」

서양 사람들로 둘러싸인 카페테리아에서 우린 마주 보고 키득거
렸다.

「옥수 언니 맞아. 더구나 머리를 노랗게 물들였는데 별일이지, 그 노란 머리 때문에 더 쉽게 그 언니를 알아봤다니까.」

「찾아볼 수 있을까?」

어쩌면 이 말을 하기 위해 동생을 찾아온 것인지도 모른다. 한 번도 가보지 못한 어떤 장소가 나를 끌어당기고 있었다면 그 장소와 나 사이에 남모르는 기류가 흐르기 시작했음을 거역할 수 없으리라. 옥수와 나 사이에.

「찾고 싶어?」

동생이 커피를 훌훌 마시며 나를 보았다. 그러더니 심드렁히 덧붙였다.

「찾아서 뭐 하게? 그 또라이.」

모두들 옥수를 그렇게 불렀다. 진실을 털어 낸 옥수의 자유로운 사기 행각을 두고 하는 말들이었다.

가짜 대학생 노릇을 시작으로 가짜 옥수는 여기저기서 끊임없이 출몰했다. 옥수가 편력하고 다닌 무수한 직업들 중에 실제로 옥수가 몸담았다고 믿을 만한 직업은 하나도 없었다. 하지만 우리들 중 누구도 옥수가 자랑스레 떠벌리던 직업을 확인한 동창이 없었다는 것은 아무도 옥수를 그만큼 가까이하지는 않았다는 증거가 아니었을까. 옥수를 믿지 않고, 옥수를 비난하고, 옥수를 또라이라 부르고 다녔던 우리들은 그저 호기심에서 그쳤을 뿐, 어쩌면 옥수의 무엇도 알지 못했으며 또한 굳이 알고 싶지 않았는지도 모른다. 그러는 사이 옥수는 점점 우리에게서 멀어져 갔고 더욱 자유로워져 갔다. 어쩌다 마주친 우리에게 옥수가 즉흥적으로 펼쳐 보이는 거짓의 세계는 점점 현실과 동떨어져 갔다. 자신을 믿지 않는 자에겐 언제든 유감없이 솜씨를 발휘하고 유유히 사라질 수 있는 옥수였다.

드문드문 찾아오던 옥수에게서 나만은 진실을 기대했었던가. 적어도 나에게만은 진실을 보여 줄 때가 있으리라 믿으며 기다렸던가.

하지만 나는 끝내 옥수의 진실과 대면하지 못했다. 생각해 보면 옥수의 진실과 만나지 못한 것을 옥수의 탓만으로 돌릴 수는 없을 것 같다. 적어도 젊은 날의 내게 옥수의 진실을 받아들일 준비가 되어 있었는가, 그것조차 부끄러워지는 이제 와서는.

나를 만날 때마다 옥수가 하던 한결같은 말, 나 곧 떠날 거야. 떠나리라던 옥수는 다음에 만나 다시 말했다. 이젠 정말 떠날 거야. 그러고도 다시 나타나 애써 강조했다. 나, 안 보이면 사라진 줄 알아라.

아직 열일곱이었을 때부터 내 곁의 옥수는 늘 어디론가 떠나고자 했다. 그녀의 삶이 교실에 갇혀 있을 때에도 마음은 머나먼 어딘가 다른 세계를 헤매 다니는 걸 나는 보았다.

옥수가 정말 사라져 내 앞에 그 모습을 더 이상 드러내지 않았지만 나는 그것을 의식하지 못하고 살았다. 어쩌면 열일곱, 처음 옥수를 만났을 때부터 나는 현실에서 사라질 옥수에 나도 모르는 사이 중독되어 온 것인지도 모른다.

　동생으로부터 옥수를 보았다는 전화를 받고 나서 나는 뒤늦게 옥수의 진실을, 그 희미한 흔적을 더듬기 시작했다. 그리고 너무 늦었지만 알 것 같기도 했다. 내 빗장 앞에서 쉼 없이 문 두드리던 옥수를.

「찾을 수 있어, 언니.」
　샌드위치 싸온 은박지를 눈치껏 치우며 동생이 이번에도 대수롭지 않게 자신했다.
「한인 교회만 쫘악 훑으면 지가 안 나오고 배겨?」

　다음 날부터 동생은 더 이상 맨해튼에서 갈팡질팡하지 않았고 목적지를 바로바로 찾아 차를 대었다. 다행히 눈도 내리지 않았다. 우리는 매일처럼 메트로폴리탄 미술관을 비롯해 뉴욕의 명소들을 찾아다녔고, 돌아오는 길에는 옥수를 찾기 위한 한인 교회 순례가 이어졌다. 엄밀히 말하자면 교회의 목사나 교인들의 집을 직접 찾아가 탐문하는 방식이었다.
「채옥수 아세요?」
「서울에서 날아온 채옥수를 아세요?」
「머리에 노란 물 들인 한국 여자 채옥수 아시나요?」
「나이는 마흔이고 얼굴이 동그란 여자, 채옥수를 모르세요?」
　어떤 교포 노인은 문간에서 내 손을 잡으며 혀를 끌끌 찼다.

「세상에, 사람을 찾아 뉴욕까지 오셨수?」

어쩌면 노인의 말이 맞을지도 모른다. 찾아도 그만 못 찾아도 그만인 옥수였지만 그녀를 찾아 뉴저지를 헤매면 헤맬수록 점점 더 절실한 무엇인가가 나를 보이지 않는 그녀에게로 끌어당기고 있었다.

연 나흘씩이나 한인 교회와 그 주변을 샅샅이 뒤지고 다녔지만 옥수의 흔적은 드러나지 않았다. 겉으로는 나보다 동생이 더 열성이었다. 옥수에 대한 단서를 제공했다는 책임감 탓인 것 같았다. 동생을 위해서라도 무모하기 이를 데 없는 사람 찾기는 일찌감치 포기하는 것이 옳았다.

「얘, 옥수가 교회 다닌다는 보장도 없고, 또 그냥 여길 지나는 길이었을지도 모르잖니.」

「언니, 여기서 교회는 한인 사회의 구심점 역할을 하는 곳이야. 옥수 언니가 교회를 다니지 않거나 어쩌다 잠깐 머물렀다 해도 교회를 통해서 그 존재가 거의 드러날 수밖에 없게 돼 있다구.」

그러나 옥수의 존재는 쉽사리 드러나지 않았다. 그러면서 옥수는 마치 높다란 나무숲 속에 몸을 숨기고 지저귀는 새처럼 그 모습을 보여 주지는 않은 채 점점 더 자신의 존재를 내게 밀착시키고 있었다.

솔직히 동생을 끌고 옥수를 찾아다니면서 옥수를 찾게 되고 그래서 그녀를 다시 만날 수 있으리라고는 나도 믿지 않았다. 그러면서도 옥수를 허황되게 찾아다니는 동안 나는 내 안에 살아 있는 옥수의 존재, 살아 있을 옥수의 존재를 확인할 수 있었고 어쩌면 내가 기어코 찾아내고자 했던 것이 바로 그게 아니었을까 깨달아 가기 시작했다.

우리가 아직 열일곱이었을 때, 뙤약볕 내리쬐는 여름날 학교 앞 언덕을 내려오며 옥수가 내게 약사리에 가자고 불쑥 제안하던 그때, 마흔이 되어 있을 우리의 미래를 상상이나 할 수 있었던가.

약사리 고개에 처녀 점쟁이가 있었다. 학교 문턱에도 못 가본 그 처녀는 유독 입시생들의 진로를 짚어 주는 데 용하다고 소문이 나서 원서를 쓸 때쯤이면 우르르 몰려드는 손님들로 고갯길이 다 복작거릴 지경이었다. 그 처녀는 성적이 빠듯한 입시생들을 차례차례 불러들여 무릎을 꿇린 다음 너는 천을 만지는 데로 가라, 너는 소리 나는 데로 가라, 너는 울긋불긋한 데로 가라며 요령부득의 계시를 내려 주곤 해서 가뜩이나 뒤숭숭한 우리 선배들의 정신을 더 헷갈리게 만들 뿐이었다. 그래도 줄 서서 기다린 끝에 다행히 점괘를 받을 수 있었던 열아홉 살의 운명론자들은 고갯길을 내려오며 뭐가 그리도 재밌는지 배를 틀어쥐고 웃어 대느라 잠시 가깝고도 두려운 미래 따윈 잊어버릴 수 있었다.

아직 입시를 한 해 더 남겨 둔 그 여름날, 느닷없이 옥수가 내 팔을 잡아끌며 약사리에 가자고 했을 때 나는 나의 미래, 더구나 곧 닥쳐올 암담한 입시에 대해선 끝까지 미뤄 두고만 싶은 기분이었다. 하물며 우리의 생과 사에 대해서랴.

말로만 듣던 앳된 처녀 점쟁이가 옥수를 보더니 부르르 진저리를 치고 나서 거짓말처럼 영판 딴사람 목소리를 내며 말하길, 너는 서른다섯이면 이 세상에 없을 몸이 공부는 해서 뭣에 쓸래? 하는 것이었다.

그날 해 저문 약사리 고개를 내려오며 나는 처녀 점쟁이 말투를 흉내 내어 옥수에게 준엄하게 물었다.

「너는 서른다섯 살에 어디로 갈 것이뇨?」

대답 대신 옥수는 참았던 웃음을 터뜨렸고 그 언덕배기에서 우리는 팔짝팔짝 뛰며 웃고 또 웃어 대느라 어둠이 오는 줄도 몰랐다.

서른다섯이라니. 서른다섯이라면 우리의 생이 끝나고도 남을 그런 아득한 미래가 아닌가. 젊음도, 꿈도, 아름다움도 다 끝나 버렸을 머나먼 곳의 시간. 그 시간 그곳에 살아 있어야 할 이유도 알지 못했을 뿐더러 살아 있고 싶지도 않았던 열일곱 살의 우리 둘.

서울로 돌아가는 비행기 출발 시각은 밤 11시였다. 관광 일정도 다 끝났고 짐도 전날 다 챙겨 두었으므로 하루를 오롯이 비워 둔 셈이었다.

「얘, 오늘 아침은 나가서 먹자. 미국에 와서 미국 사람들이 가는 식당엘 한 번도 못 가봤잖니. 오늘은 한가하니까 구경 삼아 나가 보자. 내가 살게.」

「그럴까? 집에선 매일 김치찌개, 나가선 샌드위치, 질렸지? 언니.」

미국 땅에 도착한 다음 날부터 하루도 쉬지 않고 맨해튼을 누비고 다닌 데다 옥수의 행방을 찾느라 어지간히 지친 우리 자매였다. 늘 동생과 붙어 다녔지만 그 애와 오붓한 시간을 보낸 기억은 없었다. 옥수 찾기를 단념하고 나니 떠나기 전부터 피로가 덮쳐 왔다. 아무 생각 없이 그저 동생과 다정하게 하루를 보내고 싶어졌다.

우리는 동생네 집에서 멀지 않은 팬케이크 하우스로 갔다. 마침 주말이라 식당은 아침 식사를 하러 나온 가족 손님들로 붐비고 있었다. 갓 구워 낸 팬케이크를 겹겹이 쌓고 그 위에 시럽을 듬뿍 끼얹은 미국식 아침 식사가 날라져 왔다. 우리는 흑인 웨이트리스가 주전자째로 가져다준 커피와 함께 다디단 팬케이크를 맛도 모르고 먹었다. 그 단것을 먹자니 자연 쓴 커피에 자주 손이 갔다. 커피를 마시던 동생이 말했다.

「언니, 여기 와서 고생만 했지?」

「얘는?」

「찾고 싶었던 친구도 못 찾고.」

「옥수 찾으려고 온 거는 아니잖니. 신경 쓰지 마. 와서 너 열심히

사는 것 보고 덤으로 뉴욕 구경 실컷 했으면 됐지. 다음엔 애들
다 데리고 올게.」

말은 그렇게 했지만 미국 사람들이 북적대는 식당에 앉아 입에
맞지 않는 아침 식사를 하다 보니 와락 그곳이 불편해졌고 내 앞에
앉아 있는 동생까지 그들처럼 낯설어 보였다.

「언니, 내가 봤다던 그 여자, 옥수 언니 아니었나 봐.」

동생이 힘없이 나를 건너다보며 말했다.

「그럴지도 모르지.」

그렇게 생각하는 것이 편하다면 그렇게 생각해 버릴 수도 있으
리라. 옥수를 향해 생전 처음 혼자만의 여행을 감행했지만 그것이
옥수의 실체를 향한 여행이었다고까지는 말하지 못할 것이다. 그
러므로 옥수를 찾지 못하고 돌아가는 길을 헛되었다고 말하고 싶
진 않았다.

「엊그제 옥수 언니를 본 것 같다는 전화가 오긴 했었어. 플러싱
의 네일 살롱에서 일하던 여자랑 인상착의가 비슷하다고 해서
그리로 직접 전화를 해봤거든…….」

「왜 그때 말 안 하고?」

「혹시 아니면 언니 실망할까 봐, 내가 먼저 알아보려고 그랬지.
언니가 옥수 언니 찾는 데 너무 집착을 하니까.」

「……..」

「아닌 것 같아. 한국 이름은 잘 모르고 수지라는 여잔데 그새 다

른 데로 옮긴 것 같더라구. 지금이라도 우리 플러싱 그 네일 살롱으로 쳐들어가 볼까?」

「옛날에 말이야, 약사리 고개 처녀 점쟁이가 옥수더러 서른다섯에 죽는다 그랬다.」

「그래서 지금 그 말을 믿는단 말이야?」

「아니, 뜬금없이 생각이 나네. 다 관두자.」

우리는 낯선 사람과 낯선 언어로 웅성거리는 식당에서 눈치 없이 마주 보며 낄낄 소리 내어 웃었다.

「아직 시간 많은데. 언니, 다시 가보고 싶은 데 없어? 아울렛에나 한 번 더 갈까? 언니 레녹스 케이크 접시 안 산 거 후회했잖아.」

「구겐하임에나 한 번 더 데려다 줄래?」

「구겐하임 미술관?」

동생과 오붓한 시간을 보내려던 뉴욕에서의 마지막 오후를 나는 구겐하임의 피카소 그림, 「노란 머리의 여인」 앞에 바쳤다.

뉴욕발 밤 비행기에 탑승한 직후부터 안대를 두르고 담요를 뒤집어쓴 채 좁은 좌석에 몸을 전부 오그라뜨려 넣고 내처 자다가 기내 방송 소리에 깨어났다. 급유를 위해 앵커리지에 기착하겠다는 내용이었으니 하룻밤을 온전히 자고 일어난 셈이었다. 내 의식이 수면 위로 떠오르지 못하도록 꾹꾹 누르며 잠을 청하던 탑승 직후의 시간은 아득하게 달아나 버렸고 기내 풍경은 괴기스러울 만큼 낯설어 보였다. 부스스한 얼굴로 창의 블라인드를 걷고 밖을 내다보았다. 눈이 내리고 있었다. 나트륨 등의 주황 불빛이 활주로에 사뿐 내려 쌓이는 눈송이를 영화 속의 한 장면처럼 비춰 주고 있었다.

스튜어디스로부터 노란색 보딩 패스를 받아 들고 굴속 같은 통로를 따라 공항 대기자 대합실로 갔다. 비행기가 토해 놓은 승객들이 우르르 면세점으로 몰려가자 그곳은 삽시에 장터가 되었다. 다투듯 물건을 고르는 사람들의 재빠른 손길과 탐욕스런 눈길로 왁자한 그곳에서 나의 의식은 여행을 떠나기 전의 일상으로 황급히 제자리를 찾아가고 있었다.

뒤바뀌었던 시간에의 감각이 먼저 허둥대기 시작했다. 지금 몇 시쯤 되었을까. 이제 곧 동이 트겠지. 나는 서둘러 화장실을 찾아 들었다. 휑하니 비어 있는 화장실은 오싹 한기를 느낄 만큼 드넓었다.

나는 대형 거울 앞에 나란히 늘어선 세면대로 갔다. 아침 세수를 하기 위해서였다. 물을 틀어 놓고 거울을 보았다. 아니, 거울 속의 내 얼굴을 보았다.

아, 그 거울은 내가 늘 마주하던 내 집의 거울이 아니었다. 오랫동안 나를 받아들여 주던 내 방 화장대의 거울이 아니었다. 비행기를 타고 떠다니다 잠깐 내려선 여자라면 누구라도 거짓 없이 비춰 줄 태세를 하고 서 있는 텅 빈 거울일 뿐이었다. 그러나 무심해 보이는 그 거울은 어느 여자든 생애 단 한 번의 순간을 되비춰 주기 위해 오래도록 거기서 기다려 왔다는 듯 조금도 머뭇거리는 기색 없이 순식간에 나를 빨아들였다.

그 거울 속에서는 내가 알고 있던 나 아닌, 마흔을 갓 넘어선 낯선 여자의 흔하디흔한 얼굴이 나를 뚫어져라 쳐다보고 있었다. 누렇게 들뜬 지친 피부의 밋밋한 얼굴이었다. 나는 섬뜩해져서 거울로부터 얼굴을 돌렸다. 그러나 마주 보이는 뒤편에도 똑같은 대형 거울이 나를 가로막고 서 있었다. 이번엔 내 후줄근한 전신을 거침없이 되받아 비추고 있었다. 나는 오갈 데 없이 몸을 돌려 흐르는 물에 얼굴을 씻어 내고 다시 팽팽한 시선으로 거울을 마주 보았다. 나보다 한 발짝 먼저 시간 속으로 들어간 여자가 나를 불러들이듯 쏘아보고 있었다.

그 얼굴은 정녕 집을 떠나 내가 그토록 보고 싶어 했던 얼굴이 옥수의 얼굴이 아닌, 바로 거울 속의 지금 이 얼굴이었다는 자백을 받아 내려는 듯 집요하게 시선을 거두지 않고 있었다.

나는 거울 속의 그 얼굴을 되쏘아 보며 서둘러 아침 화장을 시작했다.

거울 속의 거울

6백 년이란 대체 얼마나 오랜 시간일까.

　6백 살의 느티나무는 둥치가 듬성듬성 시멘트로 메워져 마치 자연을 닮은 설치 미술품 같은 형상으로 서 있었다. 둥치의 공동을 메운 시멘트는 오랜 세월을 두고 휘어지고 비틀린 나무에 녹아들어 흡사 껍질이 벗겨져 드러난 나무의 속살처럼 보였다. 나무는 키가 낮고 밑둥치가 넓게 퍼져 있어 언뜻 보면 바윗덩이 위에 나뭇잎 모형을 매달아 놓은 것처럼 보이기도 했다.

　김 선생과 공동으로 쓸 작업장을 짓기 위해 땅을 물색하러 다니다 만난 나무였다. 차량 통행이 뜸한 국도 변에 나지막하게 서 있는 나무는 보호수 팻말이 세워져 있지만 않았어도 그냥 지나칠 뻔했을 만큼 시선을 끌어당기지 못했다. 멀리서 바라본 그것은 땅에 뿌리를 내리고 있는 나무의 일종이라기보다 변형된 땅의 일부처럼, 땅에 한 몸으로 녹아든 형상으로 벌판에 서 있었다. 김 선생은 무엇보다 작업장을 사람들에게 알릴 표적으로 나무를 써먹을 수 있게 된 것에 흡족해했다. 국도 변의 허다한 빈 땅 중에 6백 년 묵은 고목을 끼고 있는 땅은 흔치 않을 터였다.

정인이 작업장 입지 선정에 흔쾌히 동의한 이유 역시 나무에 있었다. 엄밀히 말한다면 팻말에 적힌 수령, 헤아려 볼 수 없는 그 아득한 시간에 붙들렸다고 해야 옳으리라. 빛과 어둠과 바람 속에서 6백 년을 버티어 온 생명이라면 시간마저 초월한 신령을 품고 있지 않을까.

「선생님이 이겼어요.」

정련한 모시를 그늘에 널 참인지 품에 한 아름 안고 나오느라 얼굴을 감춘 가영이 느티나무 앞에 서 있는 정인을 향해 말했다.

「응?」

「내가 죽은 나무라고 막 우길 때 선생님은 살아 있다고 장담했잖아요.」

그랬다. 지난겨울 가영은 시멘트 덩이와 한 몸으로 얼크러진 나무 둥치를 시체 확인하듯 발길로 툭툭 건드리며 죽은 나무라고 우겨 댔었다. 살아 있는 나무를 죽었다고 막무가내로 우기는 가영에게 나무를 흔들어 깨워서라도 증명해 보일 수만 있다면 그러고 싶었다.

「기다려 봐.」

이 말밖에는 달리 해줄 말이 없었다.

가영이 몇 달 나오지 않는 사이 감쪽같이 가영을 속였던 고목에서 잎이 돋아났다. 그 순간을, 폭발하는 생장의 정점을 가영의 눈앞에 고스란히 보여 주지 못하는 것이 참으로 안타까웠다. 하지만 나무의 생명을 믿지 못하기로는 정인도 마찬가지였다. 봄이 오기 전까지 나무는 6백 년이란 시간의 퇴적이었을 뿐 숨 쉬고 있는 생명이라 믿기 어려웠다. 거무튀튀한 나뭇가지 끝에서 기적처럼 연둣빛 여린 싹이 일제히 터져 나오는 광경을 목도한 첫 번째 봄을 정인은 잊을 수 없었다.

「짜아식, 날 속이다니. 연기가 제법 그럴듯했어.」

감나무 그늘에 매어 놓은 줄에 정련한 모시를 가지런히 늘어뜨리고 와서 이번에도 나무 둥치를 발로 톡톡 차며 가영이 말했다. 확실한 증거가 없으면 믿지 않으려는, 너무도 젊은 이 아이가 나무의 생명을 인정하기까지 어떤 변화를 겪었을까 정인은 궁금했다.

「김 선생은?」

「쪽밭에 가셨어요.」

군부대 막사를 닮은 비닐하우스는 크고도 탄탄했다. 역학적인 고려하에 각도를 조절한 철제 골격은 지난겨울 폭설의 하중에서도 비닐하우스의 형태를 그대로 지켜 주었다. 황토로 단단히 다진 바닥과 높다란 투명 천장을 투과한 자연 채광으로 실내는 아늑하면서도 시원하게 트인 공간을 제공해 주었다.

작업장의 입지 조건으로 필요한 건 물과 바람, 그리고 빛이었다. 그것이 확보된 환경에서 공간은 간소할수록 좋았고, 그래서 채택된 건축 자재가 비닐이었다. 비닐 집이 완성되자 김 선생은 보호수 팻말보다 더 큰 입간판을 도로변에 세웠다.

천연 염색 학습장 '쪽빛 하늘'.

김 선생은 쪽에 미친 사람이었다. 1년 열두 달 쪽의 재배에서 수확, 발효, 염색과 보급에 이르기까지 어느 한 공정도 만만치 않은 작업이지만 그는 쪽의 푸른빛에서 우주의 처음과 끝을 보려는 사람이었다. 더 많은 사람들에게 쪽염을 전파하려는 열의에 불타는 김 선생에게 비닐 집은 연구실이자 강의실이며 실험실이기도 했다. 그에 비하면 정인에게 비닐 집은 지극히 개인적인 공간이었다. 그저 필요한 염색을 위해 김 선생의 작업 환경을 빌려 쓰는 정도에 지나지 않았다. 그러나 6백 년을 살아온 나무 곁에 지은 비닐 집에 처음 들어섰을 때 정인은 안온한 동굴로의 피신처럼 더없이 편안했다. 미처 꿈꾸지 못했던 집의 원형을 거기서 보았다.

정인은 가스를 틀어 염재부터 안쳤다.
「오늘 염재 뭐예요?」
「정향.」
물푸레나뭇과의 자디잔 열매, 열매라기보다는 꽃잎이 다 지고 난

후의 꽃망울이라고 해야 정확할 것이다. 바싹 말린 짙은 갈색의 정향은 정인이 애용하는 다색성의 염재였다. 염색을 거듭할 때마다 한 번도 같은 빛깔을 뽑아내 본 적이 없을 만큼 무궁무진한 빛깔을 품고 있는 신비한 염재였다. 또한 견뢰도가 뛰어나 한번 물이 들면 거의 퇴색하지 않는 믿음을 보여 주는 염재이기도 했다. 염재가 끓으면서 작업장에 알싸한 향기가 피어올랐다.

「아, 난 이 치과 냄새 때문에 정향이 싫어.」

가영이 코를 찡그렸다. 미술 대학에서 디자인을 공부하는 가영이 김 선생의 문하생으로 들어온 이후 작업장에서 주로 하는 일은 염색의 전 단계인 섬유의 정련이었다. 공장에서 두루마리째 들어온 섬유는 염색 전 단계로 불순물을 제거하기 위해 미지근한 물에 담가 두는 정련 과정을 거쳐야 했다. 얼룩이 지지 않도록 섬유를 고루 펼쳐 가며 물에 집어넣어야 하는 섬세한 작업이었으므로 가영은 종종 엄격한 김 선생에게 혼쭐이 나기도 했다. 아직 염색에 본격적으로 참여하지는 못하지만 정련하는 틈틈이 보고 배운 것이 있어 웬만한 염재는 다 꿰고 있는 가영이었다. 정향에는 마취제 성분이 들어 있었다. 가영이 싫어하는 치과의 진통제에도 정향 성분이 사용되었다.

「난 이 향이 좋아. 향이 오래가서 향염이라고도 하잖아.」

정인은 작은 유리병에 말린 정향을 담아 두고 치통이 올 때면 꺼내 한 알씩 깨물곤 했다.

「옛날 중국에서는 말이야, 신하들이 왕을 배알하러 들어갈 때 이 열매를 하나씩 입에 물고 들어갔다는 이야기가 있대.」

「어머, 재밌다. 왜 그랬을까?」

「왕 앞에서 입 한번 잘못 놀렸다가는 바로 죽음이었던 살벌한 시절이었잖아. 이걸 입에 물면 입 안이 얼얼하게 굳어서 직언을 하고 싶어도 잘 못하게 되거든.」

「히힛, 말 된다.」

「내 생각엔 가글 대신 쓰지 않았을까 싶어.」

「어, 그것도 말 되네.」

「그러니까 가영아, 정향을 끓일 땐 절대 밀폐된 곳에서 끓이지 마.」

가영 같은 딸을 갖고 싶은 꿈은 정인에게 이제 불가능한 꿈일지도 모른다. 폐경의 징후가 나타나기 시작한 이후 정인은 몸이 낯설어지고 있었다. 몸의 욕망, 몸의 언어를 잃어 가고 있었다. 그러나 자신의 몸을 빌려 태어날 아이를 완강히 거부하며 살아온 정인에게 가영의 존재는 뒤늦게 생의 영감을 불러일으켜 주었다.

지난해 늦가을 작업장을 찾아온 가영은 트레이닝복 바지에 밤색 가죽 재킷을 입고 있었다. 차림새도 태도도 맺힌 데라곤 하나 없이 자유로워 보였다. 첫날부터 옥사 두 필을 맡겼지만 콧노래를 흥얼거리며 힘든 정련을 기어이 해냈다. 작심하고 일을 배워 보겠다는 태도가 역력했다. 그러면서도 일을 즐기는 것 같았다. 가영은 정해진 시간이면 정확히 작업장에 나와 자신에게 부과된 노동을 통해 스스로 학습했고 정인은 그런 가영을 즐기며 기다렸다. 누군가의 존재만으로 위안을 받기는 처음이어서 정인은 마치 선물을 받은 것 같았다. 그러면서 꿈을 꾸었다. 저 애가 내 딸이라면.

남편과의 사이엔 오래 아이가 들어서지 않았다. 남편도 정인도 서른이 넘은 나이에 한 결혼이었다. 정인이 다니던 회사의 거래처 직원이었던 남자는 유별난 연애를 걸어오지도 않으면서 는개에 머리칼 젖듯 어느 사이엔가 정인에게 다가와 있었다. 제 한 몸 먹여 살리는 데 지쳐 있던 서른 넘은 노처녀에게 결혼은 삶의 방편으로 선택의 여지가 없었다. 하지만 다시 누군가와 함께해야 할 시간 속으로 들어가는 것은 마치 섶을 지고 불 속으로 뛰어들듯 극심한 두려움을 앞세워야만 했다. 다행히도 이렇듯 정서적으로 온전치 못한 인간형을 받아들이는 데 그다지 거부감을 느끼지 않을 만큼 그는 무던한 남자였다.

결혼한 지 6년에 이르도록 아이가 생기지 않자 무던하던 남편이 조금씩 변하기 시작했다. 그들 사이에 어떤 변화도 찾아와 주지 않는 것에 격분해 스스로 변화를 모색하는가 싶었다. 어쩌면 남편이 끝내 견디지 못하고 변해 버린 이유는 정인의 불임이 아니라 정인의 우울이 아니었을까.

　정신세계가 온화하지 못한 여자의 신체엔 생명이 깃들이지 못하고, 그러니 그런 몸 따윈 능멸하고 조롱해도 무방하다고 작정한 듯 남편은 야만스러워져 갔다. 결혼을 하고 아이를 낳아 기르며 늙어가는, 흔하디흔한 생의 궤도에 편승해 오래도록 기다리는 동안 정인은 저도 모르게 자신의 몸이 폐허가 되어 가고 있는 것만 같았다. 남편이 그토록 기다리는 아이가 들어오지 않는 것은 몸이 아이를 받아들이지 못하는 탓일지도 몰랐다. 기다리는 시간의 무위가 마치 죄악인 듯 정인의 목을 옥죄어 갔다. 기다리고 기다려도 자신의 폐허 속으로 들어올 아이는 없을 것 같았다. 오지 않는 아이를 함께 기다리는 것만이 그들 결혼 생활의 하나 남은 이유였다. 설렘도 간절함도 없는, 그래서 더욱 맹목적인 기다림이 되어 갔다. 정인은 시간 앞에서 무릎이라도 꿇고 싶었다.

　병원을 찾아가 의료적인 방법을 동원해서라도 생명을 자궁에 착상시키려 노력하지 않는다는 비난이 걱정을 가장해 정인에게 날아들었다. 병원을 찾아 불임을 선고받는 대신 기적을 기다리는 어리석음으로나마 끝내 정인이 지키려 한 것은 대체 무엇이었을까.

　그러나 끝내 불임 클리닉에서 검사를 통해 정상적인 방법으로 아이를 가질 수 없는 결함을 판정받은 쪽은 정인이 아닌 남편이었다. 그들 부부가 아이 갖기에 도전하기 위해서는 얼마나 불확실하고도 지난한 과정을 통과해야 하는지에 대한 의사의 설명이 뒤따랐다. 하지만 과학적인 검사와 분석에 의해 혐의를 벗었음에도 불구하고 정인은 폐허에서 쉽사리 벗어나지 못했다. 그리고 자신은 결코 아이를 원한 적이 없음을 그제야 비로소 깨달았다. 그것이야말로 남편의 신체적 결함보다 더 치명적인 불임의 이유일 수 있었다. 고통스런 시술에 가담하지 않겠다는 선언으로 정인은 명백히 아이를 거부했다.

그것은 오지 않은 아이에 대한 마지막 예의였다.

서답을 담가 둔 듯 붉은 갈색이 우러난 뜨거운 물에 정련한 명주를 가만가만 적시자 연한 갈색 빛깔이 명주에 스며들기 시작했다. 고무장갑 낀 두 손으로 물속의 명주를 펼쳐 가며 염재에서 우러난 빛깔이 고루 스며들도록 쉬지 않고 매만져 주는 본염 과정은 눈으로 보면서도 보이지 않는 색을 상상하는 시간을 정인에게 제공해 주었다. 염재가 품고 있는 빛깔이 섬유로 옮겨지기까지 물과 불과 바람과 그것을 뒤섞는 손길의 역할은 오묘한 것이었다. 똑같은 염재를 저울에 달아 일정한 시간을 끓여 한 필에서 나온 천에 각각 물들여도 빛깔은 똑같지 않았다. 정인이 천연 염색을 고집하는 이유였다. 그렇게 물들인 천들은 굳이 배색이 필요 없을 만큼 서로 어우러졌고 따로 놓았을 때보다 펼쳐서 함께 섞어 놓았을 때 더 아름다웠다. 정인이 만들어 가게에 내놓는 조각보의 상품성은 바느질 솜씨보다 천연의 배색이 주도하는 것일 수 있었다.

본염과 매염 과정을 반복하는 동안 명주의 색깔은 서서히 변해 갔다. 그 미세한 변화를 더 이상 눈으로 판별할 수 없게 되었을 때에야 정인은 명주를 맑은 물에 헹궈 널었다. 명주의 색깔은 바람에 꾸덕꾸덕 마르면서 또다시 변해 가기 시작했다.

「이번엔 녹색이 많이 우러났네요.」

「이젠 색이 보여?」

처음에 가영은 염재가 물에 우러날 때, 물에 비친 색밖에 볼 줄 몰랐다. 얼핏 갈색으로 우러난 물속에 일렁이는 무지갯빛의 휘황한 색들이 가영의 눈에는 보이지 않았다. 붉은색, 노란색, 녹색, 보라, 파랑…… 불러내 주기만 하면 언제라도 드러날 색들이 물속에 녹아 있는데 가영의 눈엔 아직 그것이 보이지 않았다. 매염제 성분에 따라 하나의 염재에서 전혀 다른 색깔이 뽑혀 나오는 것이 그 아이에겐 마술이나 다름없었다. 이제 가영은 드러난 색 속에 감추어진 빛도 꿰뚫어 볼 줄 알게 된 것이다. 이번에 정향은 애플 그린 빛깔에 노란색 겨자를 살짝 풀어놓은 듯한 오묘한 색을 명주에 들여놓았다. 역시 한 번도 본 적 없는 처음이자 마지막의, 세상 하나뿐인 색이었다.

비닐하우스 입구 쪽 돔형 천장 아래에는 정인이 막 물들여 널어놓은 명주 외에도 여러 빛깔의 천들이 길게 늘어져 있었다. 직사광선을 피한 통풍 건조는 염색의 마지막 단계에 해당되었다. 필 단위의 대량 작업을 하는 김 선생의 쪽물 들인 푸른 모시가 줄과 줄에 걸쳐 가며 나선형으로 늘어뜨려져 있었고 그 사이로 황토 빛 무명과 홍화의 연지 빛 옥사 자락이 간간이 나풀거렸다. 흡사 색색의 발을 드리운 듯 드나드는 바람결에 따라 몸을 뒤척이는 투명한 천들 너머로는 바윗돌 같은 느티나무 둥치가 언뜻언뜻 비쳤다. 인간이 저 나무처럼 6백 년을 산다면 과연 신이 될 수 있을까.

정인은 작업대에 앉아 가영과 차를 마시며 명주가 마르기를 기다리고 있었다.
「누군가 우리 마음속을 휘저어 새하얀 천에 물을 들인다면 어떤 색이 들까요?」
가영의 상상력은 종종 정인이 가 닿을 수 없는 곳으로 뻗어 있었다.
「글쎄.」
「기쁨? 슬픔? 그리움, 미움, 외로움, 안타까움, 으음, 또 뭐가 있지? 아무튼 염재 속에 들어 있는 색소보다 더 많은 건 분명해. 그렇죠? 선생님.」

누군들 제 마음속에 살고 있는 것들의 정체를 알아낼 수 있을까. 마음속을 가득 채우고 있는 것의 정체가 어머니를 미워하는 마음인지 아닌지, 정인은 그것조차 알 수 없었다. 그것을 알 수만 있었어도 다르게 살지 않았을까.
「어디로 갈 거지?」

7년간의 결혼 생활과 함께 시집살이를 끝내려 했을 때, 남편이 한 말이었다.

갈 곳이 없었다.

「당신 어머니 집으로 가.」

남편은 그때까지도 어머니를 대면한 적이라곤 없었다. 어머니는 사위에게 얼굴을 보여 주지 않음으로써 마지막까지 자신의 존재를 더욱 확고히 지킨 셈이었다. 그것은 어머니가 정인에게 행사할 수 있는 최후의 권력이기도 했다. 그리고 마침내 남편은 정인을 되돌려 보냄으로써 만나 본 적 없는 어머니와의 관계에 종지부를 찍으려 했다.

혼수 대신 정인이 안고 들어온 것이 어머니와의 고통스런 기억뿐이었다는 걸 남편은 알지 못했다.

옛집은 마치 다른 동네로 고스란히 떠메다 놓은 것처럼 유독 홀로 변함없이 서 있었다. 열아홉에 떠났다 마흔이 되어 돌아온 정인은 그 변함없는 집이 너무도 낯설어 선뜻 문을 열고 들어설 수 없었다.

열아홉에 이르러 떠나기까지 그 집이 요구하는 온갖 종류의 노동은 오직 정인의 몫이었다. 옥상에서부터 지하실까지 정인의 손길이 미치지 않은 곳이라곤 없었다. 집은 안식처라기보다 끊임없이 정인을 부려 먹어야만 지탱할 수 있는 괴물 같았다.

골격만 그대로일 뿐 담장도 대문도 지붕도 낡고 부식돼 추레해
진 몰골을 하고서 늙은 괴물은 정인을 맞이했다. 한때는 견고한 성
채와도 같던 집이었다. 그것은 아버지가 가장의 짐을 덜컥 어머니
에게 내려놓고 종적을 감춰 버린 이후 기나긴 고난 끝에 온전히 어
머니의 힘으로 쟁취한, 어머니의 보이지 않는 위력으로 축조된 완
벽한 구조물이었다. 그 이층집에 살게 되면서 아버지가 남겨 놓은
다섯 자식에게 어머니는 어떤 외부의 충격에도 무너지지 않을 집
과 함께 더욱 절대적인 존재가 되어 갔다. 그리고 또한 자식들은
남편의 부재를 탕감하고도 남을 만큼 어머니의 전부가 되어 주었
다. 아이들은 하나같이 빼어났다.

가운데 아이 정인만 제외하고.

「도대체 너는 잘하는 게 뭐냐?」

어머니가 늘 남처럼 딸에게 던지는 말이었다.

「넌 어쩌면 그리도 니 애비를 그대로 뒤집어쓰고 나왔냐.」

느닷없이 그러나 빈번히 날아오곤 하던 말이었다.

중앙시장 건어물 가겟집 아이들이라면 가운데 아이 하나만 빼놓
고는, 못하는 거라곤 없는 특출한 아이들이었다. 공부는 물론이고
사생 대회, 노래 대회, 웅변대회까지 상이란 상은 죄다 휩쓰는 타고
난 아이들이었다. 아이들은 말린 생선 냄새 찌든 가게 안에서 종일
전대를 차고 손님을 맞는 지친 어머니의 얼굴을 환히 빛내 주었다.
아이들이 시장 통에 나타나면 모두 한 번씩 쳐다봐 주었고 뒤이어

어머니에겐 냄새나는 건어물을 팔아 남긴 돈보다 더 달콤한 찬사가 쏟아졌다.

정인은 언니와 오빠, 동생들이 어머니를 기쁘게 해주는 것들 중에서 어느 것 하나도 흉내조차 낼 수 없었다. 정인 바로 밑의 여동생 정미는 언니 오빠만큼 공부는 못하지만 지나가던 사람이 걸음을 멈추고 돌아다볼 정도로 얼굴이 빼어나서 예외를 당당하게 누렸다.

「정미 저건 공부는 좀 빠져도 인물이 꽃보다 고우니 하느님이 참 공평하신 거지.」

정인은 하느님이 자기에게도 공평하다는 것을 입증해 보이기 위해 어머니의 요구대로 밥을 짓고 빨래를 하고 집을 치워야 했다. 어쩌면 어머니가 시키기에 앞서 제 스스로 어머니께 하느님의 공평한 섭리를 납득시키려 찾아낸 일이었는지도 모른다. 새벽이면 식구 수대로 여섯 개의 도시락을 싸는 것도 정인의 몫이었다. 형제들이 공부를 하거나 엎드려 책을 읽는 한밤중에도 정인은 부엌에서 다음 날 도시락 반찬으로 멸치를 졸이느라 불 앞을 꼬박 지켜서 있어야 했다. 밤늦게 귀가하는 어머니는 늘 온몸의 근육통을 호소했다. 어머니의 어깨와 다리를 주물러 근육을 풀어 주는 것 역시 정인의 일과 중에서 빼놓을 수 없는 노역이었다. 정인의 안마를 받으면서 어머니는 코를 싸잡아 쥐었다.

「아이구, 저놈의 멸치 냄새. 종일 가게에서 신물이 나도록 맡다 들어왔더니 그것도 모자라서 너까지 이 에밀 죽일 작정이구나.」

그것으로 정인의 하루 일과가 끝나는 것은 아니었다. 어머니의 가장 중요한 일이 남아 있었다. 쑤시는 몸을 풀고 정인이 차려 준 밤참을 물리고 나면 어머닌 늘 똑같은 질문을 했다.

「일 다 끝났지?」

하루의 일을 다 끝내고, 어떤 방해도 받지 않는 시각에 행해지는 비밀스런 작업.

돈을 셀 차례였다. 시장에서 종일 어머니 배에 신체의 일부처럼 매달려 있던 전대는 가게 문을 닫을 때에야 풀려나 둘둘 말린 채로 어머니 품에 안겨 안방으로 모셔지곤 했다. 군복을 뜯어 만든 빛바랜 녹색 전대였다. 중앙시장에서 제일 일찍 문을 여는 집은 어머니의 건어물 가게였다. 국방색 전대를 행주치마 대신 두르고 어머니가 지키는 가게엔 말린 생선을 사려는 손님들보다 정작 시장 상인들이 더 자주 들락거렸다. 상인들을 끌어들이는 힘은 빛바랜 녹색 전대에 고스란히 담겨 있었다.

전대의 쇠 지퍼를 열어 안방 가운데에 거꾸로 쏟으면 구겨지고 접힌 낱낱의 지폐와 동전들이 바닥으로 와르르 곤두박질치며 수북이 쌓였고 마지막 동전 한 닢의 쨍그랑 소리가 멎으면 일순 방 안은 정적에 휩싸였다. 안마를 받는 동안 내내 그날 하루 시장에서 상대했던 사람들을 싸잡아 욕설을 퍼부어 대느라 입에 거품을 물고 있던 어머니는 그제야 입을 닫고 서늘한 표정으로 방바닥에 부려 놓은 하루치 수입을 내려다보았다. 그때의 어머니는 숨조차 멈춘 듯 고요해서 마치 딴사람을 보는 것 같았다.

하루에 한 번씩 딴사람이 된 어머니와 함께해야 하는 그 시간이 정인은 정말 싫었다. 사지를 정인에게 맡겨 둔 채 지치지도 않고 시장통의 온갖 사람들을 향해 욕을 쏟아 내는 어머니라면 안마하는 손길에 미움을 실어 매운 힘을 가할 수도 있었겠지만 한순간 기이한 침묵 속에 빠져 드는 어머니는 너무도 낯설어서 두렵기까지 했다. 어머니의 눈빛은 방바닥에 쏟아져 있는 너덜너덜한 돈을 뚫고 저 먼 딴 세상을 꿈꾸는 듯했다.

매일 밤 어머니의 입에서 욕설이 쏟아져 나오듯 어머니의 전대에서는 돈이 쏟아져 나왔다. 날이 갈수록 어머니의 욕은 점점 더 거칠어져 갔고, 이상하게 그러면 그럴수록 전대에서는 더 많은 돈이 쏟아져 나왔다. 전대에서 빠져나온 지폐들은 저마다 표정을 새기고 있었다. 생선 비린내와 김치 국물이 밴 꼬깃꼬깃 접힌 지폐를 한 장 한 장 집어 들어 반듯하게 펼칠 때면 그것들은 무언가 간절히 정인에게 말을 걸어오는 것만 같았다.

어머니가 정인에게 부과한 일상의 노동 중에서 정인이 가장 싫었던 것은 밤마다 어머니와 함께 돈을 세는 일이었다. 하지만 어머니는 그 비밀스런 계산을 정인 아닌 누구에게도 맡기려 하지 않았다. 자신을 향한 어머니의 남다른 신뢰감 때문이 아니라는 걸 정인은 알고 있었다. 어머니는 전대에서 막 쏟아져 나온, 누군가의 눈

물과 한숨과 손때와 반찬 국물이 스며 있는 허름하고 냄새나는 그
것들을 차마 잘난 자식들에게는 보이고 싶지 않았던 것이다. 그래
서 밤이면 서둘러 방문을 걸어 잠그고 정인에게 그것들을 몇 번씩
이나 착오 없이 세게 한 다음 누런 봉투에 담아 아침마다 은행으로
가져갔던 것이다. 거기서 바꿔 온 새 돈으로 자식들의 공납금과 책
값을 주고 싶었던 것이다.

어머니는 전대의 돈이 나날이 불어 가도 집안일 하는 일손을 따
로 두려 하지 않았다. 명문대에 진학한 언니나 오빠처럼 좀 더 일
찍 생의 목표를 설정하는 데 뜻이 없었던 정인은 뒤늦게 자신의 미
래에 대해 생각하기 시작했다. 어쩌면 평생 어머니 곁에서 전대의
돈을 세며 보내야 할지도 모를 미래였다.

정인이 돌연 대학 진학을 선언했을 때 어머니는 코웃음부터 쳤지
만 놀라는 기색을 미처 감추지는 못하였다. 명분은 진학이었지만
정인에게 그것은 다시는 돌아오지 않을 가출이었다. 정인의 대학
선택 기준은 집으로부터 얼마나 멀리 떨어진 지방에 위치해 있는
가, 그뿐이었다. 공부를 멀리하던 정인이 분수껏 선택한 지방 대학
진학이라 믿은 형제들은 저마다 안도하며 축하해 주었지만 수족을
잃게 된 어머니는 달랐다. 어머니만이 정인의 속내를 알고 있었다.

「그러면 그렇지. 지 애비 피가 어디 가겠어? 거죽만 뒤집어쓰고
나온 줄 알았더니…….」

몸은 그곳을 빠져나왔어도 그곳에서의 기억은 정인의 몸을 빠져나가지 않고 질기게 남아 정인을 서서히 갉아먹기 시작했다. 집을 떠나온 정인은 자신이 잃어버린 시간, 되돌릴 수 없는 것들에의 파괴적인 상실감으로 앓기 시작했다. 정인은 학교를 마치고도 집으로 돌아가지 않았다. 그것은 복수였으며 한편으론 절박한 생존 방식이었다. 지방에서 직장을 구한 정인은 어머니로부터 실질적인 독립을 쟁취했다. 그러나 경제적인 독립이 어머니와 함께한 기억으로부터의 독립은 결코 아니었다.

「가영아, 그럼 마음속을 휘저으면 넌 어떤 물이 들 것 같니?」
「음, 뭐 염색하고 똑같은 이치 아닐까, 물들이는 사람에 따라 다를 것 같아요. 똑같은 염재에서도 매염제에 따라, 아니면 들이는 시간이나 손길에 따라 모두 다른 색이 나오잖아요. 누가 내 마음속에서 어떤 색을 찾아내 줄지 그건 모르는 일이죠.」
「어쩜 넌 애가 어른 같은 소릴 하는구나.」
「에헤, 이게 다 선생님하고 일하면서 든 물이라니까요.」

비닐하우스는 정인에게 단순한 작업장이 아니었다. 평소 천연 염색 섬유를 대주던 김 선생이 도심을 벗어난 곳에 새 작업장을 지으려는 계획을 말해 주었을 때 정인은 제2의 가출을 꿈꾸었는지도 모른다.

쇠락한 옛집은 늙은 어머니 혼자 지키고 있었다. 마치 집 나간 딸이 제 발로 돌아올 줄 알고 있었다는 듯 어머니는 덤덤히 정인을 맞이했지만 집은 바깥에서 볼 때보다 더 심하게 망가져 있었다. 노후한 배관에서 물이 새는지 마룻장은 거뭇하게 썩어 들어가는 중이었고 벽과 천장엔 쥐 오줌 같은 누런 얼룩이 번져 있었다. 정인을 제외한 자랑스런 네 자식의 성공이 자신을 후광처럼 밝혀 주고 있다고 믿는 것일까. 어머닌 폐가에 앉아 돌아온 정인에게 사뭇 당당히 말했다.

「너도 알다시피 니 오래비랑 니 언니, 니 동생들 유학 공부시키느라 딱 이 집 한 채 남았다.」

평생 전대로 날라 온 생선 비린내에 전 푼돈들로 어머니의 아비 없는 자식들을 세계인으로 키워 낸 게 말할 수 없이 자랑스럽다는 투였다.

어머니에게 나는 어떤 존재일까. 생을 지배해 온 질문이 늙어 버린 어머니와 마주한 정인의 내부에서 뜨겁게 치받쳐 올라왔다.

그때까지도 아직 어머니는 어머니다웠다. 정인의 기억 속 어머니는 군복을 뜯어 만든 전대 속에 꾸역꾸역 밀어 넣는 돈의 총량만큼 나날이 불룩해지는 탐욕을 담고 살아야 했다. 자식들에게 고루 분배해야 할 모성은 유독 정인 차례에서 고갈되어야 했다. 뿐만 아니라 무엇엔가 앙갚음하듯 끊임없이 그 아이 하나만을 집중해서 학대해야 했다. 그리하여 자신이 잉태하여 세상에 내놓은 생명이

채 피어나기도 전에 폐허로 변해 가는 것을 끝까지 지켜봐 주어야
만 했다. 악의에 찬 에너지일지라도 어머니에게서는 늘 넘치는 기
운이 뿜어져 나와야만 했다. 그래야 어머니다웠다.

「명주가 다 마른 것 같지?」

멀찌감치서 느티나무 잎이 흔들리는가 싶더니 정향의 알싸한 향
기가 정인의 코끝에 와 닿았다. 어머니가 기다리는 집으로 돌아가
야 하리라. 어머니의 저녁밥을 지으려면 벌써 늦은 시각이었다.

실은 정향 물들인 명주는 집에도 아직 넉넉히 남아 있었다. 정향
뿐이 아니었다. 곱게 물들여 쟁친 색색의 두루마리들이 몇 달 바느
질을 하고도 남을 만큼 선반에 그득 쌓여 있었다. 그래도 정인은
자꾸 명주에 물을 들여 날랐다. 어머니와 함께해야 할 텅 빈 시간
의 문 앞에 정인은 세상에 하나뿐인 곱디고운 빛깔의 명주들을 욕
심껏 부려 놓고 있었다. 얼마나 더 물을 들여야 어머니의 남은 시
간을 넘어설 수 있을까. 정인은 그 빛깔 고운 명주를 바느질로 끝
도 없이 이어 가는 꿈을 꾸며 정향 물들인 명주 두루마리 하나를
더 선반에 얹어 놓을 것이다.

바느질의 단순 반복 동작은 끝없는 침묵의 터널 속으로 걸어 들
어가는 것과 같았다. 생각도 감각도 마비된 채 어둠 속 좁은 통로
를 꾸역꾸역 밀고 나가는 것과 같았다.

정인은 무언가를 해야만 했다. 가도 가도 끝나지 않을 터널 하나

를 찾아들어 앉아야 했다. 오직 저 혼자만의 출입을 허용할 좁고 어두운 길이어야 했다. 그 누구에게도 투사되지 않은 맨몸의 자아만이 걸어 들어갈 수 있는 길이어야 했다.

박물관 전시실에서 마주친 조각보, 조각조각 이어 붙인 바늘땀의 노동에서 정인이 본 것은 시간이었다. 좁고 어두운 동굴 속에 똬리 튼 침묵의 시간. 그래, 저거야. 그날부터 정인은 바늘을 들고 홀로 침묵의 터널 속으로 걸어 들어갔다.

다시 어머니의 새벽밥을 짓기 시작하면서부터였을 것이다.

어머니는 느닷없이 잠든 정인을 깨워 밥을 달라고 보챘다. 아직 어둠이 채 가시지 않은 새벽이었다. 그 옛날 어머니는 첫새벽에 일어나 정인이 차려 주는 아침밥을 먹고 나면 정인이 싸준 도시락을 들고 시장으로 향하곤 했었다. 옛집에 돌아와 부엌에 들어가는 정인에게 어머니가 못 박은 말이었다.

「아침밥은 하지 마라. 아침 안 먹은 지 몇 년 됐다. 하는 일 없는 늙은이한텐 밥이 독이다.」

날이 밝으려면 아직 먼 시각에 일어나 정인은 어두운 부엌에 불을 밝히고 쌀을 씻어 안쳤다. 그때마다 정인은 열아홉 살 이전의 자신으로 되돌아가는 것 같았다. 집도 부엌도 옛날 그대로였다. 부엌문 옆의 전기 스위치를 딸깍 올리는 순간 정인의 눈앞에 기억 속

무대가 그때 그 모습 그대로 재현되어 펼쳐졌다. 그 옛날에도 그 시각에 집 안에서 깨어 있는 사람은 어머니와 정인 둘뿐이었다.

기억 속의 새벽 주인공이었던 어머니는 옛날처럼 안방에 버티고 앉아 정인이 밥상을 들고 들어오길 기다리며 정인의 기억을 시험하고 있었다. 정인이 차린 밥상을 받은 어머니는 나갈 곳도 없으면서 새벽마다 허겁지겁 밥을 입 안으로 밀어 넣었다. 그러고는 마치 정인의 기억 속 장면을 재연해 내려 안간힘 쓰듯이 삭아 버린 치아로 사력을 다해 씹어 삼켰다. 채 씹히지도 않은 밥이 꾸역꾸역 목구멍을 타고 넘어갔다. 새벽마다 밥을 먹는 것은 어머니의 허기가 아니라 기억 속의 본능이었다. 그러다 돌연 숟가락질을 멈추고 나면 어머니는 그만 기억을 놓쳐 버린 쾡한 표정으로 정인을 바라보다가 고꾸라지듯 다시 이불 위로 쓰러져 긴 잠에 빠져 들었다.

새벽밥 짓기는 계속되었다. 그것은 기억의 제례였다. 매일 새벽 망자를 위한 밥을 짓듯 정인은 먹을 수 없는 밥을 지어 어머니 앞에 차려 놓아야 했다. 식욕이 제거된 어머니의 밥 먹는 행위 역시 반복되는 의식에 지나지 않았다. 고된 새벽 의식을 치르고 나서 거의 실신 지경의 잠에 빠져 들었다가 한낮이 되어서야 깨어나면 어머니는 알 듯 모를 듯 어딘가 달라져 있었다. 혹은 가벼워진 것 같았다. 마치 어머니의 불룩한 전대에서 동전 한 닢을 덜어 낸 듯.

어머니는 어머니 아닌 어머니가 되어 가고 있었다.

어머니는 어디로 가고 있는 것일까.

빛과 어둠이 섞여 분리되기 직전의 은밀한 새벽, 남모르는 둘만의 제례를 거듭하는 동안 정인은 그들이 몸담아 왔던 낡고 오래된 집이 세상으로부터 떨어져 나와 어느 낯선 시간 속으로 빨려 들어가는 듯한 두려움을 느꼈다. 두려움은 점점 커졌다. 밥 먹는 어머니 앞을 지키던 한순간 까무룩 잠에 빠졌다 깨어나면 어머니는 간데없고 어머니의 닳아빠진 은수저가 저 혼자 밥상 위를 떠다녔다. 흠칫 뒤로 물러서면 수십 년 그 자리를 지켜 온 맞은편의 자개장롱이 검은 자루를 뒤집어쓴 머리 셋 달린 괴물의 형상으로 웅크리고 있었다.

정인은 새벽밥 짓기를 중단했다. 어머니는 정인의 방문 앞에 앉아 날이 밝도록 가르랑거렸다.

「밥 줘. 이년아. 밥 줘. 배고파.」

「밥 줘. 빨리 먹고 가야 돼.」

어머니는 어디로 가고 있는 것일까.

정인은 낡은 집 곳곳에 퍼지고 있는 푸른곰팡이에 자신마저 잠식당해 가고 있는 것만 같았다. 어쩌면 곰팡이가 피어날 수 있는 어둡고 음습한 조건은 어머니와 정인이 오랜 시간을 두고 만들어 온 것일 수도 있었다. 곰팡이가 몸을 파먹어 치우기 전에 집에서, 어머니에게서 다시 도망쳐야 했다. 하지만 이제 어머니는 불룩한 전대를 차고 정인을 지배하던 그 옛날의 어머니가 아니었다. 어머니는 꼭 정인의 그림자만큼의 자리에서 맴돌며 밤낮없이 보채는 무구한 아이로 변신해 가는 중이었다. 열아홉의 그때처럼 다시 정인이 조급해하자 어머니는 자신의 변신을 더 급속히 진행시켰다.

「저기 저 사람 누구니?」

사방을 둘러보아도 사람의 흔적은 뵈지 않았다. 그러나 어머니는 손을 들어 허공을 휘저으며 무언가를 자꾸 가리켰다.

「저 사람 언제 왔니?」

「어디에 누가 있다고 그래요.」

「저기 저 시커먼 사람 말이야. 무서워. 애, 나 무서워 죽겠어.」

어머니는 무섬증에 갇혀 이제 더는 앉은자리에서 꼼짝도 하지 않으려 했다. 오줌도 정인의 손으로 받아 내게 했다. 어느새 그림자마저 성큼 넘어 바짝 다가온 어머니는 정인의 옷자락을 움켜잡고 놓지 않으려 했다.

「애, 가지 마. 나 무서워. 나 두고 가지 마. 저 사람이 날 데리러 왔어. 저 사람 쫓아내.」

어머니는 몸을 부들부들 떨어 댔다. 어머니 눈에 헛것이 보이기 시작한 것이다. 어느 낯선 시간 속을 헤매 다니는 어머니의 가벼운 육신은 이제 정인에게 덧씌워져 한 몸이 되어 갔다.

어머니를 겨우 재우고 어스름한 마루로 나서는 정인 앞에 그 검은 사람이 나타난 건 정인에게 덧씌워진 어머니를 보았기 때문이었을까.

「누, 누구세요?」

검은 사람은 현관 모퉁이에 팔짱을 끼고 기대서서 정인을 노려보고 있었다. 어머니가 가리키던 바로 그 사람이었다.

「누구야?」

비명을 질러 대도 검은 사람은 꿈쩍도 하지 않았다.

「왜 그러세요, 예?」

그는 사람을 보고도 앞으로 다가오거나 뒷걸음질쳐 나가지 않은 채 그 자리에 그대로 꼼짝 않고 서 있었다. 불현듯 제풀에 겁을 집어먹고 얼어붙은 허깨비가 아닐까 싶었다. 정인은 탁자 위의 전화번호부를 떨리는 두 손으로 집어 들고 그를 향해 몇 발짝 뗐다. 그러고는 있는 힘을 다해 두꺼운 책을 집어던졌다. 어처구니없게도 검은 사람은 맥없이 그 자리에서 나가 넘어졌다. 그리고 곧장 '쿵' 하는 둔탁한 소리가 들려왔다. 사람의 소리가 아니었다.

현관 바닥에 쓰러져 있는 그것은 검은 첼로 케이스였다. 언제부턴가 신발장 옆에 늘 세워져 있던, 여동생이 버리고 간 빈 첼로 케이스를 바닥에서 들어 올리는 순간 정인은 미라를 끌어안는 듯한 느낌에 몸이 오싹했다. 뻣뻣한 두 팔로 그것을 안고 끌다시피 지하실로 옮기다 정인은 끝내 컴컴한 지하 계단에서 실족하고 말았다.

어머니 아닌 어머니와 함께해야 할 시간의 허방에 발을 빠뜨린 것일까. 발목에 깁스를 하고 절뚝거리며 돌아온 정인을 거동도 제대로 못하던 어머니는 골목 밖까지 나와 기다리고 있었다.

「어디 갔다 와?」

「엄마, 그 무서운 사람 쫓아 버리고 왔어요.」

「정인아, 나 두고 다시는 어디 가지 마. 에미가 잘못했어.」

절뚝이는 정인의 팔에 매달려 골목 언덕을 숨 가쁘게 오르며 어머니는 웃다 울고 울다가 웃기를 멈추지 않았다. 아이가 된 어머니에겐 이제 정인이 어머니였다. 어머니는 정인이 자신에게 어떤 존재인지 온몸으로 표현하기 위해 처절하게 치매를 불러들이고 있는 중인지도 모른다.

가영이 나풀거리는 색색의 발 사이에서 밀짚 빛깔로 물든 명주를 걸어 왔다. 염재 우린 물에 담그는 순간부터 바람에 마르기까지 명주는 마치 살아 있는 생명체처럼 제 빛깔을 바꾸어 가며 보여 주고 또 보여 주었다.

「이번에도 또 명주야. 선생님은 왜 명주만 쓰세요?」

「난 명주가 좋아.」

「이유가 뭐예요?」

이유? 네게 어떻게 말해 줄 수 있을까. 명주는 까다로운 섬유였다. 성질이 예민한 명주는 재단한 대로 가만히 있어 주지를 않아 끊임없이 달래 가며 바느질을 해야 하고 특히 물과는 상극이라 한 방울만 튀어도 견디지 못하고 바로 얼룩을 만들어 시위하는 것이 꼭 신경증을 앓는 여자 같았다. 그러나 정인은 이런 명주로 작업하기를 고집해 오고 있었다. 바느질을 하는 내내 살아 있는 것을 만지는 듯한, 이야기를 나누는 듯한 느낌은 명주가 정인에게 주는 은밀한 기쁨이었다. 그리고 또 있었다.

「가영아, 난 말이야, 명주로 바느질할 때 바늘에 잘 찔려.」

「설마 그래서 좋다는 건 아니겠죠?」

미세하고 가녀린 바늘 끝은 어떤 섬유 조직이라도 뚫을 수 있을 만큼 벼리어 있었지만 명주를 만나면 곧잘 퉁겨 나오곤 했다.

손가락 마디 하나 길이의 짧은 바늘로 수십 장의 색색 명주 조각을 이어 붙이는 아득한 적요의 순간, 명주가 퉁겨 낸 바늘은 정인의 손끝을 파고든다. 바늘이 살갗을 찌르는 아찔한 통증의 순간, 어두운 침묵의 터널 속으로 눈부신 빛이 쏟아져 들어오고 정인의 몸은 그 빛을 타고 치솟아 오른다.

아득한 한순간.

푸른 진주

잿빛이다.

바다와 하늘은 세상에 둘러 쳐진 거대한 회벽처럼 막 잠에서 깨어난 제이의 시야에 잿빛 장막을 드리우고 있다.

눈이 내리려나? 제이는 통유리 새시에 기대어 금방이라도 눈송이가 날아오를 듯 잔뜩 흐린 하늘을 바라본다. 바다와 하늘 사이에 만개한 눈송이가 가득 차오르는 광경이 곧 눈앞에서 펼쳐질 것만 같다. 어제도 그제도 바다와 하늘은 오늘처럼 잿빛으로 흐렸고 제이는 눈을 기다렸다. 오늘도 방에서 통유리 너머를 바라보며 예감을 확인하기까지 제이의 하루는 적막한 기다림으로 채워질 것 같다.

통유리를 통해 내다보이는 풍경은 온통 하늘과 바다가 전부이다. 집과 바다 사이의 주변에는 파헤쳐진 채 얼어붙은 빈 터와 오솔길, 소나무 숲이 있지만 2층에 위치한 방의 창가에서 밖을 향하고 서면 시선은 언제나 그것들을 버려두고 곧장 바다와 하늘에 가 멎곤 한다. 언제부턴가 빈 터와 오솔길, 소나무 숲은 집의 일부가 되어 버린 것 같다.

바다는 다르다. 잠에서 깨어나 제일 먼저 바라다 보이면서 언제나 그렇듯 바다는 머나먼 곳의, 닿을 수 없는, 마음을 다해 눈을 열어야만 지킬 수 있는 그런 대상이다. 언 땅을 밟고 한 발 한 발 걸어가면 점점 가까워질 테지만 끝내 딛고 설 수는 없는, 그래서 바다는 너르고 너른 저 너머의 세상일 뿐이다.

제이는 그토록 바다를 원했던 엄마의 심정을 뒤늦게 이해할 수 있었다. 아버지도 그랬던 것일까. 아버지는 건축법에 위배되지 않는 범위 내에서 한 발짝이라도 더 바다 가까이 집을 앉혔다. 지적도 위의 집은 바다보다는 4차선 국도 변에 인접한 편이다. 국도와 서해 바다 사이 벌판에 지어진 집은 남쪽을 향하고 있긴 하지만 앞뒤로 통로가 나 있고 사방에 창이 뚫려 있어 그 각각의 방위에서 전혀 다른 풍경을 만나게 된다. 사람들이 주로 드나드는 통로와 주차장이 있는 뒷마당에서는 종일 경사진 국도를 내달리는 자동차의 행렬을 볼 수 있다. 하지만 급격하게 비탈진 도로를 미끄러져 내려오는 자동차들은 곤두박질치듯 순식간에 시야에서 사라진다.

질주하는 자동차도, 국도 변을 돌아 집으로 이어지는 임시 진입로도, 빈 터의 파헤쳐진 흙도, 액자를 대고 자른 듯 흔적 없이 잘려

나가고 오직 바다와 하늘만 통유리에 고스란히 담긴 서쪽 끝 방에서 제이는 오늘도 흐린 바깥을 내다보며 눈을 기다린다.

지금쯤 아래층 안채의 아버지와 엄마는 아침 식사를 마쳤을 시각이다. 아버지는 냉장고의 밀폐 용기에서 덜어 내 전자레인지에 데운 버섯 죽으로 엄마의 아침 식사부터 차렸을 것이다.

바닷가 외딴집의 겨울은 시간이 더디 흐른다. 제이는 오늘 하루도 쏟아질 듯 말 듯 잿빛 하늘을 꽉 채운 눈을 기다리는 것 말고는 달리 할 일이 없을 것 같다. 겨울이 오면서 엄마의 병 수발은 자연스레 일손을 놓은 아버지 차지가 되었다. 엄마의 몸에 깃든 병은 아버지의 병이나 다름없으며, 제이의 병이기도 하고 바닷가 외딴집의 보이지 않는 환부이기도 하다. 엄마가 치료를 거부하는 그 순간부터 엄마의 병은 공동의 병이 된 셈이다.

제이는 병을 대하는 엄마의 태도를 도무지 이해할 수 없었다. 엄마의 진짜 병은 질병이 아니라 컴퓨터 단층 촬영으로도 잡아낼 수 없는, 모호하기 이를 데 없는 엄마의 내면 깊숙이 꼭꼭 숨어 있는 것 같았다. 차라리 두통을 달고 살던 때의 엄마라면 좀 짜증스럽긴 해도 이해 못할 정도는 아니었다.

엄마는 습관처럼 두통을 앓았다. 영양제를 복용하듯 매일 진통제를 삼키면서도 엄마는 몸속의 두통을 떼어 내지 못하고 살았다.

엄마의 말끝엔 늘 후렴구처럼 '머리 아파'가 진득하게 들러붙어 있
었다. 그럴 때마다 제이는 엄마의 두통에 함께 머리가 짓눌리는 기
분이었다. 집 안 곳곳에 널려 있는 진통제는 엄마의 두통뿐 아니라
아버지와 오빠, 그리고 제이에게도 어느새 내성을 길러 주었다.

점차 엄마의 두통은 가족의 일상이 되다시피 했다. 식탁 위에 굴
러다니는 알약은 간장 종지만큼이나 아무렇지도 않았다. 누구보다
엄마 스스로 두통을 병으로 여기는 것 같지 않았다. 그러지 않고서
야 일찌감치 머리 속을 들여다볼 생각은 아예 하지도 않은 채 평생
을 못된 친구와 함께 가기로 약속이라도 한 듯 그토록 자주 진통제
만 삼켜 대지는 않았을 것이다. 습관성 두통에 이어 간간이 구토
증세를 보일 때쯤엔 이미 가족 모두 엄마의 두통을 더 이상 병으로
여기지 않을 만큼 무덤덤해진 나머지 그것의 음험한 접근을 보다
빨리 알아차리는 데 실패할 수밖에 없었다.

두통은 그저 엄마 스스로 규정하고 받아들인 삶의 은유쯤으로 여
겼을 뿐, 신체에서 맹렬히 쏘아 대는 신호인 줄 아무도 알지 못했다.

엄마의 몸에서 욕지기처럼 쿨럭쿨럭 토사물이 쏟아져 나온 것이
먼저인지, 제어할 수 없을 만큼 난폭한 기운이 터져 나온 것이 먼
저인지 알지도 못한 채 순식간에 집안은 급류에 휩쓸려 가고 있었
다. 병원에 실려 간 엄마는 사지를 결박당하고서야 마침내 오랜 두
통의 비밀을 캐낼 수 있었다. 엄마의 뇌는 자기 공명 단층 촬영과
컴퓨터 단층 촬영을 통해 전후, 좌우, 수평, 수직의 입체를 낱낱이

드러냈다. 엄마의 뇌 앞부분 전두엽 좌측에 종양이 자라고 있었다. 악성이었다.

　제이가 기억할 수 있는 꿈이란 대부분 잠에서 깨어나기 몇 분 전, 아니 몇 초 전의 한순간에 지나지 않는다. 그러나 잠에서 깨었다가 시계를 본 다음 다시 깜빡 잠들었던가 싶은 지극히 짧은 순간에도 꿈의 세계는 깊고 깊다.

　벌판 위의 집 한 채. 꿈의 시리즈에 반복해서 등장하는 그 집. 설렘을 안고 달려가 문을 열던 순간의 가쁜 숨결을 확인하려는 듯 제이는 심장에 가만히 손을 얹어 본다. 번번이 속으면서도 속는 줄 모르고 숨이 턱에 닿도록 달려가곤 하는 집. 이번에도 빈집이었다. 마당을 지나 마루로 올라서고 문턱을 타 넘어 방으로 들어서기까지, 확인을 유보하던 조바심이 생생하게 되살아난다. 텅 빈 방의 한가운데 가만히 선 제이 앞에 저 혼자 한 바퀴 빙 돌아 주던 방. 방은 비어 있음을, 아무도 살지 않음을 스스로 제 몸을 돌려 가며 제이에게 샅샅이 보여 주었다. 꿈속에서도 빈방의 친절이 싸늘한 거부의 몸짓으로 느껴지는 순간 제이는 수습할 길 없는 생의 낭패에 빠져 드는데 놀랍게도 아득해진 그때, 구원처럼 꿈을 꾸고 있는 자신을 알아차린다. 이건 꿈이야, 단지 꿈일 뿐이야. 꿈인 줄 알면서도 빈방에서 벗어나려고 맹렬히 허우적대다 스스로 공포에 질려 현실로 돌아오는 과정 또한 변함없이 되풀이된다. 제이의 꿈과 현실의 경계엔 이토록 필사의 몸부림, 혹은 극단의 정신적 충격이 놓여 있다. 그것으로도 꿈은 멈추지 않는다. 꿈의 잔상은 머릿속에서 조합되고 재구성되어 생생한 악몽으로 거듭 살아나 제이의 현실에 머문다. 1년 전, 처음 바닷가 집을 보았을 때의 소스라치듯 놀랐던 기억과 함께.

서해안 고속도로를 빠져나온 차가 국도를 달린 지 얼마나 지났을까, 꽉 막힌 차 안으로 바다 냄새가 스며들기 시작했다. 과연 오른쪽으로 시선을 돌리자 은빛 도료를 쏟아 부은 듯 바다가 누워 있는데 왼편으로는 쉴 새 없이 과속 차량들이 스쳐 가고 있었다. 해수욕장 진입로 표지판을 지나치면 한적한 시골 풍경이 사라지면서 민박집과 횟집, 모텔 들로 이루어진 해변 타운이 그 자리를 메웠다. 국도를 지나는 동안 이런 풍경은 일정한 거리를 두고 반복되다시피 이어졌다. 끝없이 이어지는 해변은 이름만 달리했을 뿐 고만고만한 해수욕장들로 구획되어 있었다. 난립한 숙박업소와 횟집의 입간판이 나타나기 시작하면 어김없이 해수욕장 표지판이 서 있었고 거기서 다음 해수욕장까지는 얼마간 끊겼던 한적한 시골 풍경이 다시 펼쳐지곤 했다. 바다와 빈 벌판, 그리고 드문드문 농가와 밭이 이어졌다.

새 집은 해수욕장과 해수욕장 사이의 시골 길을 따라가다 만나게 되는 빈 벌판 위에 세워져 있었다. 오르막길을 오르느라 기어를 변속하면서 아버지가 제이 쪽을 돌아보며 말했다.

「이제 집이 보일 거다.」

도로가 서서히 완만한 오르막길로 변하더니 오른쪽 시야에서 바다가 가려졌고 그 가파른 고갯길을 차가 기어오르고 있을 때 제이는 이제 곧 눈 아래로 펼쳐질 풍경과 새 집을 만나기 위한 준비로 아버지 몰래 살짝 눈을 감았다. 새 집을 만날 아무 준비도 없이 아버지의 차에 실려 엉겁결에 따라나선 길이었다. 하긴 지난 1년간 제이는 계획이나 준비 따위와는 무관한 삶을 살았는지도 모른다.

엄마가 치료를 거부하고 집을 떠났을 때 제이는 고3을 코앞에 두고 있었다. 그때에도 뭐 그리 계획이나 준비에 철저한 편은 아니었다. 무엇이 되고 싶은지, 어떤 진로를 택해야 할지 미래는 시정 거리가 꽉 막힌 뿌연 안개 속 같았지만 어쨌든 입시는 누구나 겪는 통과 의례였으므로 버티는 수밖에 없다는 생각은 하고 있었다. 하지만 제이의 삶이 버틸 힘마저 잃고 부유하기 시작한 건 분명 엄마가 떠나면서부터였을 것이다.

「저어기 보인다.」

아버지의 말에 제이는 눈을 떴다. 차는 고갯마루를 넘는 중이었고 오른쪽으로는 그 어느 길에서보다 탁 트인 바다가 내려다보였다. 그리고 바다로 이어지는 허허벌판에 하얀 집 한 채가 서 있었다. 보이는 것이라곤 오직 그 집 한 채뿐이었으므로 아버지가 가리키는 집이 분명한데 제이는 믿을 수 없었다. 집은 집인데 사람이

사는 집 같지 않았다. 바다와 국도 사이의 벌판에 세워진 집 주위로는 한 가닥의 길도 나 있지 않았다.

차가 고갯마루를 넘자마자 급격한 경사를 타고 내리막길이 나타났고 아버지는 오른쪽의 집을 지나쳐 차를 몰아 곧장 직진했다. 집을 뒤에 두고 앞으로 달리던 차는 신호등을 만나자 유턴을 하더니 왔던 길을 되짚어 달렸다. 이번에는 차가 거꾸로 오르막길을 힘겹게 오르기 시작했고 제이는 다시 집을 보기 위해 왼편으로 시선을 돌렸다. 그러나 내리막길을 타고 미끄러져 내려가는 과속 차량들이 제이의 눈길을 쉴 새 없이 차단하는 통에 집은 보이지 않았다. 내려왔던 고갯마루로 다시 오르자 차는 우회전하여 마침내 국도를 벗어났다. 국도에서는 보이지 않던 비포장 길이 나선형으로 돌아 내려가며 거칠게 이어지고 있었다. 인적 없는 길인 듯 아직 다져지지도 않은 울퉁불퉁한 길 위를 차는 덜컹거리며 내려가더니 앞뒤가 트인 짧은 터널을 통과했다. 고갯마루 밑을 가로질러 뚫은 터널이었다. 공사 잔해가 여기저기 남아 있는 으슥한 터널을 빠져나오자 아연 눈앞이 훵해졌다.

이제 막 새로 지은 듯한 집 한 채가 드라마 세트처럼 바다를 배경으로 서 있었다.

「이제 집에 다 왔다.」

아버지는 터널 앞에서 잠시 차를 멈췄다. 아마도 제이에게 새 집을 감상할 수 있도록 한 배려인 것 같았다. 터널 앞에서 집까지의 잡초 우거진 흙 벌판 위로 자갈이 성글게 덮인 길이 나 있었다. 제이는 차 안에 앉아 자갈길 너머의 집을 바라보았다.

놀랍게도 꿈속에서 늘 보던 그 집이었다.

따르릉.

전화벨이 울린다. 내선이다. 덜 깬 잠의 끝자락에 묻어 있던 꿈의 기억이 전화벨 소리에 날아가 버리고 제이는 자신을 찾는 아버지의 신호에 말없이 수화기를 집어 든다.

「내려와야겠다.」

제이는 이번에도 아무 대답 없이 수화기를 내려놓는다. 내선이 울리지 않는다면 종일토록 방에서 나가지 않을 수도 있다. 방 안엔 간편한 전열기를 비롯해 기본적인 취사도구가 갖춰진 싱크대가 있고 작은 냉장고도 구비되어 있다. 냉장고 속엔 음료수뿐만 아니라 자주 먹는 라면을 위해 덜어다 놓은 김치도 들어 있다. 계획했던 건 아니지만 방금 유리창을 통해 흐린 하늘과 잿빛 바다를 내다보며 방에 틀어박혀 있기로 마음을 정한 탓에 제이는 마지못해 하며 아래층으로 내려간다. 밖으로 나서자 싸하고 눅눅한 바람이 푸석한 얼굴에 휘감긴다. 아래층으로 내려가는 계단은 집 외부에 설치되어 있어 아버지와 엄마가 기거하는 아래층의 안채로 가려면 계단을 내려간 다음 마당을 거쳐야 한다. 나무 계단을 내려와 인적 없는 마당에 서면 늘 그렇듯 사막 한가운데 홀로 서 있는 기분이

든다. 막 안채로 들어가려는데 아버지가 비둘기 색 오리털 파카에 팔을 꿰며 나온다.

「장 보러 간다. 은행도 들르고.」

제이는 들어가려다 말고 안채 문 앞에 서서 아버지의 차가 나갈 때까지 기다린다. 방에서 입는 트레이닝복 차림이라 그새 벌써 추위가 옷 속을 파고든다. 제이는 두 팔을 엇갈려 붙잡고 선 채 발을 구른다. 자갈을 저벅저벅 밟으며 자동차로 향하던 아버지가 갑자기 획 돌아서더니 못마땅한 얼굴로 제이를 쳐다본다. 막 안채로 몸을 돌리려던 제이는 아버지의 시선에 붙잡혀 어색한 몸짓으로 다시 멈춰 선다.

「거, 인터넷 쇼핑인가 뭔가 좀 작작 해라.」

아버지는 파카 주머니에서 지로 용지 다발을 꺼내 들더니 제이를 향해 허공에 마구 흔들어 댄다. 아버지의 낡은 자동차는 오늘따라 드드득 기관총 소리를 내며 자갈길 위를 빠져나간다. 제이에겐 아버지 역시 예전의 아버지가 아니다.

아버지는 법과 대학을 졸업했지만 법관이 아닌 은행원이 되었다. 그 이후 20여 년이 넘도록 집과 은행을 오가며 한 번도 직업을 바꾸지 않은 걸 보면 은행원은 아버지의 천직이었음에 틀림없다. 조용한 가운데 정확하고 빈틈없는 은행원의 이미지는 일상인으로서의 아버지 성격과도 일치하는 것이어서 전공을 살리지 못한 데

대한 패배감 따위는 전혀 찾아볼 수 없었다. 하지만 엄마는 때때로 아버지가 누리는 일상의 평화마저 패배자의 그것으로 치부하곤 했다. 표 나게 드러내진 않았지만 그런 까닭에 더 지독한 경멸을 숨기고 있었다. 그리고 엄마의 이런 숨겨진 경멸은 아버지의 실직 이후 자주 수면 위로 솟아오르곤 했다.

20여 년간 몸담았던 은행에서 지점장으로 승진해 한창 의욕적으로 일하고 있는 아버지를 느닷없이 덮친 것은 금융권 합병이라는 거부할 수 없는 변화의 물길이었다. 그때, 통합된 새 은행에서 권유하는 대로 아버지는 명예퇴직을 택했고 더 이상 새로운 직업은 구하지 않았다. 천직을 잃었으니 할 줄 아는 게 없었는지도 모른다. 20여 년 동안 진행되어 온 삶의 자연스러운 수순을 받아들이듯 아버지는 담담했다. 너무 담담해서 정물처럼 고요했고 그런 아버지를 엄마는 숨 막혀 했다. 은행에서의 일과처럼 집에서도 아버지는 규칙적으로 하루를 보냈다. 출근할 때와 다름없이 새벽에 일어나 퇴근 시간이 될 때까지 꽉 짜인 일과를 은행이 아닌 집에서 실행에 옮겼을 뿐이다. 아버지의 일과는 아침마다 거르지 않는 맨손체조를 제외하고는 지극히 정적으로 흘러갔다. 신문을 보고, 책을 읽고, TV를 시청하는 게 전부인 하루였다. 제이는 어느 날 아버지의 점심상을 치우며 엄마가 혼자 중얼거리는 소리를 들었다.

「식물 같은 인간.」

듣는 순간 마치 자신이 아버지인 듯 심한 모욕감을 느꼈지만 시간이 지날수록 엄마의 말이 맞는 것 같았다.

그러나 아버지의 식물 같은 생활은 엄마의 뇌 속에서 종양이 발견되었을 때 아쉽게도 끝나고 말았다. 엄마가 병원에서 권하는 치료에 동의만 했어도 아버지의 평화는 그럭저럭 지속되었을지도 모를 일이었다.

엄마가 자신의 뇌 속에서 종양이 자라고 있는 것을 알고 나서 제일 먼저 한 일은 치료 거부였다. 첨단 의학으로도 규명되지 않은 암세포 덩어리를 엄마는 스스로 밝혀내려 했던 것일까. 하지만 두통을 앓는 머리로 끊임없이 자신의 병을 분석하고, 또 자학하고 분노하는 것 말고 엄마가 할 수 있는 일이 있었을까.

제이는 엄마를 이해할 수 없었다. 병을 단지 병으로만 받아들였다면 고통스럽긴 해도 병원에 자신을 맡기길 그렇게 죽도록 거부하지는 않았을 것이다. 그러나 엄마는 의학으로 판명 난 악성 종양을 생의, 죽음의 은유로 해석하기에 골몰하기 시작했고 아버지의 평화마저 빼앗아 버렸다.

엄마는 오늘도 침대에 누워 있다. 하지만 잠든 것은 아니다. 통증을 최소화하기 위한 자세일 뿐이다. 엄마는 침대에서 반쯤 일어나 하루 세 번 죽을 먹는데 그 행위는 살아가는 데 필요한 열량을 섭취하는 것이라기보다 진통제를 복용하기 위한 준비일 뿐이다. 아주 특별히 상태가 양호한 날은 침대에서 일어나 방 안에 붙어 있

는 화장실에서 볼일을 보기도 하고 유리창에 기대어 바깥을 내다
보기도 하지만 거의 대부분 누워서 지낸다. 용변조차 납작한 환자
용 플라스틱 변기로 받아 낸다. 그것도 처음에만 좀 힘들었지 이제
는 누워서 눈짓으로 신호만 보내도 아버지나 제이는 딴 데를 바라
보며 익숙한 손길로 이불을 들춰 엄마의 허리 아래로 변기를 정확
하게 들이밀곤 한다.

「오늘도 흐리니?」

제이가 들어서는 기척에 엄마는 날씨처럼 흐릿한 목소리로 묻는다.

「흐리네.」

제이 역시 엄마의 얼굴을 보지 않은 채 대꾸한다. 내실은 다른
방들과 똑같은 구조로 부엌과, 화장실 겸 욕실을 갖춘 원룸형인데
규모로는 두 배 이상이다. 방에 들어서자마자 제이는 문간에 잇대
어 있는 싱크대 앞으로 가 설거지부터 하기 시작한다. 아버지와 제
이는 자연스레 필요에 따라 간병인 역할을 바꿔 가며 수행하지만
더 이상 회복을 바라고 하는 간병이 아니라서인지 절박함이 깃들
지 않은 여느 일상과 다를 게 없다.

엄마를 위해 지은 집에서 엄마는 식물에 가까운 모습으로 한자
리에 붙박여 점점 움직이지 않는다.

암 선고를 받고 엄마가 맨 먼저 한 말은 '살고 싶어'가 아닌, '혼자
살고 싶어'였다. 엄마는 혼자라는 말에 처절한 악센트를 주어 절규

하듯이 그 문장을 토해 냈다. 죽음을 앞세운 엄마의 요구는 아무도 거스를 수 없을 만큼 위압적이었다. 두통이 극심해져 쇼크 상태에 이르면 엄마는 '나 혼자 살래' 하며 울부짖었다. 그러다 진정되고 나면 좀 더 구체적으로 요구했다.

「나, 바다 보면서 혼자 살고 싶어.」

어느 날 아버지는 발작을 일으킨 엄마를 차에 태워 그토록 원하는 곳으로 데려다 준 뒤 혼자 집으로 돌아왔다. 규칙과 평화가 공존하던 아버지의 일상은 엄마가 남김없이 가지고 떠난 것 같았다. 이제 아버지에게 남은 건 가장의 책임과 함께 가사 노동의 이중고 뿐이었다. 게다가 아버지는 수시로 식량과 약을 싣고 동해안의 민박집으로 환자를 돌보러 가야 했다. 엄마는 자식들의 방문을 절대 허용하지 않았다.

언제부턴가 엄마를 만나고 돌아오는 아버지의 귀갓길이 늦어지기 시작했다. 어디를 헤매다 돌아오는지 아버지의 신발도 자동차 바퀴도 흙투성이가 되어 있었다.

설거지를 마친 제이는 더운물에 적신 수건으로 누워 있는 엄마의 얼굴을 닦기 시작한다. 엄마는 눈을 꼭 감은 채 제이의 손길에 얼굴을 맡겨 둔다. 젖은 수건을 문지르자 마찰의 방향을 따라 탄력 잃은 피부가 속절없이 밀려다닌다. 뼈와 뼈 사이에 봉긋하게 채워졌던 엄마의 꿈은 어디로 날아갔을까. 뇌종양을 선고받고 바닷가에 가서 혼자 살겠다고 울부짖을 때만 해도 엄마의 얼굴은 이렇지 않았다. 분노로 일그러져 있을지라도 엄마의 얼굴은 살아 있는 자의 표정을 담고 있었다.

그토록 꿈꾸던 바닷가의 집에 누워 엄마는 이제 더 이상 바다를 바라보지 않는다. 젖은 수건을 뒤집어 엄마의 손을 닦고 나서 제이는 엄마의 입술에 선홍 장밋빛 립글로스를 발라 주고 일어선다.

「어디 가?」

누워 지내면서부터 엄마는 소리 없는 기척에 아주 민감하다. 물체의 동작이 일으키는 미미한 바람, 근원을 알 수 없는 곳으로부터의 낯선 냄새 따위에 남다른 집착을 보이곤 한다. 어쩌면 엄마는 이미 조금 다른 세상으로 가 있는 게 아닐까 싶기도 하다.

「산책하러.」

「제이야, 아빠가 힘들어. 이번 달엔 수입이 거의 없잖니.」

기어코 아버지는 아픈 엄마에게까지 지로 용지를 흔들어 보인 모양이다.

「걱정 마, 이젠 사고 싶어도 못 사니까.」

「뭐라구?」

자주 이용하던 인터넷 쇼핑 사이트에서 제이는 이제 환대받는 고객이 아니다. 불길한 예감이지만 블랙리스트에 올라 있는지도 모른다. 너무 잦은 반품 탓일까.

배달된 옷의 색깔은 번번이 모니터로 보던 것과는 느낌이 달랐고 섬유의 질감도 기대했던 것에 비해 조악하기 일쑤였다. 주문한 물건을 받자마자 곧장 전화를 걸어 반품 신청을 해도 담당자는 친절하고 신속하게 택배 회사 직원을 허허벌판으로 보내 처리해 주었다. 물건을 돌려보내기 무섭게 다시 인터넷 주문을 하고 나면 제이의 기다림은 처음처럼 설렘으로 시작되었다. 주문에서 배달까지의 예약된 기다림은 바닷가 외딴집에서 제이가 누릴 수 있는 유일한 꿈의 시간이었는지도 모른다. 하지만 배달된 상품이 눈앞에서 실물로 펼쳐질 때마다 제이는 너무 빨리 꿈에서 깨어나곤 했다. 어쩌면 제이가 꿈꾸었던 건 모니터를 통해 본 현란한 상품보다 그것을 받아 보기까지의 기다림이 아니었을까. 제이는 저도 모르게 기다림에 중독되어 갔다.

「손님, 직접 보시고 구매하시길 권해 드립니다. 상품이 진열되어 있는 매장을 알려 드릴까요?」

담당자의 말투는 변함없이 친절했다.

사막 한가운데에서도 꿈꿀 수 있는 지극히 은밀하고 군더더기 없는 구매 방식에 빠져 있는 동안 제이는 자신의 내면마저 컴퓨터에 차곡차곡 입력되고 있을 줄은 몰랐다.

「금방 올 거지?」

「응.」

「추운데 목도리 하고 나가.」

제이는 진회색 트레이닝복 위에 무릎까지 내려오는 검정색 파카

를 걸치고 지난겨울 엄마가 침대 위에서 짜준 올리브 그린 빛 털목
도리로 목을 둘둘 감으며 방을 나선다.

차고 습한 공기가 제이의 건성 피부에 흡착하듯 와 감긴다. 눈이
든 비든 곧 땅으로 쏟아져 내릴 듯한 흐린 날씨가 며칠째 이어져
오고 있다. 제이는 집 앞에서 바다까지 황량한 벌판을 따라 걷기
시작한다. 집에서 바다를 향해 오른쪽으로는 길게 소나무 숲이 펼
쳐져 있다. 소나무치고는 키가 작고 둥치는 붉은빛을 띠는 적송 숲
이다. 집이 지어지기 전까지 숲 속으로 나 있는 길은 없었다.

제이는 집 앞 벌판을 지나 적송 숲으로 들어선다. 낮은 기압에
웅크려 있던 솔 향이 발걸음을 따라 뭉클뭉클 숲의 체취로 피어오
른다. 적색의 곧게 뻗은 나무 기둥은 붉게 그을린 사내의 벗은 몸
처럼 단단해 보인다. 제이는 꺼칠꺼칠한 외피에 감싸인 나무의 몸
을 하나하나 짚어 가며 바다를 향해 걷는다. 이 숲길은 제이가 낸
길이다.

허허벌판에 택지를 조성한 다음 아버지는 국도로 연결되는 길부
터 닦았다. 집을 짓기 위해 당장 필요한 길이었다. 그 길로 건축 자
재를 실어 나르고 작업 인부가 드나들어야 했다. 집이 완공되어 가
면서 그 길은 자연스레 집과 세상을 이어 주는 모습으로 자리 잡아
갔다. 유일한 길이었다.

언덕진 벌판에서 바다로 난 길은 애초에 없었다. 그곳이 해수욕

장으로는 쓸모가 없다는 이유이기도 했다. 그곳에서의 바다는 통유리 안에서 감상하는 바다이거나 벌판 언덕에 서서 저 멀리 아득한 수평선을 바라보는 바다에 지나지 않았다.

어느 날 제이는 소나무 숲을 헤쳐 천천히 바다를 향해 한 걸음 한 걸음 더 가까이 나갔다. 제이의 발밑으로 길이 생겨났다. 오로지 좀 더 가까이에서 바다를 보려는 발걸음이 낸 길이었다.

해안가 언덕을 따라 조성된 소나무 숲은 여름 한철을 제외하곤 늘 버려진 채 바닷바람을 맞고 서 있었지만 제이에겐 차라리 집보다 아늑했다. 급경사를 타고 자동차들이 쉴 새 없이 곤두박질치는 국도와 호수처럼 고요한 바다 사이의 벌판에 세워진 새 집에서 제이는 늘 서성였다. 마치 아무것도 할 수 없는 사막에 홀로 던져진 듯 집에 깃들이지 못하고 꿈속에서조차 서성였다. 우연히 집에서 바다까지의 산책로를 숲 속에 내고 나서 제이는 자주 집을 빠져나와 숲 속에 깃들이기를 즐겼다.

처음 제이의 느릿한 발자국이 찍히면서 어렴풋이 그어진 길은 그해 여름 외지에서 온 사람들의 들뜨고 급한 발자국에 여지없이 짓눌리면서 완연한 길의 형태를 드러냈다.

그해 여름, 집은 길 위로 나앉았다.

아버지는 국도에서 돌아 내려오는 길을 따라 트럭으로 자갈을 사다 부었고 그 길 초입과 경사가 시작되는 고갯마루에 각각 입간판을 세웠다.

유럽식 펜션 '파라다이스'

침대에서 바다가 보이는 최고의 전망

침대에서 바다가 보이는 방은 총 여덟 개의 객실 중 둘뿐이었다. 그나마 완벽하게 바다를 향해 시야가 트인 방은 지금 제이가 사용하고 있는 방, 하나에 불과했다. 하얀색 외벽에 초콜릿 색 뾰족지붕을 얹은 집은 멀리서 보면 과연 유럽풍의 이국적 분위기를 두르고 있다. 게다가 모텔이나 민박집이 난립한 해수욕장의 숙박 타운에 위치한 여느 펜션들과 달리 허허벌판 위에 홀로 선 하얀 집은 바다가 낙조에 물들 때쯤엔 창이 온통 황금빛으로 반짝거리며 눈부신 성채가 되는 장관을 연출하기도 한다. 국도를 달리다 이 광경을 보고 차를 돌려 파라다이스를 찾아든 사람들 중엔 곧잘 실망의 빛을 감추지 않거나 더러는 차에서 내리지도 않고 되돌아 나가는 이들도 있다. 말이 유럽풍이지 지은 지 1년이 넘도록 아직 집 주변은 정리되지 않은 채 방치되어 있었다. 주차장으로 쓰는 집 뒷마당과 국도로 이어지는 길만 대충 자갈로 포장되어 있을 뿐 사방이 온통 흙 벌판이었다. 아버지의 장기적인 계획은 집 주위에 넓게 잔디를 깔고 키 작은 나무로 생울타리를 둘러친 다음 바다가 보이는 앞마당 왼편으로 그네식 의자와 파라솔을 설치해 노천 카페를 함께 운영하는

것이다. 이 계획을 실행에 옮기려면 1년 내내 여름철이 되지 않고
서는 앞으로 몇 년이 걸릴지 알 수 없는 노릇이다.

　아버지는 살던 집을 처분하고 평생 일한 은행에서 받은 퇴직금
을 전부 털어 땅을 사들인 뒤 그 위에 펜션을 지었다. 남은 생을 바
닷가에서 혼자 살고 싶어 하는 병든 아내를 위한 궁리 끝에 내린
전직 은행원다운 발상이었다. 다행인지 불행인지 집이 완공되어
갈 때쯤엔 엄마에게도 더 이상 혼자 살기를 고집할 기운이 남아 있
지 않았다. 퇴직 후 정물처럼 살아가던 아버지에게는 엄마의 간병
과 펜션 운영을 겸업해야 하는 제2의 인생이 시작된 셈이었다.

　펜션을 오픈하기에 앞서 아버지는 입간판을 세운 고갯마루에서
후방 국도 변에 백 미터 간격으로 화살표를 그려 넣은 팻말을 몇
개 더 세웠다.

　그해 여름, 장마가 걷히자 유례없는 폭염이 땅을 달구기 시작했고
집 앞에서 바라보이는 국도의 내리막길은 폭주하는 피서 차량들로
뒤덮였다. 해수욕장의 숙박업소에서 방을 구하지 못한 피서객들은
차를 돌려, 내리막길을 달리다 얼핏 봐두었던 파라다이스까지 찾아
들었다. 파라다이스의 위층 방 여섯 개는 쉴 틈 없이 꽉꽉 찼고 아
래층의 넓은 객실 둘은 두세 가족이 단체로 들기도 했다.

　객실에서 아침밥을 해 먹은 투숙객들은 아예 수영복 차림으로
차를 몰아 10여 분 거리의 해수욕장으로 나갔다가 젖은 타월을 몸

에 두르고 돌아와 물을 뚝뚝 흘리며 계단을 오르내렸다. 통로와 나무 계단뿐 아니라 마당에 깔린 자갈 위까지 젖은 모래가 서걱거렸다. 그 바람에 제이는 종일 빗자루를 들고 서 있어야 했다.

군에 간 오빠까지 휴가를 나와 거들었지만 엄마의 죽도 제때 챙기지 못할 만큼 정신없는 여름철이었다.

벌판 위의 유럽식 별장이 아연 시끌벅적한 MT촌의 분위기로 바뀐 건 무엇보다 주차장 옆에 친 파란색 비닐 천막 때문인 것 같았다. 아버지는 천막을 차양 치듯 지붕만 설치하고 그 안에 플라스틱 간이 의자와 테이블을 몇 개 갖다 놓았다. 손님들이 야외에서 식사할 수 있도록 편의를 제공한 것인데, 밤이면 손님들은 바닷가 공판장에서 사온 조개를 번개탄 피운 화로에 구워 먹으며 술을 마셨다. 아버지는 번개탄 한 개에 만 원씩 받았다. 일몰에 감탄하며 조개구이를 안주 삼아 마시기 시작한 술판은 곧잘 동틀 무렵까지 이어지곤 했다. 아버지는 번개탄에 불을 붙여 대느라 잠 못 드는 날이 많았다.

그해 여름 극심한 수면 장애를 겪은 엄마의 병세는 눈에 띄게 악화되었다.

그러나 더위가 물러나기 시작하자 흡사 점령군이 서둘러 퇴각하듯 일시에 투숙객들은 빠져나갔고, 파라다이스는 곳곳에 유린당한 흔적만 남긴 채 텅 비어 버렸다.

숲길은 너무 짧다.

길이 시작되는 출발점에서 백 미터 달리기를 한다면 단숨에 숲을 통과해 벌판을 내달리다 필시 낭떠러지 앞에서 가속 붙은 몸을 멈춰 세워야 하리라. 집과 바다 사이에 가로놓인 소나무 숲은 해안가 언덕을 따라 띠를 두르듯 조성되어 있지만 제이는 오른편의 그 길게 뻗은 숲 속 깊숙이 걸어 들어가 본 적이 없다. 바다를 향해 지름길을 내느라 밀림처럼 아득히 이어지는 숲 속을 통과해 갈 뿐이다. 제이의 산책 길은 늘 숲을 가로질러 바다를 향한다.

숲을 빠져나온 제이는 빈 들판을 걸어 나가다 소스라치듯 멈춰 선다.

벼랑이다.

돌출된 벼랑 끝에 선 제이를 향해 잿빛 바다가 일어설 듯 다가든다. 매일 집을 나와 숲을 지나고 들판을 걷다 뒷걸음질쳐 멈춰 서기까지 눈 감고도 걸을 수 있는 산책 길이지만 제이는 늘 처음처럼 벼랑 앞에 서면 흠칫 숨이 멎곤 한다. 바다와 하늘로 이루어진 단순하고도 거대한 풍경이 내려다보이는 벼랑 끝은 제이에게 더는 나아갈 수 없는 세상의 끝이다. 세상의 끝으로 나앉은 집 파라다이스, 그리고 거기서 멀지 않은 벼랑 끝에 제이는 서 있다.

처음 파라다이스에 와서 이 벼랑 끝에 섰을 때 제이는 비로소 엄마의 마음을 알 것 같았다. 한 발짝도 더는 나아갈 수 없는 세상의 끝이 거기 있었다. 엄마의 몸으로, 엄마의 눈으로 확인하려 한 바로 그 지점이었다.

「난 살면서 한 번도 끝을 보지 못했어. 뭐가 그리 겁났던지.」

엄마는 생에서 놓쳐 버린, 그 끝에 자신을 세우듯 바다를 마주하고 싶었던 것이 아닐까.

아무래도 모든 건 엄마의 두통이 신호였던 것 같다.

집과 엄마 사이를 오가던 아버지는 전 국토의 해안가 땅을 훑고 다니느라 바지 자락에 흙을 묻혀 오더니 어느 날 오래 살아온 네 식구의 집을 팔아 버렸다. 가족은 뿔뿔이 흩어졌다. 학교에 다니던 오빠는 그토록 가기 싫어하던 군대로 앞당겨 들어갔고 아버지는 집을 짓기 위해 떠났다. 집터도 다지지 않은 바닷가 허허벌판에 제일 먼저 자리 잡은 아버지의 집은 컨테이너였다. 손수건만 한 창이 뚫린 금속 상자 모양의 아버지 옛집은 지금도 뒤켠에 그대로 방치된 채 창고로 쓰이고 있지만 지난여름 휴가철엔 며칠 객실 노릇까지 톡톡히 했다.

열아홉의 제이는 학교와 학원 사이 중간쯤에 위치한 고시원으로 들어갔다. 제이가 살던 방의 반도 안 되어 보일 만큼 작은 방엔 침대와 책상만 달랑 놓여 있었다. 기형적으로 좁고 길어서 왠지 방처럼 여겨지지 않았다. 그래서인지 어느 날 문득 자신에게 찾아온 변화가 도무지 현실이라기엔 믿기지 않았다.

「공부하기엔 차라리 잘되었다.」

짐을 실어다 주고 떠나며 아버지가 남긴 말이었다. 뭐가 잘되었다는 것인지 제이는 아무리 생각해 보아도 알 수 없었다. 학교와 학원이 더 가까워졌고 독서실처럼 완벽하게 혼자가 된 공간을 두고 하는 말이었을 테지만 제이는 더 이상 공부하지 않았다. 공부만이 인생의 전부였던 현실은 이제 다시 불러올 수 없는 꿈이 되어 버린 것 같았다.

훤하게 불 밝힌 학교를 빠져나와 혼자 컴컴한 영화관으로 기어들거나 PC방의 담배 냄새와 컵라면 냄새에 파묻혀 학원 시간을 죽이거나 그것도 지겨워지면 노래방에서 혼자 목이 쉬도록 노래를 부르다 나와 밤거리를 쏘다녔다.

밤늦게 고시원으로 돌아오면 사람은 보이지 않고 현관에 신발만 수북했다. 사람 하나 드나들 정도의 비좁은 복도를 사이에 두고 여러 개의 방이 마주 보며 다닥다닥 붙어 있었지만 제이는 좀체 사람 구경을 한 적이 없었다. 그곳에선 현관에 벗어 놓은 신발이 사람이었다. 살금살금 여닫는 문소리와 발소리가 사람이었다. 서로 얼굴을 쳐다보지 않거나 봐도 못 본 척하는 게 그곳의 예의였다. 제이는 발소리를 죽이고 방으로 들어가 누가 시킨 것도 아닌데 몸을 최대한 압착시켜 침대에 눕곤 했다. 인간에게 필요한 최소한의 공간에 누워 제이는 머릿속의 생각들마저 최소화시키고 싶었다.

그토록 원하던, 누구의 간섭도 받지 않고 내키는 대로 자유를 누

리다 돌아와 좁다란 방에 몸을 누이면 제이는 왠지 그렇게 보낸 시
간들이 정지된 삶의 헛발질처럼 느껴져 잠이 오지 않았다. 엄마는
죽는 걸까.

시간의 갈피에서 빠져나와 어둠 속에 숨죽여 누워 있을 때 그나
마 옆방에서 들려오는 낮은 기침 소리, 한숨 소리, 책장 넘기는 소
리마저 없었다면 제이는 끝내 잠들 수 없었을 것이다.

이제 파라다이스의 텅텅 빈 여덟 개의 객실 전부가 제이의 방이
나 다름없다. 창문도 없는 숨 막히는 고시원이 아니라, 최신 설비를
갖춘 데다 통나무 향이 은은히 배어나는 객실에 장기 투숙 중이다.
기분 내키는 대로 옮겨 다닐 수 있는 여섯 개의 객실이 있는 2층 전
체가 제이의 집인 셈이다. 지금 제이는 파라다이스에서 가장 전망
좋은 2층 5호실에 머무르고 있다. 침대에 누워 바다를 볼 수 있는
유일한 방이다. 지난 연말엔 일몰을 보겠다고 몰려온 관광객들한테
객실 요금 두 배를 받았던 방이다. 한여름 휴가철과 해넘이를 지켜
보겠다고 관광객이 떼 지어 서해 바다를 찾아오는 연말을 제외하면
대개 비어 있는 방이다.

계절에 상관없이 한밤중에 도로를 지나던 차가 펜션 마당으로
미끄러져 들어와 두어 시간 머물다 날이 밝기 전에 살며시 빠져나
가기도 하지만 이때의 손님들은 전망 따윈 묻지 않는다. 잠귀 밝은
아버지는 자갈 위를 구르는 자동차 바퀴 소리가 들린다 싶으면 차

가 마당으로 들어오기도 전에 먼저 나가 서 있다가 손님을 2층으로 안내해 제이가 잠들어 있는 방에서 제일 먼 1호실이나 2호실로 들여보낸 뒤 내려가 다시 잠을 청한다.

하지만 아버지는 모른다. 텅 빈 2층에선 멀리서도 소리가 울려 퍼진다는 것을. 얕은 파도 소리를 배경음으로 밤 고양이 울음 같은 여자의 신음 소리가 5호실의 벽을 할퀴어 대면 잠에서 깨어난 제이는 그들이 퇴실할 때까지 다시 잠을 이루지 못하곤 한다. 제이는 어둠 속에 누워 쾌락과 고통과 슬픔이 뒤섞인, 음습한 감각이 열리는 비슷비슷한 소리를 들을 때마다 인간이 공유한 내밀한 삶의 공식에 바싹 접근해 가고 있는 듯한 다 늙은 기분에 빠져 들고, 그럴수록 세상은 점점 시시하고 권태로워질 뿐이다.

그해 제이는 대학에 가지 못했다. 대학에 가지 못하면 인생의 실패자가 될 것 같았던 때가 제이에게도 있었지만 일찌감치 경기를 포기한 자의 심정이 그럴까 싶게 막상 지망했던 대학들의 합격자 발표가 모두 끝나자 조금 허탈했을 뿐이다. 이제 무엇을 해야 할지, 어떻게 살아야 할지 막막한 제이에게 아버지는 재수를 권유했고 그것은 새로운 시작이라기보다 손쉬운 유예의 의미로 손을 내밀었다. 마침내 고시원에서 빠져나온 제이는 아버지를 따라 바닷가 새 집으로 왔다. 그리고 완연히 다른 사람의 몰골로 새 집에 누워 있는 엄마와 다시 만났다.

제이가 기억하는 엄마의 생은 아프기 전부터 불만으로 가득 차 있었다. 그리고 엄마가 말하지 않아도 제이는 그것이 아버지로부터 연유하는 것이란 걸 알아차렸다. 엄마는 끊임없이 아버지 아닌 다른 누군가와의 삶을 놓쳐 버린 불행에 시달리며 살고 있었다. 제이는 엄마가 꿈꾸는 다른 누군가를 알지 못했으나 어쩌면 그는 엄마 생애에는 실재하지 않는 존재일 것만 같았다. 엄마 식대로라면 습관성 두통이야말로 엄마가 앓고 있는 불행의 말초적 증세였는지도 모른다.

하지만 다시 만난 엄마에게서 제이는 엄마를 가득 채우고 있던, 엄마를 엄마이게 했던 것의 소멸을 보았고, 역설적으로 사라진 것을 통해 비로소 엄마의 본질을 받아들일 수 있었다. 겨울나무처럼 바짝 메마른 엄마는 이제 더 이상 아무것도 요구하지 않고 고요했으나 평화로워 보이지는 않았다. 공허해 보였을 뿐이다.

바닷가의 새 집은 세 식구를 다시 불러 모았다. 군대 간 오빠만 빠져 있었다. 제이는 재수를 시작하기 전까지 잠시 머물 생각이었다. 그러나 하릴없이 이 방 저 방 옮겨 다니며 장기 투숙자가 되어 봄을 보내고 미친 듯한 여름을 맞았을 때 아버지도 더는 제이에게 재수 학원 등록을 재촉하지 않았다. 여름 한철이 지나자 펜션 파라다이스는 숲 속의 적송 한 그루와 다를 것 없이 바닷가 벌판의 풍경 속으로 묻혀 갔다.

얼이 오기 전까지는.

「이름이 좋아서 들어와 봤어요.」

중년의 여자가 웃음을 지으며 말한다. 여행에 지친 기색을 걷어
내려는 듯 부러 환한 웃음을 짓는 여자의 얼굴에서 먼 옛날의 흔적
과도 같은 소녀의 표정이 언뜻 피어난다. 백 미터 간격으로 서 있
는 팻말을 따라 무사히 목적지를 찾아온 가족을 대신해 유독 여자
혼자 나서는 것 같다. 그녀의 남편으로 보이는 중년 남자는 차를
세워 두고 말없이 집 주위를 돌아보는 중이다. 그리고 그들의 아들
인 듯한 젊은 남자는 아직 자동차 뒷좌석에서 나오지 않고 있다.

「바다가 보이는 전망 좋은 방이 비어 있나요?」

중년 부인이 이번에도 웃음을 머금고 손님답지 않게 조심스레
묻자 아버지가 반사적으로 제이를 쳐다본다. 여전히 차 안에 꼼짝
도 않고 있는 젊은 남자에게서 시선을 거두며 제이가 부인에게 직
접 대답한다.

「네, 비어 있긴 한데 청소를 좀 해야 하니까 잠시만 기다려 주세
요.」

부인이 반색하며 차 안으로 손짓을 하자 젊은, 아니 앳된 남자가
밖으로 나온다. 선팅한 유리를 통해 형상으로만 비쳤던 젊은 남자
의 실체가 제이 앞으로 다가오고 있다.

방금 웃음 짓는 중년 부인의 얼굴에서 얼핏 보았던 소녀의 표정
이 그대로 현현한 듯, 해맑은 미소가 눈부시다. 명백히 엄마를 닮
은 아들의 얼굴 위에 그 나이 적의 부인 얼굴이 자연스레 오버랩

되는 것 같다. 두 사람 다 아랫입술의 입매가 약간 위로 치켜 올라 붙어 입을 다물고 있어도 그대로 웃음을 머금은 표정이 되는 게 신기할 정도로 똑같다. 둘은 가만있어도 웃는 표정이다. 하지만 짙은 눈썹 아래 미간이 좁은 아들의 깊은 두 눈에서는 갓 건져 올린 물고기의 비늘에서 튀는 듯한 투명한 푸른빛이 파닥인다.

제이는 손님들을 세워 두고 급히 2층으로 올라가 자신이 쓰던 5호실의 물건들을 6호실로 옮기고 침대 시트도 바꿔서 정리한 다음 욕실까지 물을 뿌려 청소한다. 겨울철 평일에 찾아오는 가족 손님은 흔치 않다. 더구나 이곳을 찾는 가족 손님의 구성원은 이들에 비해 젊은 편이다. 어린아이들을 동반한 가족이 대부분이다.

제이가 객실 정리를 마치고 내려올 때까지도 부인은 지루한 기색 없이 예의 그 웃음 머금은 표정으로 아버지에게 말을 건네고 있다.

「가족이 함께 운영을 하시나 봐요?」

「네, 그렇죠 뭐.」

「참 좋은 데다 자리를 잡으셨네요.」

「너무 외져서요.」

「아니에요, 그러니까 파라다이스겠죠? 바다가 이렇게 가까운 데다 저어기 숲도 있네요. 소나무 숲인가 봐요?」

「네, 이 주변에 적송이 넓게 퍼져 있어요.」

「정말 파라다이스네요. 늘 푸른 숲에, 솔 향은 또 얼마나 몸에 좋은데요.」

　부인이 펜션 이름에 과도한 관심을 쏟는 데 비해 아버지의 대답은 건성이다. 자동차 트렁크에서 가방을 꺼내 들고 계단을 오르는 부자를 쫓아가며 부인이 소리를 높인다.

「여보, 애 얼아, 우리도 이런 데서 이런 집 짓고 살았으면 좋겠다. 그치?」

　똑. 똑.

　바로 바깥으로 통하는 안채의 문 위쪽엔 '안내실'이란 아크릴 패가 붙어 있다. 손님들은 대부분 노크를 하고 나서 문이 열리기를 기다리지만 이번엔 두드리는 소리와 거의 동시에 문이 열린다. 누워 있던 아버지가 벌떡 일어나더니 싱크대 앞에서 저녁 준비 중인 제이보다 먼저 문간으로 간다.

　안채 제일 안쪽 구석의 침대에 누워 있는 엄마는 언제부턴지 모르게 보호받아야 할 환자에서 격리의 대상으로 전락해 버린 것 같다. 아버지와 제이는 되도록 엄마의 존재를 투숙객들에게 드러내지 않으려는 동작이 몸에 배어 있다.

　예전엔 엄마의 두통에 내성을 키워 갔듯 이제는 서서히 엄마의 죽음에 길들어 가기 시작한 것인지도 모른다. 처음 펜션에 와서 엄마를 다시 만났을 때, 제이는 곧바로 엄마를 알아보지 못했다. 그 순간 제이는 이미 엄마를 한 번 잃었다. 죽음 이전에 겪은 죽음이었다. 병이 엄마를 잠식해 들어가며 부끄러움 없이 보여 주는 시각

적 위력은 제이로 하여금 더 이상의 기적을 꿈꾸지 못하게 가로막
았다.

「저희들 좀 나갔다 올게요.」

5호실 부인이 고개를 안으로 들이밀어 엄마의 침대 쪽으로 시선
을 보내는가 싶자 아버지는 재빨리 부인을 밀치며 밖으로 나간다.
제이는 싱크대 위에 뚫린 창으로 몸을 기울여 밖을 내다본다. 남편
과 아들이 차에 올라 시동을 켜놓고 있는 중에도 부인은 한가로이
묻는다.

「오늘 날씨가 흐려서 일몰을 볼 수 없나 봐요?」

「네, 매일 볼 수 있는 건 아니지요.」

「그럼 내일은 볼 수 있을까요?」

「글쎄요.」

「아, 꼭 보고 싶은데. 여기서 일몰을 바라보면 얼마나 아름다울
까. 아, 행복할 것 같아.」

부인은 혼잣말을 남기며 차에 오른다. 어느새 갈아입었는지 보
라색 반코트에 색깔을 맞춰 오렌지 빛 니트 모자까지 쓰고 화장을
새로 한 얼굴이다. 막 움직이려는 차를 향해 아버지가 황급히 손짓
을 보내며 따라가자 부인이 앉은 앞좌석의 유리가 내려간다.

「조개나 삼겹살 사오시면 저기 천막에서 불 피워 드립니다. 만
　원만 받구요.」

부인은 다음 날도 기다리던 일몰을 보지 못했다.

여전히 잿빛인 하늘은 바다를 가둘 것처럼 낮게 내려와 있었다. 빛을 쬐지 못해서인지 바다는 암울하고 추워 보였다. 안채의 문간 벽 열쇠 판에는 5호실 하나만 이가 빠져 있고 나머지 일곱 개의 열쇠가 줄줄이 매달려 있다.

「5호실 손님들은 언제 가신대?」

엄마가 비스듬히 일어나 벽에 몸을 기대며 물었다. 엄마는 열쇠 판 열쇠의 출결 상태를 통해 파라다이스의 재정을 눈치 챘다.

「오늘도 묵을 건가 봐.」

아버지는 펜션을 건축할 때 옛 직장 동료를 동원해 은행에서 대출을 받았는데 여름철 성수기가 끝나자 곧바로 대출금 이자 걱정부터 했다. 봄이면 허허벌판에 대기업의 콘도형 가족 호텔 신축 공사가 대대적으로 시작될 예정이어서, 과연 그것이 파라다이스의 앞날에 어떤 여파를 몰고 올지 쉽사리 예측할 수는 없는 일이었다. 하지만 엄마를 위해 외진 곳을 찾아내 집을 지었던 아버지는 무슨 구상을 하고 있는지 겨우내 착공 소식을 기다리는 눈치다.

「손님들 지금 뭐 하니?」

엄마는 현재 파라다이스의 유일한 투숙객인 5호실 손님들이 지금이라도 열쇠를 반납하고 떠날까 그게 걱정인 것 같았다. 객실 요금 외에 부대 수입이 전혀 없는(번개탄 수입은 너무 미미했다) 파라다이스에서 아무것도 할 수 없는 엄마는 열쇠 판을 줄기차게 지켜

보는 것만이 자신의 몫인 듯 몸을 일으킬 때마다 먼저 문간 벽 쪽으로 눈길을 돌렸다.

「두 사람은 낮에 나갔고, 방엔 아들 혼자 있을걸.」

「5호실 사람들 이상해.」

「뭐가 이상하다는 거야?」

엄마는 5호실 사람들을 본 적이 없다. 아는 게 있다면 제이나 아버지를 통해 들은 것이거나 문간에서 들려온 부인의 웃음 띤 말소리 정도일 것이다.

「아들만 두고 어딜 간 걸까.」

「아까 나가면서 절 구경 간다 그러데. 애는 싫다고 그랬겠지. 그나저나 오늘 저녁엔 구름이 좀 걷히려나. 서해 바다에 일몰을 보러 온 모양이던데.」

잿빛 하루가 저물어 구름 너머로 해가 졌고 남편과 함께 나간 부인은 날이 저물도록 돌아오지 않았다.

저녁 식사와 설거지까지 끝내 놓고 2층으로 올라온 제이는 방문을 열려다 옆방 문을 물끄러미 바라본다. 늘 혼자 지내던 그 방에 지금 또 다른 누군가 홀로 있다는 게 기이한 느낌을 불러일으킨다. 알 수 없는 일이지만 지금 문 안의 그는 세상 누구보다 제이에게 친밀한 존재로 느껴진다. 제이는 5호실 방문에 귀를 대고 살짝 두드려 본다.

「누구세요?」

예상치 못했던 즉각적인 반응에 제이는 얼른 뒤로 물러선다. 그러나 이미 문은 열리고 문고리를 잡은 그가 서 있다. 제이를 보자 그쪽도 당황한 빛이 역력한데, 짙은 눈썹 밑의 미간 좁은 두 눈은 어제보다 더 깊어 보인다.

「뭐 필요한 거 없나 해서.」

제이는 느닷없는 자신의 행동에 스스로도 놀라며 얼버무린다.

「없는데.」

「저녁은 먹었어?」

「아직.」

「배고프겠네. 뭘 좀 갖다줄까?」

「라면은 있는데 김치가……..」

제이는 김치가 든 밀폐 용기를 통째로 안고 5호실을 찾는다. 허기를 참고 있었던지 그는 벌써 인덕션 레인지 위에서 라면 물을 끓이는 중이다.

「절에 가셨니?」

그는 어깨를 한 번 들어 올릴 뿐 대답하지 않는다. 모르겠다는 건지 관심이 없다는 건지 알 수 없다. 제이는 방 안을 둘러본다. 투숙 중인 손님의 방에 들어와 보긴 처음이다. 가구와 비품은 그대로인데 전날 아침까지 자신이 사용하던 방이라고는 믿기지 않을 만큼 낮설다. 그리고 가족이 묵는 방치고는 비교적 정돈된 편이다.
제이가 서성이는 사이 그는 라면 냄비와 김치를 테이블 위에 갖다
놓고 앉는다.

「먹을래?」

제이는 고개를 저으며 그제야 침대에 걸터앉는다. 그리고 라면
을 먹기 시작한 그를 향해 처음이듯 말을 건넨다.

「난 제이야.」

「난 얼. 한얼.」

제이는 얼이 라면을 다 먹을 때까지 말없이 기다려 준다. 냄비를
들어 국물까지 남김없이 들이켠 얼의 얼굴이 발그레해진다.

얼이 라면 냄비를 치우는 동안 제이는 옆방으로 건너가 커피 두
잔을 만들어 온다. 그리고 얼과 함께 까만 통유리 창 앞에 나란히
앉는다. 늘 사용하던 흰색의 밋밋한 머그잔이 왠지 낯설어 보인
다. 얼이 통유리 창을 밀자 먼 파도 소리와 함께 찬바람이 방 안으
로 들이친다. 한쪽으로 밀어 둔 커튼 밑자락이 바람에 부풀어 펄
럭인다.

밤이면 파라다이스는 어둠에 파묻힌다. 캄캄한 절벽에 둘러싸인
듯 숲도 바다도 찾을 길이 없다. 그럴 때면 제이는 새카만 창을 열
어 소리를 듣곤 한다. 파도 소리는 놀랍도록 가까이에서 철썩이고
있다. 그러나 귓속으로 밀려 들어오는 파도 소리에 제이는 더 나아
갈 수 없는 세상의 끝을 확인할 뿐이다.

오늘 얼과 나란히 앉아 듣는 밤바다 소리는 아득하면서도 한편으론 아늑하게 속삭이는 것 같다.

「너희 일몰 보러 왔니?」

바다를 그토록 갈망하던 엄마와, 일몰의 바다를 기다리는 얼의 엄마 사이엔 어딘지 닮은 데가 있는 것 같다는 생각이 제이에게 스친다. 얼은 딴생각에 빠진 듯 대답 없이 어둠에 묻힌 허공을 바라보고 있다. 국도를 돌아앉은 자리에서 보이는 것이라곤 불빛 하나 없는 캄캄한 어둠뿐인데 얼은 무얼 보고 있는 것일까.

지금까지 펜션 파라다이스를 거쳐 간 기억할 수 없는 수많은 사람들이 있지만 제이에게 그들의 들고 나는 행위는 열쇠 판의 열쇠가 나갔다 들어오는 것과 크게 다르지 않았다. 소개됐던 가족을 다시 불러 모은 파라다이스에서 밤이면 홀로 차가운 유리에 이마를 대고 어디가 벌판이고 어디가 바다인지 모를, 눈앞을 가로막는 캄캄한 어둠과 마주해야 했던 제이 곁에 지금 얼이 와 있다.

「언제 갈 거니?」

아무렇지도 않은 듯 얼에게 짧은 질문을 던지고 난 제이의 가슴이 아파 온다. 하지만 얼은 이번에도 못 들은 척한다. 처음 얼을 본 순간부터 가슴이 아팠던 걸 제이는 기억한다. 아마 얼의 미소, 푸른 눈빛을 마주한 순간이었을 것이다. 사막에 물길이 열리며 메마른 모래흙을 적시듯 따뜻한 아픔이 가슴으로 번져 들었다.

「오늘 하루 종일 혼자 뭐 했니?」

「그냥 방에서 쉬었어. 이 방이 참 좋아.」

제이도 하루 종일 방을 나가지 않은 적이 있다. 통유리에 담긴 바다와 하늘만으로 하루를 지낼 수 있는 그런 방이다. 똑같은 공간에서 똑같은 하루를 보낸 얼에게 제이는 시시한 삶의 공식으로는 풀 수 없을 벅찬 일체감을 와락 느낀다.

「사실은 내 방이야.」

「좋겠다.」

「좋긴. 너도 이런 데서 1년만 살아 봐. 이런 비수기에 한가롭게 여행 다니는 네 가족이 더 부럽다. 그런데 무슨 여행이니? 혹시 네 졸업 여행?」

얼이 아랫입술을 치켜 올리며 싱긋 웃는다. 처음 보았을 때의 해맑간 얼굴이다.

「맞구나? 어쩐지……. 수능은 잘 봤니?」

「신경 안 써.」

제이는 얼의 얼굴에 번진 웃음기가 미세하게 뒤틀리며 차갑게 변해 가는 걸 지켜보다 자리에서 일어선다. 그리고 5호실 문을 나서며 얼의 마음을 달래듯 말한다.

「내일 아침에 내가 바다 구경 시켜 줄게. 나만 아는 기막힌 전망대가 있거든. 기대해.」

새벽녘 제이는 꿈결처럼 5호실 문소리를 들었던 것 같다. 어제 외출했던 얼의 부모가 들어오는 소리려니 하고 다시 잠을 청하려는데 엷어져 가는 발소리가 서늘하게 잠을 깨운다. 제이는 후다닥 일어나 트레이닝복 위에 파카를 걸치고 밖으로 뛰어나간다. 5호실 방문 손잡이를 잡자 채 닫히지 않은 문이 열리며 텅 빈 방이 드러난다. 다급해진 마음으로 나무 계단을 뛰어 내려가는 제이의 시야에 배낭을 메고 어둑신한 벌판을 걸어가는 사람의 뒷모습이 잡힌다.

제이는 첫새벽에 벌어진 기이한 상황을 납득하는 일보다 멀어져 가는 얼을 붙잡아야 한다는 마음이 급해 있는 힘을 다해 달려간다. 떠날 줄은 알았지만 이렇게 인사도 없이 갈 줄은 몰랐다.

「너, 어디 가니?」

얼이 유령처럼 가고 있는 길은 국도 쪽 진입로도, 숲으로 이어지는 벌판도 아닌, 아무도 가지 않는 버려진 벌판이다. 길 없는 사막 위를 가듯 방향을 찾지 못하고 걷는 중이다. 제이가 바로 등 뒤에까지 쫓아왔는데도 얼은 멈추지 않고 걷는다.

「야, 왜 도망가.」

배낭을 둘러멘 검은 형체는 돌아보지도 않고 마냥 걷고 있다. 어쩌면 그는 제이가 어젯밤 보았던 얼이 아닐지도 모른다. 떠나보낼 시간 앞에서 가슴 아파 하던 얼이 아닐지도 모른다. 불과 몇 시간 전의 존재를 확인하기 위해 제이는 애타게 그를 불러 세운다.

「거긴 길이 없어. 바보야.」

얼이 걸음을 멈추더니 이윽고 제이에게로 몸을 돌린다.

「바다 보고 가. 너한테 꼭 보여 준다고 했잖아.」

제이는 얼의 손을 잡아끌고 숲길로 향한다. 푸르스름하게 어둠이 옅어지기 시작한 벌판 위로 희끗희끗 점이 찍힌다. 눈발이다.

제이는 꼭 잡은 얼의 손을 놓아주지 않은 채 벌판을 걷는다. 언 땅 위에 날아와 덮이는 눈발로 발길이 미끄럽다. 잡은 손을 놔주지 않자 어느새 얼이 앞장서 걷고 제이는 키 큰 얼에게 매달리다시피 미끄러운 길을 끌려간다. 성큼성큼 걸어 좁은 숲길로 들어선 얼의 거친 발자국에 물웅덩이를 살짝 덮은 얼음이 정적을 깨며 부서진다. 짧은 숲길을 통과하자 제이는 얼의 손아귀에 붙잡힌 아픈 손을 빼낸다. 그리고 벼랑 앞에 얼과 나란히 선다.

얼의 옆에 서서 얼의 눈으로, 처음이듯 벼랑 아래 누운, 끝이면서 끝이 없는 바다를 바라본다. 그곳이 놀랍도록 아름다운 건 전혀 기대하지 않은, 살아 숨 쉬는 광경이기 때문이리라. 소리와 냄새와 멈추지 않는 역동의 실물이 벼랑 끝 발아래에 섬뜩하게 살아 있다.

「어제 네가 방에서 하루 종일 보던 그 바다야. 유리에 갇혀 있던.」

얼이 말없이 팔을 뻗어 제이의 손을 잡는다. 그리고 잡은 손아귀에 지그시 힘을 주며 앞으로 발걸음을 뗀다. 한 발 한 발 벼랑 끝으로 향하다 멈춰 선 얼의 시선이 발아래 아득한 바다로 흩어진다. 그러다 바닷속을 파고들듯 한 곳으로 집요한 눈길을 보내더니 처음으로 입을 연다.

「미안해.」

시선을 돌린 얼의 얼굴에 무구한 미소가 눈발 사이로 스치는 걸 제이는 놓치지 않는다. 얼의 첫인상이야말로 제이에게 들어와 박힌 얼의 본질인 탓이다.

「부모님은? 부모님은 지금 어디 계시니?」

「저 길 위에.」

얼이 어처구니없게도 국도 쪽을 가리키며 말한다.

「우린 지금 떠돌아다녀. 아니 도망 다녀. 아버지 회사가 부도났거든. 부도가 뭔지 알아? 신문에서나 보았던 부도가 그렇게 무서운 건 줄 정말 몰랐어. 쓰나미 같아. 알지? 다 쓸어 갔거든. 아니야, 쓰나미가 휩쓸고 간 곳엔 구호품이라도 던져 주지. 이젠 친척들도 다 우리를 피해. 시험이 얼마 남지 않아서 나만 아버지 친구 집에 얹혀 있었어. 그런데 엄마, 아버지를 찾아다니는 사람들이 형사보다 더 많아. 수능 보는 날 교문 앞에도 서 있더라.」

제이는 할 말을 찾지 못한다. 뭔가 방법이 있을 거야, 그런데 얼에게 들려주고 싶은 그 말은 미처 말이 되어 나가기도 전에 되돌아와 힘없이 무너진다.

「여긴 정말 파라다이스야. 길 위에서 여길 내려다봤을 때 우리가 상상하던 그대로. 우린 너무 지치고 추웠거든. 뜨거운 물에 목욕

을 하고 엄마가 해준 밥을 먹어 본 게 얼마 만인지 몰라. 파라다
이스 그 자체였어. 다 끝내도 좋을 만큼.」

처음 얼을 본 순간 가슴으로 번지던 아픔, 그것의 정체를 제이는
알 것 같다. 막막한 사막에 곧 사라질 발자국을 남기고 떠나갈 존
재를 향해 그리움을 미리 앓듯 제이는 가슴이 아팠지만 얼은 이미
너무 먼 곳에 가 있었다.

「어디로 갈 거니?」

「몰라. 우린 아무도 몰라. 운전대를 잡은 아버지도 모를 거야. 숙
박비도 없는 우리가 어디서 다시 이런 파라다이스를 만날 수 있
을까? 우린 희망이 없어.」

벌판을 덮기 시작한 하얀 눈에 쫓겨나듯 어둠이 걷히자 갑자기
시간의 속도가 빨라진다. 제이는 얼의 손을 잡고 숲길로 숨어든다.

「제이, 나 무서워. 정말 무서워.」

숲 속에 갇힌 얼의 목소리가 새의 울음소리처럼 떨려서 울린다.
눈물에 얼룩진 얼의 얼굴이 세상에 처음 나온 아이의 얼굴인 듯 말
갛게 제이를 바라본다. 제이는 누 손을 들어 얼의 눈물을 닦아 준
뒤 해마알간 아이의 얼굴을 두 손으로 감싸 쥔다. 미친 듯 달려가
던 시간이 얼의 깊은 눈 속에서 멎는 순간, 제이의 입술 위에 얼의
차디찬 입술이 깃털처럼 닿는다.

숲길 한가운데서 제이는 한 번도 들어가 보지 않은 길게 뻗은 숲

속으로 얼의 등을 떼민다.

「길은 없지만 나갈 수 있을 거야.」

멈칫 제이를 바라보던 얼이 소나무 숲 속으로 성큼 걸어 들어가
더니 돌아보지 않고 뛰기 시작한다. 굵은 적송 기둥 사이로 얼의
뒷모습이 보이다 말다 하며 빠르게 멀어지더니 이윽고 흩날리는
눈발에 묻혀 자취를 감춘다.

아침 산책을 하듯 느릿느릿 숲길을 빠져나온 제이는 하얀 벌판
위에 서서 오래도록 집을 바라본다.

무시무종(無始無終)

딸아이가 생리를 시작한 봄날 아침.

그녀는 초조를 맞이한 딸아이의 나이를 세어 보기에 앞서 자기 자신부터 짚어 본다.

나, 내 나이, 지금, 몇 살이지?

엄마아.

화장실에서 그녀를 부르는 아이의 다급하고도 절박한 소리가 와락 그녀를 들깨운 것이다. 아이가 태어나 세상에 처음 그 말을 내뱉은 순간부터 그 말속에 휩쓸려 들어가 버렸던 그녀의 존재. 마치 진공청소기가 거대한 돌풍을 일으키며 미세한 먼지 입자까지 순식간에 흡입해 들이듯 아이가 부르는 그 말은 그녀의 전 존재를 감쪽같이 집어삼켰다. 이제 그녀의 존재는 진공청소기 속의 먼지 주머니에 오롯이 담겨 있을 뿐이었다.

봄날 아침, 엄마를 부르는 아이의 단말마에서 그녀는 아이를 덮

친 징후를 직감했다. 언제나 그녀 자신보다 더 명백한 존재인 아이,
열네 살이었다.

그녀는 아이의 아침밥을 차리다 말고 아이의 속옷과 생리대를
챙기기 위해 이 방 저 방 드나들며 허둥댔고, 그사이 아이는 화장
실 안에서 고요했다. 아이에게 예고 없이 찾아온 성장의 징후는 아
이보다 그녀를 먼저 덮친 것 같았다. 먼지 주머니에 고이 담겨 있
던 미립자들이 풀풀 허공중으로 날아오르려는가 싶을 만큼.

얘 은엽아, 문 열어 봐.

아이는 안으로 문을 걸어 잠근 채 나지막하고도 절망적인, 간절
함이 깃든 소리로 다시 그녀를 불렀다.

엄마, 그거…….

알아, 엄마가 도와줄게 문 좀 열어 봐.

싫어.

아이는 단호했다. 아이에게 필요한 것들을 문턱에 얹어 놓고 한
발짝 뒤로 물러서자 아이는 문을 빠끔 연 채 한 손을 내밀어 그것들
을 낚아채고는 재빨리 문을 다시 걸어 잠갔다. 찰칵, 금속성의 음향
이 그녀 가슴에 싸한 파장을 일으켰다. 나, 지금, 몇 살이지?

딸아이가 가임을 위한 출혈을 시작한 그 아침, 폐경의 전조를 맞
이하고 있는 그녀, 마흔일곱이었다.

아이는 아침상을 차려 놓은 식탁 앞에 앉는 시늉도 하지 않은 채

집을 빠져나가려 했다. 매일 아침 아이는 작은 새 한 마리가 살포시 깃털을 세워 날렵하게 날아오르려 하듯 순식간에 문밖으로 사라져 버리곤 했다. 아이의 몸집은 너무 가냘프고 여릿했다. 저 어린 몸에서 피를 쏟다니.

그녀는 문을 나서려는 아이의 팔을 붙잡았다. 아이의 여린 살가죽 속에 감싸인 가늘고 단단한 뼈가 손아귀에 붙잡히자 돌연 섬뜩해진 그녀는 아이의 팔을 얼른 놓고 도시락을 들려 주며 말했다.

은엽아, 별거 아니란다. 이따 학교 갔다 와서 엄마가 가르쳐 줄게.

나도 다 알아.

아이는 그 아침도 전날과 다름없이 그녀에게서 빠져나갔다. 그녀만이 어제와 다른 아침을 맞이한 것인가. 아이의 말대로 아이는 다 알고 있을 것이다. 학교에서 일찌감치 시청각 교재를 통해 학습했을 테고 또래에 비해 늦은 편이었으니 친구들이 겪는 과정을 지켜보며 더 많은 것을 스스로 터득했을 것이다.

그녀는 딸아이에 비해 무지했던 자신을 떠올렸다. 중학교에 갓 입학해 봄이 다 지날 무렵이었을 것이다. 몇 수 전부터 예고되었던 개구리 해부 시간이었다. 가사 실습실과 과학 실험실 등 특별실은 볕이 들지 않는 지하에 위치해 있었다. 그중 눅눅하고 퀴퀴한 냄새에 화학 약품 냄새까지 뒤섞인 생물 실험실은 들어서는 순간 단번에 낯선 세계에 대한 경계를 불러일으킬 만큼 으스스한 분위기였는데 그래서 그런지 사연도 많은 곳이었다. 사연이라고 해봐야 전혀 확인할 길 없는 풍문에 지나지 않았지만 학교에 전설처럼 이어져 내려오며 끊임없이 각색되고 재구성되는 공포물의 배경은 하나같이 생물 실험실이었다. 아마도 실험실 벽에 진열되어 있는 각종 인체의 장기나 태아의 표본과 무관하지 않았을지도 모른다. 모형인지 생체인지 분간할 수 없는 것들이 포르말린이 채워진 유리병 안에 푸르딩딩하게 잠겨 있었는데 그중 태아는 형체가 갖추어져 가는 순서대로 차례차례 유리병 속에 보존된 채 발육을 멈추고 있었다. 맨 나중 것은 주먹 쥔 손에서 치켜든 엄지손가락이 뚜렷하게 식별될 만큼 완전한 인체의 형상을 갖추고 있었다. 엄연히 각각의 생명을 부여받은 태아일 터이지만 유리병에서 유리병으로 점점 자라나는 그것들은 마치 맨 마지막의 완성된 태아에서 분열되어 나온 동일한 생명이란 착각을 불러일으키곤 했다. 생물 실험실에서 발원되어 내려온 공포스런 전설에 중독된 탓이었을까, 왠지 생물 실험실을 지배하는 건 과학이 아닌 다른 무엇일 것만 같았다.

아직 교복만 보아도 신입생 티가 흐르던 그때.

실험대 위엔 마취당한 개구리가 풍선껌을 불어 놓은 듯한 배를 내민 채 사지를 벌리고 누워 있었다. 포르말린에 적신 솜과 메스까지는 기억나지만 그때 개구리의 배를 갈랐는지 그 속에서 무얼 봤는지 전혀 기억할 수 없는 것으로 보아 아마도 그날의 해부 실습은 그다지 성공적인 수업은 못 되었던 것 같다. 그러잖아도 극도의 긴장과 호기심으로 조별 실험대를 빙 둘러싸고 있던 무리의 정적을

깨고 어느 조에선가 찢어질 듯한 비명이 터져 나왔고 여기저기서
수런거리는 사이 한 아이가 생물 선생님 손에 이끌려 나가고 있었
다. 그 애가 앉았던 의자와 실험실 바닥 그리고 그 애의 발자국을
따라 점점이 빨간 핏방울이 이어졌다.

그때 그녀는 딸아이와 똑같은 열네 살이었지만 문간까지 이어지
던 그 선혈이 도도한 성장의 징후인지 실험실을 지배하는 어떤 힘
이 내린 저주의 징표인지도 채 분간하지 못해 두려움에 떨었다.

예정된 생의 수순이 아이를 훑고 지나간 그 아침, 이제 더 이상
경이롭게 열릴 것도 없어진 몸으로 그녀는 부르르 진저리를 치며
스스로에게 묻고 또 묻는다.

내 나이, 지금 몇 살이지?

차마 묻지 못했던 것들이 아이의 몸 밖으로 핏덩어리가 터져 나
오듯 그렇게 주체할 길 없이 쏟아져 나오고 있었다. 아이가 자신을
덮친 혼란을 깔끔하게 수습하고 나간 빈집에 홀로 남은 그녀는 갑
작스런 시간 앞에서 자신을 가누지 못하고 허둥대기 시작한다.

실상 혈흔에 앞서 이미 아이에게서는 변화의 기미가 느껴지지
않았던가.

그녀를 부르는 아이의 말에 무언가 덧씌워진 듯한 느낌이 전해
지면서부터였을 것이다. 그녀를 부르는 아이의 소리에 그녀의 전
존재가 실려 있었듯 그녀 역시 자신을 부르는 아이의 말속에서 아

이의 기쁨, 아이의 망설임, 아이의 욕구, 고통, 그리고 아이의 거짓
까지도 확연히 알아차릴 수 있었다. 태중에서 서로가 탯줄로 이어
져 있었던 것처럼 아이의 모든 것이 본능으로 감지되었다. 그러나
언제부턴가 그녀를 찾는 아이의 음성에 실렸던 유일하고도 절대적
인 믿음을 몰아내고 그 자리에 스며들어 와 둘만의 오랜 소통을 교
란시키는 것이 있었다. 무엇이었을까. 아이의 자의식?

그녀는 손대지 않은 아침상을 내려다본다. 아이가 좋아하는 주
홍빛 프렌치드레싱을 끼얹은 야채샐러드의 싱그럽던 녹색은 풀이
죽은 채 접시에 눌어붙어 있었다. 샐러드에 옷을 입힌다 해서 드레
싱이라 했던가. 주홍빛의 끈적한 액체는 숨 죽은 야채에 범벅이 되
어 그 빛깔을 잃었고 식어 빠진 국그릇 가장자리로 굳기름이 엉겨
붙기 시작하던 참이었다.

새 모이만큼 먹는 아이를 위해 매일 아침 준비하는 정갈한 식탁
은 번번이 그녀를 위한 것이 되어 버리곤 했다. 아이가 등교하고
난 식탁에 앉아 그녀는 매번 남겨진 음식을 천천히 씹으며 아침의
포만을 즐겼다. 그러나 정작 그녀 자신을 위한 것이었다 해도 아이
를 통하지 않고 온전히 누린 기억은 없었다. 대체 언제부터였을까.

물끄러미 식탁을 내려다보던 그녀는 젓가락질 한 번 닿지 않은
음식들을 고스란히 쓰레기통 속에 쏟아 버린다. 위장 속으로 더는
밀어 넣지 못해 남겨진 음식 그릇들을 들고 갈등하던 숱한 시간들

마저 쓰레기통 속으로 과감히 처분해 버리듯 거침없는 동작이다.

밥에 대한 그녀의 집착은 거의 신앙에 가깝다 해도 좋을 만했다. 종교가 없는 그녀에게 아이를 위한 기도는 종종 밥 짓기로 대체되곤 했다. 새벽에 일어나 쌀을 씻어 안치는 행위야말로 그녀의 하루를 여는 경건한 기도에 다름 아니었다. 찬물을 틀어 투명한 쌀알 속으로 손을 넣어 휘젓는 순간 그녀는 덜 깬 잠에서 깨어났고 그렇게 하루치의 생은 시작되었으며 밥솥 뚜껑을 열어 김이 오르는 밥 냄새를 맡는 순간 비로소 그녀의 감각이, 욕망이 살아나는 걸 느낄 수 있었다. 하지만 어미의 고결한 기도를 대신한 밥을 앞에 두고 아이는 자주 한숨짓거나 거들떠보려 하지 않았으므로 종당엔 고스란히 그녀 차지로 남곤 했다. 하여 홀로 식탁에 앉아 한껏 느리게 향기로운 밥의 풍미를 음미하며 아침 식사를 즐기는 건 늘 그녀 차지였다.

남은 음식이 시야에서 사라지자 그녀는 찻장에 얹어 두었던 커피 한 봉을 내린다. 오랫동안 진공 포장 상태로 완벽하게 압축 밀폐되어 있던 커피는 마치 고체 형태로 굳어진 듯 딱딱하다. 향이 옅어진 커피들이 봉지 봉지 남아 있지만 그녀는 아껴 두었던 새것을 개봉한다. 진공 포장된 봉지 윗부분을 가위로 잘라 내자 고체 형태로 압축되어 있던 커피 원두의 분쇄된 가루들이 순식간에 알알이 흩어진다. 동시에 숨죽여 갇혀 있던 저 아프리카 원시의 향이 폭발하듯 터져 나와 봄날 아침 그녀가 갇힌 실내에 광분하며 퍼져 나간다.

그녀는 머그잔에 갓 걸러 낸 커피를 가득 부어 들고 딸아이의 방
으로 들어간다. 아침에 느닷없이 그 일을 겪었건만 아이는 흔적 하
나 남기지 않고 평소와 다름없이 깔끔히 방을 정돈해 두고 나갔다.
손볼 곳 없이 늘 깨끗한 아이의 방에 들어서면 누군가의 개입을 불
허하겠다는 아이의 단호한 의지가 읽힌다. 그 누군가는 다름 아닌
그녀일 것이다. 아이는 사소한 일용품 하나라도 단정히 치우는 성
미지만 언제부턴가 그녀에겐 아이의 이런 정리벽조차 냉혹하리만
큼 차갑게 느껴지고 있었다.

아빠랑 이혼할 거야?

아이는 제 부모 사이의 균열을 저 혼자 간파하고서 주저하는 기
색도 비치지 않고 질문을 던졌다. 일말의 겨를도 주지 않는 질문이
었다. 답을 듣지 못한 아이는 빚을 조르듯 그녀를 향해 가차 없이
질문을 던지길 반복했다. 삶이란 선택조차 부질없는 미궁처럼 그
녀를 덮쳐 오건만 아이는 또랑또랑한 목소리로 그녀에게 선택을
강요하고 있었다.

폭염의 열대야로 잠 못 이뤘던 어느 여름밤, 문이란 문은 죄다 열
어젖히고도 잠들지 못해 뒤척이던 그 여름밤, 촘촘한 폐쇄 병동 같
던 거대한 아파트 단지는 열대야에 못 이겨 수천 명이 거주하는 집

단 주거지의 적나라한 작태를 고스란히 드러내었다. 칸칸이 막혀 있던 집들은 앞뒤로 활짝활짝 열려 한 공간인 듯 노출되었고 이웃 집의 전화벨 소리, 아이 칭얼대는 소리, 물 끼얹는 소리까지 제 집 인 듯 지척에서 들려왔다. 그나마 바람이 통하는 거실에 돗자리를 펴고 식구가 나란히 누워 헉헉대며 살인적인 더위를 견디던 여름 밤이었다.

어느 집에선가 남자와 여자의 싸움이 시작되었다. 처음엔 여자 의 악다구니와 욕설이 일방적으로 퍼부어지는가 싶더니 아연 물건 이 내동댕이쳐지고 부서지는 파괴적인 소리가 터져 나왔다. 효과 음의 강도는 점점 더 과격해지고 거기에 맞춰 여자의 욕설과 악다 구니도 끝 간 데 없이 치솟아 올랐다. 그런 다음 곧이어 싸움은 난 투극으로 변했는지 기물이 파손되는 소리 대신 여자의 찢어질 듯 한 비명이 터져 나왔다. 한여름 밤, 여자의 비명은 죽음을 향해 치 닫고 있었는데 그 와중에도 지치지 않고 남자를 향해 끊임없이 욕 설을 퍼부어 대고 있었다. 아마 죽음이 턱에 닿는 순간까지도 그럴 모양이었다. 그 밤 내내 남자의 목소리는 들리지 않았다. 그러나 소리 없는 남자의 분노는 오히려 여자의 입을 통해 더욱더 생생하 게 표출되었고 폭염에 늘어진 고층 아파트 단지를 서늘히 압도하 고 있었다.

이 개자식아아아…….

픽.

아악, 죽여라, 죽여어어어…….

쿵.

더위로 끈적이던 몸이 찬물을 들이부은 듯 소슬해졌다. 그러다 문득 숨죽인 채 가만히 누워 있던 그녀는 여자의 다음번 욕설을 간절히 기다리고 있는 자신을 발견했다. 여자의 입에서 줄기차게 쏟아져 나오는 욕설에 몸속까지 후련해져서 그 싸움을 즐기고 있었던 것이다. 그래, 더 해봐. 이 밤이 끝나도록 멈추지 마. 죽을 때까지 해보는 거야.

그때 잠든 줄 알았던 아이가 벌떡 몸을 일으키더니 제 방으로 들어가며 진저리치듯 내뱉은 한마디.

아흐, 지옥 같아.

지옥 같았던 그 여름밤을 떠나보내고 오래지 않아 이웃집의 그 지옥이 그녀에게 그대로 재현되었다.

극단을 치달을 때 인간의 모습은 자신을 수식하거나 위장할 능력마저 상실하고 누구나 엇비슷해지는가 보았다. 서로를 모방하듯 닮아 있었다. 남편과 맞붙어 싸우는 순간 그녀는 여름밤 동네가 떠나가도록 악을 써대던 여자와 목소리 없던 그 남자를 떠올렸다. 그들은 어찌 되었을까. 그러나 신기 어린 무당이 온갖 잡신을 불러들이듯 남자를 향해 줄기차게 욕설을 퍼붓던 여름밤 그 여자의, 끝장을 보겠다는 전의를 그녀는 갖지 못했다.

　남편의 폭력에 스스로를 내맡기면서 그녀는 어이없게도 자신이 굴복한 것은 남편이 휘두르는 주먹이 아니라 그보다 더 큰 불가항력의 폭력이라고 믿어 버렸다. 남편을 폭력으로 내몬, 그녀로서는 감히 항거해 볼 수 없는 배후의 거대한 힘에 선선히 투항하는 자세로 몸을 웅크려 견디는 것이야말로 그녀의 유일한 싸움법이었다. 어쩌면 남편에게 맞아야 할 이유를 모른 채 그토록 조용히, 숨죽여 치욕을 짓이기며 그 순간을 견디었던 건 제 방에 꼼짝 않고 틀어박힌 딸아이 때문이 아니었을까. 그녀 자신의 신체에 가해지는 고통보다 아이의 정신에 내리꽂힐 상처에 더욱 아파하면서.

　그러나 급기야 남편이 집어 든 흉기를 피해 아이의 방으로 뛰어들었을 때 아이는 귀에 이어폰을 꽂은 채 딴 세상의 천연덕스러운 낯빛으로 그녀를 바라보았다. 방문을 걸어 잠그고 아이의 얼굴을 보는 순간 눈물조차 증발해 버릴 만큼 섬뜩한 외로움이 그녀를 덮쳐 왔다. 더는 피할 곳이 없었다.

　그녀 얼굴의 피멍이 가라앉기도 전에 아이는 거침없이 질문을 던졌다.

　엄마, 아빠랑 이혼할 거야?

　그녀는 아이의 책상 앞에 앉는다.

　언제부턴가 그녀 앞의 시간은 멈춰서 고여 가기 시작했고 서서히 하나의 덩어리가 되더니 그녀를 가두어 버렸다. 동굴 같기도 하고 터널 같기도 한 시간의 덩어리 속에 갇혀 버린 지 오래되었다. 시작도 끝도, 출구도 입구도, 빛조차 없는 컴컴한 어둠일 뿐이었다. 한 발짝이라도 나아가거나 돌아서지 못하고 있는 사이 시간은 점점 그녀를 둘러쌌고 비현실적인 어둠의 공간을 만들어 그녀를 첩첩이 가두었다. 시간의 공간화, 이 기이한 상황이야말로 그녀가 자초한 것인지도 모른다. 시간이 화석처럼 그녀를 가두기 전에 헤치고 나오지 못한 건 온전히 그녀 몫일 테니까.

어둠의 터널 속에서 시간은 더 이상 흐르지 않았다. 가도 가도 빛 한 줌 새어 들지 않는 캄캄한 터널이 무감각하게 이어질 뿐이었다. 아이만 아니라면 달라졌을까? 그러나 아이 역시 터널 밖에 있었다.

아이와 단둘이 남겨지고부터는 대화마저 단절되었다. 아이가 학교에 가고 난 뒤 습관처럼 아이의 방을 찾는 것은 아이와 대화를 나누려는 그녀만의 방식인지도 모른다. 아이가 입을 닫은 이후 그녀는 아이의 표정, 몸짓, 손길, 아이의 흔적 같은 것들에서 아이와 애타게 소통을 시도한다. 그래서 아이의 빈방에 들어와 아이의 손길이 스쳤던 물건들과 하나하나 눈을 맞추며 아이의 마음을 더듬어 보려는 그녀의 행위는 갈수록 집요해지고 있다. 이 투명하고 고요한 집착에 아이가 무언으로 저항하기 시작한 걸 그녀는 알고 있다. 이제 아이의 책상 서랍은 굳게 잠겨 버렸고 어느 구석에도 동글동글한 아이의 필적이 담긴 메모지 한 장 굴러다니지 않는다. 이제 곧 아이는 제 방문까지 걸어 잠그고 나갈지도 모를 일이다.

그녀가 그러하듯 아이 역시 그녀에게 말을 거는 자신만의 방법을 갖고 있다. 어느 날 그녀는 말끔하게 치워진 아이의 책상 위에서 비디오테이프를 발견했다. 아무것도 표시되어 있지 않아 공테이프 같아 보이는 것이었다. 하지만 그녀는 그 납작한 검은 직육면체에서 아이의 오랜 침묵이 빚어낸 광물성의 슬픔을 보았다. 그것은 아이의 동굴이기도 했다.

그녀는 커튼도 걷지 않은 거실에 홀로 앉아 리모컨을 눌렀다. 지지직거리며 빈 화면이 돌아가는 동안 손끝의 떨림이 전류처럼 가슴으로 흘러들었다. 빛이 번쩍거리며 상태가 불량한 화면이 숨 가쁘게 이어지더니 칠판 위의 단정한 분필 글씨처럼 녹색 바탕에 흰색의 제목이 떴다.

'매 맞는 여자들의 현주소'

그녀는 쏟아지려는 컵을 와락 움켜잡기라도 할 것처럼 미친 듯이 일시 정지 버튼을 눌렀다. 녹색 바탕의 흰 글씨가 살아 있는 생명체처럼 미세하게 흔들리며 번져 나가더니 정지했다. 그녀는 두 손안에 리모컨을 가두고 뚫어져라 숨죽인 화면을 응시했다. 기계에 자동 입력된 일시 정지가 풀리기 전까지 그녀는 그 녹색의 장막 앞에서 자신의 전 생애를 반추해야만 했다. 일시 정지가 풀려 눈앞에서 화면이 다시 돌아가기 전에 그녀는 재빨리 자신을 수습하고 의연히 그것과 마주해야 할 것이다. 마치 거역할 수 없는 심판의 시간 앞에 불려 나와 순번을 기다리듯 그녀는 자신에게 주어진 마지막 순간, 세상 전부가 그녀를 위해 숨죽인, 냉엄한 평형 위에 발가벗기어 올려진 듯한 치욕을 견디기 위해 두 눈을 감아 버렸다.

얼마 만인가 눈을 떴을 때 의자에 앉은 여자의 뒷모습이 화면을 가득 채우고 있었다. 생의 투지와 희망이 빠져나간 여자의 두둑한 어깨가 간혹 들썩거렸는데 변조된 음성 탓인지 그마저도 우스꽝스러워 보였다. 화면 아랫부분에 여자의 나이(43세), 남편의 직업(외과 의사)이 뜨고 여자는 일러바치는 듯 경박한 어조로 속사포처럼 말을 쏟아 냈다.

「우리 남편은요, 누가 봐도 정상적인 사람이에요. 보통 땐 너무 멀쩡하고 유능하다니까요. 정말이에요. 그러니까요, 이런 남자한테 죽어라 맞다 보면 이런 생각이 들어요. 내가 맞을 짓을 했으니까 때리는 거겠지.」

「실제로 맞을 만한, 죄송합니다, 어떤 경우에도 이건 있을 수 없는 일이지만요, 그런 일이 혹시 있었습니까?」

「아니요.」

여자가 간명한 대답만큼 단호히 고개를 저어 댔다. 두두룩한 어깨 위에서 자동인형처럼 하염없이 흔들리고 있는 여자의 뒷머리를 카메라는 꼼짝 않고 비춰 주고 있었다. 긴 침묵과 여자의 도리질이 화면을 장악했고 카메라는 움직이지 못했다.

그녀가 저도 모르게 긴 한숨을 내뱉는 사이 화면이 바뀌어 정면으로 앉은 여자가 상담원에게 울분을 토로하고 있었다. 이번엔 목소리 대신 얼굴이 모자이크 처리되어 있었는데 초상권을 보호하기 위한 그 영상적인 트릭은 차라리 남편의 폭행에 뭉그러진 얼굴처럼 흉측해 보일 정도였다.

그녀는 정지 버튼을 눌러 뭉개진 여자의 얼굴을 지워 버렸다.

그녀는 그날 아이가 놓고 간 비디오테이프를 끝까지 다 볼 수가 없었다. 테이프에 담긴 메시지보다 그것을 던져 놓고 간 아이의 심중을 캐내는 일이 더 절박했던 탓이었는지 모른다.

아이의 책상 앞에 앉아 커피를 마시며 그녀는 늘 그 자리에서 아이의 흔적을 더듬던 여느 날의 그녀와는 다른 자신을 느낀다. 불현듯 아이의 모든 것이 낯설어 보인다. 초경을 치르고 가임 여성이 된 아이는 부재중이었지만 곁에 있던 그 어느 때보다도 낯선 존재감으로 그녀를 휘감는다. 아득하고 아프다.

그녀는 아이의 방을 나와 먹지 않은 아침 설거지거리가 그득 쌓인 개수대를 남의 집 부엌 구경하듯 물끄러미 바라본다. 식탁 위의 커피 메이커는 아직 전원이 켜진 채였고 커피는 식지 않았으리라. 그녀는 보온병을 찾아내 유리 포트의 커피를 쏟아 붓고 벽에서 코드를 뽑는다. 그리고 포스트잇 하나를 냉장고에 붙인다.

우리 딸, 오늘 놀랐지? 축하해.

엄마 외출한다. 이따 만나.

평일 오전의 고속도로는 거칠 것 없이 뻗어 있다. 톨게이트 전광판에 '소통 원활'이란 붉은 글자가 뜬 것을 보고 지나쳐 오긴 했지만 유난히 도로가 비어 있는 느낌이다. 생각해 보니 평일 오전에 고속도로를 달려 본 기억은 없는 것 같다. 대개 주말 오후나 공휴일이었고 운전을 남편에게 맡기자니 어쩔 수 없었다. 운전을 싫어하는, 특히 고속도로에서의 장거리 운전을 극력 기피하는 그녀로서는 주말 고속도로 체증에 매번 험악해지는 남편을 견디는 수밖에 달리 도리가 없기도 했다. 그러니까 이 고속도로 주행은 남편이 떠나고 난 뒤로 처음이며 혼자 찾아가는 길로도 초행인 셈이다. 그녀는 혼자서 이 길을 가본 적이 없다는 걸 이제야 깨닫는다. 늘 운전을 핑계로 남편을 대동하거나 그도 아니면 딸아이를 앞세워 고속버스를 탔었다. 그녀 자신도 모르게 몸에 밴 어머니를 대면하는 방식이었다. 이 길을 오가기 전 몇 달간 어머니가 집에 머물렀을 때에도 단둘이 마주한 기억은 없다. 집 안에 단둘이 남겨져 있을 때조차 따로 밥을 먹는 게 자연스러웠다. 가족이란 미명 속에 감춰진 스산한 기억은 늙고 병든 어머니의 식물적인 외양으로도 희석되지 않았다. 습관이 쌓여 삶이 만들어지는 터, 그녀에게는 어머니와 함께한 습관이 흔적으로도 남아 있지 않았다. 어머니는 항상 부재했고 남아 있다면 어둡고 텅 빈 상실감 속에 내던져진 아이의 불안과 두려움, 그것이야말로 오래고 오랜 습관이 아니었을까.

딱 한 번 어머니와 마주했던 기억은 그래서 더욱 또렷이 남아 있다. 지금의 딸아이만 했던 그녀를 찾아온 어머니와 학교 앞 제과점에서였다. 어머니는 화사한 차림새였고 손톱에 칠한 살굿빛 매니큐어의 광택이 접근을 가로막는 표시처럼 시종 눈앞에서 반짝거리고 있었다. 그때 어머니에게는 자식이 셋이나 있었다. 누가 가르쳐 준 것도 아닌데 어쩐 일인지 그녀는 어머니의 새 삶에 대해 다 알고 있었다. 어머니는 집을 나간 이후 남자 아이 둘과 여자 아이 하나를 낳았다. 물론 그녀는 모르는 아이들이었다.

「너 그거 시작했니?」

크림빵을 포크에 찍어서 건네주며 어머니가 물었다. 난데없이 학교 앞으로 불쑥 찾아온 어머니와의 어색한 대면에 주눅부터 들어 있는 그녀를 향해 다짜고짜 던진 질문이었다.

「월경 말이야.」

소녀 아이는 화들싹 놀라 고개를 저었다. 죄를 지은 듯 창피하고 불결한 기분이 들었다. 때문에 마주 앉아 있는 것도 거북했고 어머니 얼굴을 더는 쳐다볼 수도 없었다.

「이제 그거 시작하면 각별히 몸가짐을 조심해야 해. 알지?」

생의 선물처럼 기대하지 않았던 만남이었지만 설렘도 애틋함도 일체 없었다. 더러운 비밀을 공유한 여자로서의 동질감 같은 걸 은밀히 확인시키려는 낯선 어머니가 역겨웠을 뿐이다. 그날의 어머니는 모녀를 넘어서 단지 여자라는 광활한 유대감 속에 한 소녀 아이를 밀어 넣고 자신의 전부를 이해받으려는 것만 같았다.

「할 말이 그거뿐이에요?」

그녀는 포크를 내려놓고 나서 비로소 어머니를 똑바로 쳐다보며 물었다.

「얘, 이게 여자한텐 얼마나 중요한 문젠데.」

「나도 다 아니까 걱정 마세요. 이제 더 할 말 없죠?」

그녀는 보란 듯이 일어나 빵집 문을 밀치고 나왔다.

그리고 그해 겨울, 그녀는 초조를 맞이했다. 정작 어머니의 존재가 절실히 필요한 건 그때였다. 아버지가 잠든 한밤중, 수돗가에 쪼그리고 앉아 찬물에 담가 둔 광목 생리대에서 핏물이 빠지길 기다리노라면 대야 가득 검붉은 핏물이 불길한 전조처럼 우러났고, 그 속에 손을 집어넣고 주물러 헹구는 노동이야말로 끔찍하게 싫었다. 누가 있어 대신해 줄 수만 있다면 더 바랄 게 없을 것 같았다. 그 누구는 세상에 오직 한 사람, 어머니뿐이었다. 밤마다 시리고 곱은 손으로 피 걸레에서 맑은 물이 우러나도록 헹구고 또 헹구며 어머니가 부재한 자신의 운명을 그렇게 마주해야 했다.

딸아이가 태어날 때까지 그녀는 허허벌판에 홀로 서 있는 나무 같았다.

홀로 시간에 몸을 맡긴 채 지루한 생의 법칙을 견디는 줄 모르고 견디었다. 서른을 훌쩍 넘긴 그녀의 몸에서도 법칙은 엄격했다. 달의 운행을 품은 그녀의 몸은 지치지도 않고 어김없이 28일 주기로 피를 쏟아 냈다. 28일 만에 몸의 물길이 열리고 뜨거운 흐름이 감지될 때마다 그녀는 그 신호의 잠재력에 잠시 멈칫하고 머나먼 꿈을 꿔보기도 했다.

그는 그녀가 숍 마스터로 일하는 의류 매장에 납품을 하는 회사 영업 담당 직원이었다. 한여름에도 흰 와이셔츠에 보랏빛 넥타이를 단정히 매고 매장을 돌았다. 판매원도 손님도 여자들뿐인 여성복 매장에 그가 들어서면 아연 활기가 넘쳤다. 영업상 정기적으로 매장을 방문했지만 때로 일없이 지나치다 기웃거리기도 했는데 그럴 때면 늘 손에 간식거리가 들려 있었다. 판매원들뿐 아니라 아르바이트 직원들까지도 그를 반겼다.

그녀가 보기에 그는 밝고 재밌고 어린 남자였다. 밝고 재밌고 어렸으므로 그녀와는 사뭇 다른 인종으로 여겨졌다. 그가 매장 한가운데 놓인 소파에 앉아 직원들과 너스레를 떨며 웃는 동안에도 그녀는 대개 그들과 멀찍이 떨어져 카운터를 지키거나 디스플레이를 점검하거나 그것도 아니면 출입문에 시선을 고정시켜 두곤 했다.

그녀는 벌판에 홀로 서 있는 나무여서 누가 다가와 건드려 주지 않는다면 혼자 어쩌지 못했다. 그녀 쪽에서 누군가에게 다가가려면 뿌리째 뽑혀야 했을 것이다. 그런데 그가 다가왔다. 실제로 그녀에게 다가와 말을 건네거나 손을 내밀기 전에, 늘 멀찍이 떨어져 있을 때에 이미 그의 존재는 그녀에게 덧씌워지기 시작했던 것 같다. 그도 그랬을까.

「같이 가요.」

회식 자리가 막 끝나고 밤길을 돌아서는데 방금 헤어진 그가 따라와 그녀 옆에 섰다. 어둠 속에 서 있는 그는 어딘지 모르게 밝고 재밌고 어린 남자와는 달라 보였다. 이제 그들 사이에 고가 의류가 진열된 매장의 번들거리는 대리석 바닥이나 낮에 주고받던 전표나 서류 따위는 없었다. 그녀는 그가 이끄는 대로 고분고분 지하 술집으로 내려갔다. 둘은 맥주를 마셨다. 밝고 재밌고 어려 보이던 남자는 술을 마시며 점점 눈에 띄게 변해 갔다. 그는 더 이상 어려 보이지 않았고 밝거나 재밌지도 않았다. 술을 마실수록 표정은 어둡고 음울해져 갔는데 술잔을 내려놓거나 담배에 불을 붙이는 손길과, 술에 젖은 말투엔 언뜻 폭력성마저 위태로이 배어 있었다. 알 수 없는 일이지만 그제야 그녀의 마음이 편안해졌다.

멀찍이서 바라보던 그의 실체를 그녀의 익숙한 세계 속에서 마주친 안도감이기도 했다. 그는 그녀가 오래 꿈꿔 왔던 그 어떤 대상도 아니었다. 아니, 그를 마주하고서야 비로소 그녀는 자신이 아무런 꿈도 갖지 않고 살아온 것을 알았다.

그날, 아파트 현관문에 열쇠를 꽂을 때 그녀는 처음으로 혼자가 아니었다.

문을 열고 안으로 들어서자마자 그가 그녀를 와락 껴안으며 말했다.

「당신, 혼자였어?」

그녀는 허둥대는 그를 식탁 의자에 앉혀 두고 냉수 한 컵을 내민 다음 욕실로 들어가 몸을 씻었다. 그녀가 나오자 그는 자리에서 일어나 먼 곳의 그녀를 향해 다가오듯 그윽한 시선으로 발을 떼었다. 혼자 살기에도 비좁은 원룸이 갑자기 아득한 공간으로 변해 있었다. 조심스레 다가와 그녀의 얼굴을 두 손으로 감싸 쥐고 눈을 들여다보며 깊은 곳에서 끌어올린 듯한 목소리로 그가 말했다.

「난, 당신 같은 여자가 좋아.」

그에게 몸을 맡긴 채 그녀는 생각하고 또 생각했다. 나 같은 여자? 나는 어떤 여자일까?

자신의 존재가 타인에게 남김없이 수용되는 일체감의 전율 끝에 무언지 모를 모멸이 묻어났다.

그날 이후, 그는 그녀에게로 들어왔다.

낮엔 여전히 명품 의류가 진열된 매장에서 넥타이를 단정히 맨 밝고 재밌고 어려 보이는 납품 회사 직원인 그를 만나 주문서를 건넸다. 전처럼 눈길 한 번 마주치는 법 없이 어린 판매원들과 시시덕거리는 걸 멀찍이서 지켜보았다. 밤이면 그는 넥타이를 풀듯 몸과 마음의 걸개를 치워 버리고 딴사람이 되어 그녀를 탐했다.

낮의 그는 여자들에게 인기가 많은 남자였다. 매장 직원들뿐만 아니라 몇 번 마주친 고객들이라면 누구라도 그에게 선선히 호감을 드러냈다. 그는 누구에게나 한결같은 배려를 잃지 않았는데 영업 사원의 몸에 밴 상술로는 느껴지지 않을 만큼 특별한 데가 있었다. 낮의 얼굴과 밤의 얼굴이 너무 달라 마치 두 사람을 보는 것 같았다. 그녀는 낮과 밤 사이에서 점점 지쳐 갔다. 그는 이런 그녀를 파고들며 주문을 걸듯 되풀이했다.

「난, 당신 같은 여자가 좋아. 당신은 달라.」

그녀의 몸에서 달의 운행이 멈췄다.

그것은 그녀에게 너무도 많은 걸 의미했다. 제일 먼저 어머니가 생각났다. 어머니는 아버지와 살지 못하고 떠나갔다. 그녀가 학교에 들어가기도 전의 일이었다. 기억 속의 부모는 늘 싸웠고, 어린아이의 눈에 부모의 싸움은 그저 삶의 일부쯤으로 여겨졌다. 싸움의 공식은 매번 정확히 반복되었다. 아버지의 매질이 시작될 듯싶으면 어린아이는 집 안 어디로든 재빨리 숨어들어 두려움에 떨며 그들의 싸움이 어서 지나가 주길 기다렸다. 어린아이에게는 조그만 몸을 다람쥐처럼 감쪽같이 숨기는 재주가 있었다. 어린아이는 아버지의 폭력보다 어머니의 가출이 더 무서웠다. 아버지의 매질을 못 견딘 어머니가 한밤중에 속옷 바람으로 뛰쳐나가는 걸 몰래 숨어서 지켜보기만 했다. 그러나 한차례 폭풍이 몰아치고 나면 다시 집 안은 잠잠해졌고 어느새 돌아온 어머니는 부엌에서 달그락

거리고 있었다. 불안과 두려움의 일상조차 익숙한 삶이었던 이유
는 집을 뛰쳐나간 어머니가 며칠 밤만 자면 아무렇지도 않게 돌아
오리라는 믿음, 그것 때문이었으리라.

어느 날 어머니는 집을 나가 다시 돌아오지 않았다. 어린아이의
셈법으로 돌아올 날이 한참이나 지났는데도 돌아오지 않았다. 아이
가 학교에 들어가고 봄 소풍을 가고 가을 운동회가 열려도 어머니
는 끝내 돌아오지 않았다. 그처럼 오랫동안 어머니가 돌아오지 않
는 일상에 어린아이는 좀처럼 익숙해지지 않았다. 웬 낯선 여자가
집에 들어와 어머니의 화장대를 차지하고 앉아 화장을 하고 어머니
의 손때 묻은 부엌살림을 함부로 다루는데도 어머니는 돌아올 줄
모르고 있었다. 나중에 어머니가 팔자를 고쳐 애를 낳았다는 동네
어른들의 수군거림을 엿듣고서도 아이는 내내 어머니를 기다렸다.

학교 앞으로 찾아온 어머니와 처음으로 마주 앉았던 그때에도
그녀는 여전히 어머니를 기다리는 중이었다.

달의 운행이 멈추자 그녀는 그때까지도 해체된 가족의 흔적을
지우지 못하고 있는 자신과 맞닥뜨렸다. 어쩌면 그 순간이야말로
절실히 어머니를 기다리는 아이가 된 심정이었다. 끝내 완성되지
못한 가족에의 꿈이 전혀 예기치 못했던 지점에서 꿈틀거렸고, 한
편 두려웠다.

모호하고 이중적인 그와의 관계는 더 이상 지속되기 어려워졌

다. 그의 편의대로 살아가기를 그녀의 몸이 먼저 거부할 것이기 때
문이었다.

그의 첫 번째 반응은 실소였다.

「당신이 엄마가 된다? 이거 영 상상이 안 되는데. 안 어울려.」

모든 여자가 엄마가 되는 건 아니지만 대부분의 여자는 엄마가
될 수 있었다. 그러나 그는 애초 엄마가 될 수 없을 그녀에게 끌렸
던 것일까. 그가 읊조리던, 당신 같은 여자.

두 번째 반응은 거부였다.

「이건 너무 일방적인 게임이잖아. 정말 이런 식으로 시작하고 싶
은 건 아니겠지? 당신.」

그의 말대로 시작이 좋지 않았다.

휴게소 표지판이 눈에 들어오자 그녀는 휴게소 진입을 위해 차
선을 바꾼다. 한 시간 남짓 달려오는 동안 도로는 막힘없이 뚫려
있었고 오로지 일정한 속도로 앞만 보고 달리는 주행은 진공 상태
의 집중력을 요구했다. 휴게소 표지판의 찻잔을 보자 안도감과 함
께 피로가 몰려오는 것 같았다. 그녀는 휴게소 주차장에 차를 세우
고 운전석에 앉은 채로 보온병의 커피를 뚜껑에 따른다. 익숙한 커
피 향이 오랜 친구처럼 지친 심신을 다독인다. 그러나 정작 커피는
몇 모금 마시지 못한다. 아침부터 빈속에 마신 커피가 만성 신경성
위염을 앓고 있는 그녀의 위벽을 가만두지 않았기 때문이다. 지독

한 속 쓰림 증세와 커피 중독 사이에서 외줄 타기 하듯 오늘 하루
도 시달려야 할 것 같다. 그녀는 마시던 커피를 들고 밖으로 나선
다. 고속도로 변의 휴게소는 하나같이 상가를 옮겨다 놓은 듯 개성
이라곤 찾아볼 수 없는 풍경이다. 진열된 상품들조차 똑같아서 잠
시 머무는 여행객들에게 말초적인 편의나 제공할 뿐 그리 긴 여운
을 남기지 못한다. 그녀는 휴게소로 들어가지 않고 바깥의 벤치에
걸터앉는다.

뉴욕에서 토론토로 가는 고속도로 딱 중간 지점에 그 휴게소가
있었다. 'rest area'라는 간소한 표지판을 따라 고속도로를 빠져나
가 둥글게 한 바퀴 돌자 난데없이 드넓은 풀밭이 펼쳐졌다. 주차장
구역만 매끄럽게 포장되어 있을 뿐 온통 풀밭이었고 군데군데 나
무 그늘 아래 테이블 딸린 나무 벤치가 여행객을 기다리고 있었다.
편의 시설이라곤 화장실과 음료 자판기 말고 찾아볼 수 없었다. 국
경을 넘나드는 도로변에 그토록 한적한 휴게소가 숨어 있다는 게
믿어지지 않았다. 어찌나 한가로운지 풀밭 위 벤치에 앉아 종일이
라도 쉬고 싶었다. 아름다운 휴게소였다.

그곳에서였다. 다시 어머니를 보게 된 것이.

그녀 일행이 탄 차가 휴게소로 진입하자 먼저 도착해 기다리던
일행이 나무 그늘 아래 벤치에 앉아 있다 모두들 우르르 일어섰는
데 그중 한 노인이 풀밭을 가로질러 주차장 쪽으로 휘적휘적 걸어
오고 있었다. 개량 한복풍의 헐렁한 흰옷을 아래위로 입고 있었는

데 몸피가 줄어들어 더욱 왜소해진 체구의 골격이 멀리서도 한눈에 들어왔다. 두상이 그대로 드러나도록 짧게 친 머리칼은 햇빛을 받아 은빛으로 반짝였다.

어머니는 완연히 노인이 되어 있었다.

그곳에 오기까지, 우연이었다고 말할 수 있을까. 초등학교 마지막 여름 방학을 맞이한 딸아이와 여행을 계획하고 있을 때 미국에서 연락이 왔다.

「한번 안 올래?」

외가 쪽 친척들 가운데 유일하게 연락을 하고 지내는 이종 사촌 언니였다. 몇 년 전 아들 조기 유학을 목적으로 모자가 미국 뉴저지로 들어갔는데 서울에 남아 기러기 아빠 노릇을 하던 형부마저 사업이 부도나자 지난해 그곳으로 건너갔다. 사는 게 어려워진 후 거의 소식을 끊고 지내던 사촌 언니로부터 뜻하지 않은 제안을 받고 계획했던 여행지를 망설임 없이 뉴욕으로 돌리기까지 어머니를 방문할 의사는 꿈에도 없었다. 그곳이 어머니가 살고 있는 캐나다였다면 아예 가지 않았을 것이다.

언니네 형편을 고려해 여행사에서 권장하는 대로 미국 동부 투어 관광단을 따라다니다가 맨 마지막에 뉴욕에 따로 떨어졌을 때만 해도 힘들게 살아가는 언니 얼굴이나 보고 돌아갈 생각이었다. 하지만 언니는 이미 준비를 다 해놓은 상태였다.

216

「이모가 널 너무 보고 싶어 하셔. 하지만 몸도 성치 않은 이모가 혼자 여길 오실 수 있겠니. 그렇다고 너더러 토론토 들렀다 가라면 악을 쓸 게 분명하고. 거기 사는 애들도 우리도 다 바쁘고, 그러니 어쩌겠니. 궁리 끝에 딱 중간에서 만나기로 했다. 널 위해서는 나이아가라에서 만나 구경도 시켜 주고 하면 좋겠지만 형부가 아직 불법 체류라 국경을 못 넘거든. 뭐 어차피 너야 이렇게 잠깐 보는 게 부담도 없고 차라리 좋지?」

피할 수 없었다.

그날 아침, 어머니는 토론토에서, 그녀는 뉴저지에서 똑같은 시각에 서로를 향해 출발했다.

「처남, 우리 지금 출발한다구. 노스 17번 타고 죽 갈 거야. 그쪽도 지금 떠나서 390번 타라구. 2백 마일쯤 가서 전화하든지 이그짓 빠져나가기 전에 또 서로 연락하자구. 오케이?」

어머니의 아들과 통화하는 형부의 목소리는 피크닉이라도 떠나는 사람처럼 사뭇 늘떠 보였다.

점심때가 지나 도착한 휴게소에서는 과연 피크닉이 펼쳐졌다. 큼직한 밴에 함께 타고 온 어머니의 두 아들 가족이 여덟이었고 이쪽도 언니네 가족과 그녀와 딸아이까지 다섯이었으니 드넓은 풀밭에서 피크닉을 즐기는 어린아이들에서 노인까지 열세 명의 동양인은 누가 봐도 단란한 가족임에 틀림없어 보였다. 하늘은 구름 한

점 없이 짙푸르렀고 나무 그늘 아래 널찍한 테이블 위엔 두 나라에
서 준비해 온 음식들로 식탁이 차려졌다. 샌드위치와 김밥, 닭튀김,
과일과 음료, 커피 들은 영락없이 소풍을 위해 준비해 온 것들이었
다. 어머니의 어린 손녀 아이들이 영어를 섞어 쓰느라 더욱 알아듣
기 어려운 소리를 질러 대며 뛰어놀다 그녀를 향해 손짓했다.

「고모, 고모 컴.」

「고모를 부르네. 저것들도 핏줄이라 끌리는지 금방 널 좋아하는
구나.」

어머니의 말을 못 들은 척 그녀는 어린아이들에게 갔다. 아이들
은 처음이었지만 사랑스러웠다.

뉴저지와 토론토에서 서로 마주 보고 대여섯 시간씩 달려온 휴
게소에서의 짧은 랑데부가 끝나고 주섬주섬 빈 그릇과 쓰레기들을
치울 때, 어머니는 눈물을 훔치며 울기 시작했다. 모두 엉거주춤
어머니를 쳐다보았고 손녀 아이들은 양쪽에서 할머니의 눈물을 손
으로 연방 닦아 주며 달랬다. 돈 크라이.

벤치에 비껴 앉은 그녀는 드디어 올 것이 왔음을 알았다. 눈부신
하늘 아래 드넓은 풀밭 위에서 열세 명의 단란한 가족이 먹고 마시
고 웃고 뛰노는 꿈결 같은 광경을 연출할 때 그녀는 그들의 중심에
놓여 있으면서 엄연히 그들과 분리된 자신을 느꼈다. 거기 그녀만
없다면 피크닉 나온 여느 가족과 다를 게 없는 구성원이었다. 그녀
는 그들 한가운데 지워지지 않을 얼룩처럼 자리해 마주하기 거북

한 시선을 받아야 했다. 그들 탓이 아니었다. 모두 어머니로 인해 빚어진 불편한 관계였을 뿐이다. 오랜 이민 생활에 지친 그들이 그녀를 핑계로 만나 모처럼 그들만의 피크닉을 맘껏 즐길 때 그녀는 어머니 역시 그들 속의 얼룩으로 존재하고 있음을 느꼈다. 세상에서 어머니와 공유할 수 있는 것은 그뿐이라는 절망과 함께.

「은엽아, 할미 너 따라갈까?」

이별 분위기에 휩쓸려 처음 본 외할머니 곁에서 함께 훌쩍이고 있는 그녀의 딸아이에게 어머니는 흐느끼며 말했다. 한번 해보는 소리가 아니라 애절하도록 매달리는, 생애 마지막 절규였다.

딸아이가 울음을 그치고 그녀를 애처로이 쳐다보았고, 동시에 그녀는 자신에게 쏟아지는 만인의 시선을 느꼈다.

「엄마가 오래전부터 누나한테 가고 싶다고 가방을 싸놓고 사셨어. 오늘도 일찌감치 그 가방부터 차에 실어 놓으셨더라구. 우리 몰래.」

「이 기회에 한번 나갔다 오시는 것도 괜찮을 것 같은데, 처제.」

「더 늙기 전에 다녀오시면 우리야 안심이지. 저러다 병나실까 봐 걱정이라니까. 누나 사정은 어때?」

어머니의 두 아들은 처음 보는 그녀에게 누나 소리를 천연덕스럽게 해댔다.

「오케이. 이모님, 우리 차로 가세요. 이런, 몸집만 조금 크셨어도 못 가실 뻔했네.」

어머니는 다시 돌아가지 않았다.

은엽이만 아니었어도. 그녀는 돌아가지 않는 어머니를 볼 때마다 혼자 되뇌곤 했다. 딸아이의 존재는 어머니를 향한 그녀의 정직한 표현을 주춤거리게 했고, 어머니는 늘 아이 뒤에 숨었다. 어머니의 자식들은 처음 몇 번만 제외하곤 아예 안부 전화마저 끊었다.

그녀는 톨게이트를 통과하자 국도를 타기 위해 서서히 우회로로 진입한다. 어머니는 노후 연금이 보장된 캐나다로 돌아가는 대신 지방의 실버타운을 택했다. 그녀의 집에 머무는 몇 달 동안 어머니는 아파트 노인정에서 친구를 여럿 사귀었다. 다양한 인생 편력과 해외 체류 경험에서 쌓인 이야깃거리로 무료한 노인들을 단박에 사로잡았다.

「거긴 노인 천국이지, 암. 죽을 때까지 나라에서 다 돌봐 준다우. 나도 아들 둘이 다 거기서 성공해서 잘 살지만 자식 신세 질 필요가 하나 없어요.」

천국을 마다하고 시골의 노인 시설을 찾아 떠날 때, 어머니가 그녀에게 한 당부였다.

「할멈들한텐 나 카나다 갔다고 해라.」

형부의 차로 어머니와 함께 뉴저지 언니네 집으로 돌아오자마자 어렵사리 표 한 장을 더 구해 셋이 서울행 비행기에 올랐을 때만 해도 기껏해야 한두 주일 거라고 그녀는 스스로를 달랬다. 그 시간이라면 그녀와 어머니 사이에 봉인된 오랜 기억은 미처 열리지 못할 것이었다. 그녀가 견디기로 작정한 시간의 열 배가 흘렀지만 그녀와 어머니 사이는 열리지 않았다. 어머니 쪽에서 사위를 통해 스스로 물러날 자리를 알아보기 시작했고, 마침내 떠나기까지 그녀가 나서서 한 일은 아무것도 없었다. 그저 처절하게 기억의 봉인을 지켜 냈을 뿐이다.

「그래, 손 안 대고 코 풀겠다 이거지. 지독한 여자.」

남편으로서는 고아나 다름없던 아내를 대신해 처음 하는 사위 노릇이란 게 장모를 쫓아내는 일이었다. 하지만 겉으로나마 남편이 가정에 전에 없는 예의를 지킨 건 다분히 장모에 대한 배려임이 역력했다. 상습적인 외박과 거친 언어폭력도 눈에 띄게 자제하는 듯했다.

남편이 한때 끌렸던 그녀를 지칭한, 당신 같은 여자란 말은 오래지 않아 그녀의 치유될 수 없는 병폐와 상처, 숱한 결함을 싸잡아 매도하는 말로 자리를 바꿨다. 한집에서 아이를 낳고 살아온 오랜 동거는 남들 결혼 생활과 다를 게 없었지만 그 속의 정신까지 닮진 못했다. 둘의 힘으로 작은 봉제 공장을 차리고 아이가 입학할 때쯤에는 아이의 출생 신고와 함께 혼인 신고의 격식을 갖추기도 했다. 그러나 그들 집은 처음 그가 드나들던 그녀의 외진 방에서 조금도 나아가질 못했다.

어처구니없게도 그녀는 어머니가 머무르던 그때, 그녀가 꿈꾸던 집의 흔적을 어렴풋이나마 본 듯했다. 남편이 늘 그녀를 일컫던 당신 같은 여자로서의 자신의 존재가 비로소 확장되는 느낌을 받은 것도 그때였다. 남편에 의해 규정지은, 당신 같은 여자로서의 삶이란 어쩌면 그녀가 자초한 것일지도 모른다. 그녀 스스로 벗어나려는 어떤 몸짓도 해보지 않았다.

남편은 폭력이 내재된 사람이었다. 화사한 빛깔의 넥타이를 즐겨 매는, 밝고 재밌는 젊음을 발산하던 때부터 그는 하루가 지나지 않아 전혀 다른 얼굴로 변하곤 하던 사람이었다. 이미 그때부터 그녀는 그의 폭력적인 에너지에 길들어 온 것인지도 모른다. 남편과 함께하는 삶엔 늘 폭력의 기운이 감돌았고 그녀는 저도 모르게 그것을 받아 줄 도구로서 자신을 준비하며 살아왔다. 그가 명명한 당신 같은 여자의 외피 속에 철저히 자신을 가둔 채.

집을 떠나기 전 어머니는 눈물지으며 그녀에게 말했다.

「이렇게 살지 마라. 너만은 에미처럼 살지 않길 그렇게 빌었건만.」

시간과 언어를 넘어선 소통의 기적에 그녀는 침묵으로 전율했다.

그러나 정작 견디지 못하고 떠나간 쪽은 남편이었다. 남편은 이제 집에 들어오지 않는다. 중국에 공장을 세운 후 그곳에서 살다시피 하지만 더러 업무차 드나들어도 집엔 들르지 않는다. 아이는 제 아빠와 통화하고 나서 불쑥 그녀에게 도발하듯 묻곤 한다.

「엄마, 아빠랑 이혼할 거야?」

가족이란 무엇일까. 남편은 돌아오지 않고 아이의 성마른 질문은 복원이 불가능해진 가족을 해체시키고 저 먼저 빠져나가려는 차가운 의지로 읽힌다. 그러나 지치지 않고 반복되는 당돌한 질문 속에 감춰진, 파국에 대한 아이의 자지러질 듯한 두려움마저 외면하지는 못한다. 아이를 향한 애처로움이 모르핀처럼 그녀의 고통을 잠재운다. 아이는 대답 없는 그녀에게 질문을 멈추지 않을 것이다. 두려움에 짓눌린 얼굴을 차갑게 위장하고서.

차는 비포장 길을 덜컹거리며 달려간다. 산으로 가로막힌 그 길 끝에 어머니가 살고 있다. 더는 길을 낼 수 없는 산과 맞닿은 곳에 울타리도 치지 않은 나지막한 가옥 몇 채가 누워 있다. 노인과 병자들이 수용되어 있는 그곳의 방 한 칸이 어머니의 생애 마지막 거처이다. 방은 가구 하나 없이 단출해서 절간의 객사를 닮았다.

어머니는 왜 노인 연금을 마다하고 이 궁벽진 곳에 자신의 여생을 부려 놓은 것일까.

마흔일곱에 이를 때까지 틀어막았던 기억의 봉인이 그 아침 개봉한 커피 봉지 터지듯 폭발해 그녀를 이곳까지 데려왔다. 추운 겨울날 초경을 맞으며 그토록 어머니의 부재에 막막했건만 딸아이는 저 혼자 혈흔 한 점 남기지 않고 나갔다. 아이의 손을 놓치지 않겠다는 집념이야말로 남편을 견디는 힘이었다. 이제 남편은 떠나고,

아이는 그녀의 손길을 뿌리친다.

차바퀴가 우둘투둘한 길을 타 넘을 때마다 그녀의 몸이 통째로 흔들린다. 단단한 껍질 속의 오래고 오랜 고요가 그녀의 흔들리는 몸과 함께 일렁이기 시작한다. 일순 진공을 뚫고 분출하듯 그녀 안의 무언가가 미친 듯이 터져 나온다. 통곡이다. 운전대를 꽉 움켜 잡은 두 손은 그녀의 넘쳐흐르는 눈물을 닦아 주지 못한다. 몸의 울음처럼 차는 덜컹거리며 쉼 없이 달려 나간다. 저 멀리 뿌옇게 흐린 전방에 누군가 나와 손을 흔들며 서 있다. 그녀의 눈물을 닦아 줄 한 사람, 어머니일지도 모른다.

저녁 한때

빵과 와인

순복은 남편과 이탈리아 식당에서 마주 앉았다. 새하얀 식탁보가 씌워진 식탁에는 은 식기들이 가지런히 세팅되어 있었고 웨이터는 소리 없이 다가와 레몬 향이 배어나는 물을 유리잔 가득 따라 놓고 물러갔다. 주문하기 위해 메뉴를 들여다보느라 고개를 숙인 남편의 정수리가 순복의 눈앞에서 반짝하고 빛났다.

고개 좀 들어, 하려다 순복은 지그시 눌러 참았다. 25년이나 살아 냈는데 저깟 대머리쯤 못 참을까.

그들의 결혼 25주년 기념일 저녁이었다. 순복은 메뉴를 펼쳐 들고 남편과 함께 음식을 고르기 시작했다. 실내의 조명이 밝지 않은 탓인지 글씨는 흐릿하게 어른거릴 뿐 한눈에 들어오지 않았다. 그러고 보니 안경을 벗어 두고 메뉴 판을 아예 눈에 갖다 댄 근시안의 남편 역시 지금 그녀와 똑같은 난관에 봉착해 있을 터였다.

「뭐 좀 보여?」

순복이 남편을 향해 몸을 기울이며 소리 죽여 물었다. 순복은 남편과의 사이가 휑하니 느껴질 만큼 유난히 큰 식탁에 벌써부터 주눅이 들었다.

「그러니까 내가 고기 집으로 가자고 그랬지.」

남편은 메뉴에 고개를 처박은 채 정수리의 머리칼이 뭉텅 날아가 버린 자신의 알머리를 순복 앞에 고스란히 드러내 놓고 있는 걸 아는지 모르는지 투덜거렸다.

「한번 읊어 봐.」

순복은 자신의 메뉴 판을 받쳐 들고 남편이 번호 붙여 읽어 내려가는 요리 하나하나에 우아한 눈길을 보내는 척했다. 남편은 농어 요리를 순복은 파스타 세트를 시켰다.

빵과 함께 내온 와인을 한 모금 마시고 난 남편의 얼굴에 화색이 돌았다. 남편에게 술은 묘약과도 같은 존재다. 그것은 지루하기만 한 일상에서 남편을 일순 팬터지의 세상으로 옮겨다 줄 만한 힘을 지니고 있는 것처럼 보인다. 대체 술이 뭐기에. 남편은 일을 마친 대부분의 시간을 술과 함께 보낸다. 과다한 폭음의 방식이 아니라 야금야금, 홀짝홀짝, 술이 자신의 몸에 서서히 스며들어 주기를 고대하며 느릿느릿 마시는 방식이다. 그 스스로 인생의 3분의 1은 술 기운에 취해 살아가는 삶의 방식을 택했다고 보면 될 것이다. 그런 까닭에 명징한 정신과 육체를 필요로 하는 일에서 남편은 아예 손을 떼고 산다. 운전이라든지, 기계를 다루는 일이라든지, 정확한 기억력과 계산력을 요하는 은행 관련 업무라든지…….

남편이 인문학의 길을 택한 것도 어찌 보면 술과 무관하지 않을 것이란 생각을 순복은 하고 있었다. 일상과 괴리된 추상과 관념의 정신세계는 남편이 술의 힘을 빌려 탐닉하곤 하는 팬터지의 세계와 맞닿아 있을지도 모른다.

「벌써 25년이나 됐다구?」

와인을 홀짝이는 남편 앞에 맨송맨송 앉아서 음식이 나오길 기다리던 순복이 사뭇 도전적인 투로 말했다. 뱉어 놓고 보니 별 의미도 없는 말이었다. 그저 25주년 결혼기념일의 의식처럼 그렇게 말했을 뿐이다. 아니 그렇게라도 말하지 않으면 25년이란 세월에 탕진해 버린 자신의 생을 돌이켜 볼 수조차 없을 것 같아서였다.

순복은 지지난달에 다녀온 친구 정애의 친정 부모님 금혼식을 떠올렸다. 호텔 연회장을 빌려 팔순이 넘은 두 노인네에게 대례복을 입히고 사모관대로 치장해 혼례식을 거행하는 동안 자식들과 하례객들은 시종 감격 어린 시선으로 행사를 지켜보고 있었는데 정작 주인공인 노부부는 그다지 즐거워 보이지 않았다.

「얘, 너무 지쳐 보이신다. 그저 상이나 차려 드리지 꼭 혼례식을 치러서 노인네들 고생을 시켜 드릴 건 뭐니.」

순복이 정애에게 넌지시 말을 건네자 정애는 정색을 했다.

「그렇지 않아. 혼례식을 꼭 해야만 내세에 다시 만나더라도 부부의 연을 맺을 수 있다는 거 아니니.」

그때 순복은 묻고 싶은 걸 간신히 참았었다. 네 어머니가 원하시던? 대신 순복은 반사적으로 내심 다짐했었다. 난 절대 금혼식 따위는 하지 않으리라.

그때를 생각하니 슬몃 웃음이 비어져 나왔다. 그게 뭐 그리 근거 있는 말이라도 된다고 맹세에 맹세를 거듭했었던지 지금 생각하니 어이가 없기도 했다.

「왜 웃어?」

히죽거리며 앉아 있는 맞은편의 순복에게 남편이 궁금증을 못 참겠다는 표정으로 물었다. 남편은 순복에게 그런 사람이었다. 아마 순복이 맞은편에 앉아 울고 있었다면 먼 산을 쳐다보며 모른 체했을지도 모른다. 그는 아내의 슬픔이나 고통, 외로움 따위에는 그다지 큰 관심을 기울이지 않는 편이다. 어차피 그런 것들은 스스로 해결하거나 극복해야 한다는 신조를 굳건히 고수하고 있는 사람이다.

「왜 웃냐구?」

하지만 무슨 재미난 사건이나 흥겨운 일에 있어서는 절대 그냥 지나치는 법이 없다.

「아무것도 아니야. 그냥 우스운 생각이 떠올라서.」

「무슨 생각인데?」

무슨 생각? 당신과 다시는 부부의 연을 맺지 않기 위해 이다음에 절대로 금혼식 따위는 하지 않겠다는 굳은 의지라고나 할까. 우리가 앞으로 25년을 함께 더 산다면 말이지만.

「뭘 그렇게 꼬치꼬치 알려고 해. 아무것도 아니야. 우리 친구들
이야기야.」

남편은 몹시 아쉽다는 표정으로 순복의 입매를 뚫어져라 쳐다보
고 있었다. 순복의 입이 다시 열리지 않자 그는 와인 잔을 들어 자
신의 입술을 적셨다.

전채

이탈리아 식당에 저녁 식사를 예약해 둔 건 순복이었다. 결혼 25주
년, 이름하여 은혼식이었다. 이것은 혼자서도, 여럿이도 아닌 오직 남
편과 단둘이 함께해야 할 시간이란 뜻이었다. 결혼 25년에 이른 순복
에게 남편과 함께할 수 있는 일로 남아 있는 것이란 먹는 일뿐이었다.

붉은 완숙 토마토 사이사이에 모차렐라 치즈를 끼워 놓고 발사
믹 오일 드레싱을 끼얹은 샐러드가 나왔다. 순복은 포크를 들어 토
마토에 치즈를 얹은 뒤 한입 가득 베어 물었다. 향긋하면서도 고소
한 풍미가 입 안에 감돌며 식욕을 자극해 왔다. 순복은 스스로 생
각해 보아도 자신에게 남아 있는 감각은 미각뿐인 것 같았다. 이젠
남편과의 섹스조차 공부하듯 치러야 한다. 어쩌면 모든 감각이 퇴
화한 대신 미각만 기형적으로 발전한 것인지도 모른다. 남편이 술
에 탐닉하는 것과 다를 바 없었다.

「25년 전 우리 결혼할 때 말이야.」

「응?」

「그때 내 체중이 얼마였는지 알아?」

「음, 지금의 딱 절반쯤?」

남편의 과장도 이젠 순복을 그다지 자극하지 못한다. 25년이란 시간 저 너머의 자신이 남처럼 여겨질 뿐이었다.

생각해 보니 순복이 남편을 처음 만난 곳도 식당이었다. 순복이 대학을 졸업하고 1년여를 기다리다 발령받은 중학교는 경기도 관내에서도 오지에 속하는 궁벽진 시골에 있었다. 교직원이라고 해 봐야 교장과 서무과 직원을 다 합해도 채 스무 명이 되지 않는 작은 학교였는데 순복이 영어과 교사로 부임해 그들의 빈자리를 채운 첫날 저녁에 학교 앞 식당에서 곧바로 회식이 벌어졌다. 교직원들은 대부분 집을 떠나 학교 사택에서 자취를 하거나 하숙을 하는 처지들이라 한 가족과 같았다. 생애 첫 직장으로 그곳에 온 순복은 그들로부터 넘치는 환대를 받았다.

돼지고기가 구워지고 술잔이 이리저리 도는 동안 회식 자리는 점점 무르익어 갔는데, 그때 순복은 그 자리에 참석하지 않은 어떤 존재에 솔깃해지고 있었다.

「임 선생은 왜 안 와?」

「출장 갔잖아.」

「이 총각 왜 이렇게 늦어.」

아마 교사 하나가 출장으로 회식 자리에 빠진 듯한데 연방 총각
이라는 호칭을 붙여 가며 자리에도 없는 그를 드러내려는 그들의
의도가 처녀 선생 순복에게 쉽사리 간파되었다.

그런데 회식이 막바지에 이르러 과연 그 총각이 식당에 들어섰
다. 일순 좌중에서는 박수가 터져 나왔고 그는 그날 새로 부임한
순복보다도 더 요란한 환대를 한 몸에 받았다.

「자아, 자, 인사들 하세요. 이쪽은 오늘 부임하신 영어과 김순복
선생님, 그리고 이쪽은 국어과 임석규 선생. 우리 학교 보배 숫총
각 선생님입니다.」

부임 교사 환영식 자리는 돌연 처녀 총각 맞선 자리가 되어 버렸
다. 초임 교사 순복은 이미 두어 시간씩 술과 고기와 질펀한 웃음
소리에 섞여 긴장이 다 풀린 후였으나 이제 막 들어선 총각 선생은
외려 몸 둘 바를 몰라 하며 어정쩡 방문 앞에 서 있었다. 그 총각
선생은 차림새부터 순복의 눈길을 끌었다. 그가 한 벌로 차려입은
자주색 트레이닝복을 위에서부터 아래로 훑어 내려가 순복의 시선
이 멎은 곳은 그의 푸르닝닝한 맨발이었다. 그는 지금 출상에서 돌
아와 집에 들렀다 나온 것이 아니었다. 마을에서 유일한 식당은 정
거장 바로 앞에 있는 탓에 하루 여덟 번씩 지나다니는 읍내행 왕복
버스쯤은 밥 먹다 말고 냅다 뛰어나가서 타도 될 정도였다. 그가
들이닥치기 직전 읍내에서 들어오는 막차 소리가 들렸고 술에 취
한 교사들이 일제히 임 선생 도착했다, 하며 문 쪽으로 고개를 빼

는 걸 순복은 놓치지 않았었다. 저 차림을 하고 군 교육청으로 출장을 다녀왔다는 건가. 게다가 양말도 신지 않고서. 때는 초봄이었다. 아직 식당 홀에서는 연탄난로가 타고 있었다.

「잘 오셨습니다. 임석규라고 합니다.」

검은 뿔테 안경 너머의 활짝 웃는 눈이 천진스러워 보이는 그 총각이 꾸벅 고개를 숙여 인사를 했다. 다듬지 않은 수북한 머리털이 순복의 시야를 가로막았다.

그로부터 20년을 넘기지 못하고 그 거추장스러울 만큼 수북하던 머리털이 하나 둘 뽑혀 나갈 줄 알았어도 그와 결혼이란 걸 했을까. 40대 중반에 접어들면서부터였을 것이다. 남편의 정수리 부분이 성글어지기 시작했다. 동전만 하던 탈모 자국이 점점 그 영역을 넓혀 갔고 영락없는 대머리의 징후인 것이 판명되었을 때, 그때부터였을 것이다.

결혼 이후 순복의 주위를 맴돌던 정리되지 않은 불편과 불만과 불안의 감정들은 비로소 거처를 찾은 듯 일제히 남편의 벗겨진 정수리를 향해 맹렬한 속도로 달려 나갔다. 그때부터 순복은 막연한 그 무엇이 아닌 확실한 대상을 찾은 것에 득의양양해서 남편의 알머리에 미움의 집중포화를 퍼붓기 시작했던 것이다. 그리고 남편의 외형적 변화에 비례해 순복 역시 변화하고 있는 자신을 느낄 수 있었다. 그 변화란 남편의 대머리처럼 겉으로 숨김없이 드러나는 그런 유형의 변화와는 다른, 좀 더 내적이고 혼란스러운 변화였다.

그 누구보다 먼저 순복 스스로 자신의 변화를 알아차렸다.

처음 자신의 변화와 직면했을 때 순복은 너무도 낯설어서 도저히 자신이라고 믿기지가 않았었다. 그건 마치 자신 안에 타인이 들어와 있는 느낌이었다. 그 타인은 거칠고 공격적인 성향을 띠고 특히 순복의 남편을 향해 즉각적인 반응을 표출하기 시작했다. 전에 없이 남편을 향해 사뭇 도발적인 언사를 당당하게 퍼부어 대고 나서도 순복은 천연덕스러웠다. 그것은 자신이 아닌 그녀 안의 타인이 한 짓이기 때문이었다.

마치 자신을 송두리째 잃어버린 것만 같은 절망감이 덮쳐 오기도 했다. 스스로 병증이라 여기며 털어놓았을 때 친구가 말했다.

「얘, 그거 두말할 거 없이 갱년기 증상이다. 너한테서 여성 호르몬이 빠져나가고 있는 거라구. 너 생리 주기 뜸해졌지? 부인과 한번 가봐. 가서 여성 호르몬 처방받아. 에스트로겐 말이야.」

그랬다. 몸의 과학이 정신까지 지배하고 있었다. 남편에게서 머리털이 빠져나갈 때쯤 순복의 몸에서는 에스트로겐이 빠져나가기 시작하고 있었다. 몸속의 피돌기는 이제 그 순환의 역동을 늦추고 서서히 문 닫을 준비를 하고 있었다. 때맞춰 남편의 정수리가 비워지지 않았다면 순복은 그녀 내부의 순환이 삐거덕거리기 시작하던 때의 공허를 견딜 방도를 달리 어디서 찾을 수 있었을까. 남편의 대머리를 대놓고 흉보는 것은 물론 인격마저 무시하고 결혼의 실패를 공공연히 떠벌리는 삶의 무례를 마구 범하면서 순복은 스스로도 낯선 제2의 자신에 적응해 가고 있었다. 그러면서 아주 조금씩 자유로워져 가고 있는 자신을 느꼈다.

수프

샐러드 접시가 치워지고 수프가 나왔다. 오렌지 빛이 감도는 노란색의 단호박 수프였다. 씹는 수고 없이 입 안에 녹아드는 달착지근한 부드러움을 음미하며 순복은 남편을 건너다보았다. 그는 후루룩 쩝쩝 있는 대로 소리를 내가며 수프 접시를 비우는 중이었다.

순복은 남편과 함께하는 매 순간 자신을 무장하고 스스로를 속박해 왔다. 그것은 남편의 최강 무기인 무심함에 대응하는 그녀 나름의 오랜 방식이기도 했다. 순복의 시간과 감정은 남편에 의해 언제든 망쳐질 수 있을 만큼 위태로이 놓여 있었지만 실제로 남편의 위해가 개입된 적은 한 번도 없었다. 오히려 그녀 쪽에서 부딪쳐 내는 상처로 얼룩진 시간들이었다.

무심함이 때로는 미덕이 될 수도 있으련만 남편의 무심함이란 정신의 무장 해제와도 같아서 상대가 어떤 불편을 느낄지라도 본인은 한없는 자유를 만끽하는 경지에 닿아 있었다. 실은 순복의 남편이기 이전부터 그는 자유인이었다. 문제는 거칠 것 없는 자유인으로서의 그와 남편으로서의 자유인인 그 사이에 순복 자신의 인생이 걸쳐 있다는 점이었다.

청년 임석규 하면 순복은 맨 먼저 그의 벗은 발뒤꿈치가 떠오른다. 그는 늘 맨발에 슬리퍼를 꿰차고 교무실에서 교실을 오르내렸는데 혹 복도에서 앞서 가는 그의 뒤를 따르다 보면 예의 그 벗은 발뒤꿈치에 시선이 가 멎곤 했다. 마을 집집마다 지천으로 탐스럽게 열리던 알 굵은 자두를 연상시키던 붉고 둥근 뒤꿈치.

「참 싱싱했지.」

25년을 훌쩍 더 넘기고 난 이제야 순복은 그때 날마다 보았던 그의 발뒤꿈치에 대해 뒤늦은 평가를 내린다.

「뭐가 싱싱해?」

남편이 접시 바닥에 남아 있는 수프를 빵으로 훑어 내며 순복을 쳐다보았다.

「호박이 싱싱하다구.」

「이거 늙은 호박 아닌가. 싱싱해 봤자지.」

그 순간 순복은 남편의 정수리에 드러난 알머리에서 그 옛날 붉은빛으로 싱싱하던 그의 발뒤꿈치를 언뜻 훔쳐본 것 같았다.

「아까부터 자꾸 혼자 웃을래?」

순복의 입가에 번진 쓸쓸한 미소를 놓치지 않고 남편이 바싹 상체를 그녀에게 기울였다.

「뭘?」

순복 스스로도 몇 초 전 웃음 지었던 자신을 기억하지 못하고 되물었다.

「지금 또 웃었잖아.」

「내가 언제?」

「웃었어. 분명히.」

「별일이야.」

참 아득한 일이었다. 청년 임석규는 같은 처지의 동료 교사로서 순복의 관심을 끌긴 했으나 그건 그의 유별난 차림새, 순진하다 못해 천진해 보이기까지 하는 그의 태도 등에 대한 호기심에 지나지 않았다. 그랬었다. 이제 막 사회생활을 시작한 초임 교사 순복의 눈에도 전혀 닳지 않은 그의 모습은 신선하게 비쳤다. 그는 교직원 회의에서건 교장 앞에서건 분위기도 파악하지 못하고 입바른 소리를 해대서 급기야는 동료 교사들조차 그를 폭탄 다루듯 전전긍긍하게 만들었다. 수업 방식 또한 형식에 구애받지 않고 제멋대로여서 같은 과목을 맡은 교사와 여러 번 마찰을 빚기도 했다. 그런데 수업 시간에 교과서 한번 펼치지 않고 엉뚱한 책만 내리 읽어 주거나 진도는 제쳐 두고 시나 노래 가사를 외우게 하고서도 그가 맡은 반의 시험 성적은 다른 반을 앞지르곤 했다.

저 하고 싶은 대로 파격의 자유를 누리면서도 대가를 치르지 않던 그는 동료들에게 부러움과 질시의 복합적인 감정을 유발시키고 있었는데 도무지 타인의 감정 따위엔 아랑곳없이 맘껏 자유를 구가할 뿐이었다. 그때부터 이미 그는 자유인이었다. 그런가 하면 순복뿐만 아니라 어느 누구에게도 그는 사적인 감정의 통로를 열어

두지 않았다. 그와 가까워지기 위해서는 무엇보다 먼저 그의 남다름을 받아들이고 넘어서야 하는데, 누구도 그런 수고를 감당하려 하지 않았다. 그저 멀찌감치서 그를 구경하거나 그가 부르짖는 정의에 슬그머니 편승하는 데 그치는 걸로 그만이었다.

그리고 그때 순복에게는 이미 연인이 있었다. 주말이면 탈출하듯 궁벽진 시골을 빠져나가 그를 만났고, 특이하고 색다른 자유인인 임 선생은 그들의 화제에도 안줏감으로 종종 등장하곤 했다.

웨이터가 소리 없이 다가와 유리잔 가득 물을 채워 준 다음 빈 수프 접시를 치워 갔다. 바야흐로 메인 디시가 나올 차례였다. 와인으로 불그레해진 남편의 얼굴에 곧 이어질 요리에의 기대감이 넘쳐 나고 있었다. 맛있는 음식과 술이 어우러질 때 그는 세상 누구보다 행복한 사람이 되었다. 순복은 남편의 무구한 표정을 바라보며 생각했다. 여태껏 내가 25년간의 결혼 생활을 유지해 온 것은 순전히 저 표정 때문이야. 결정적인 순간에 맞닥뜨리곤 하는 남편의 그 표정은 순복의 모성 본능을 교묘히 자극해 왔다. 모성애의 문턱까지 그 표정이 턱을 받치고 바짝 다가오면 순복은 더 이상 뒷걸음칠 곳이 없었다. 아, 최악이야, 하는 순간 어딘가에 숨어 있다 어김없이 나타나는 남편의 저 생뚱맞은 표정.

지난 25년을 회고하고 있는 지금 이 순간, 극명하게 대립되는 남편과 그녀 자신의 본질, 그것은 남편이 자유로운 삶을 영위하는 동안 그녀 스스로는 자유롭지 못한 생을 살았다는 인식이었다. 25년을 한 공간에서 함께 시간을 공유해 오면서 남편은 자유로웠지만 순복은 자유롭지 못했다. 왜 나는 스스로 자유롭지 못하다고 느끼며 살아온 것일까. 다시 울화가 치밀어 올랐다.

게다가 결혼 25주년을 맞이한 이즈음 들어 순복의 분노는 그토록 오래 함께해 온 남편이 아닌 자기 자신에게로 되돌아오고 있었다. 모든 걸 자기 탓으로 돌리고 괴로워하길 반복하는 편집증적인 나날이 순복을 기다리고 있었다. 지나친 자기반성이었다.

그런데 수프 접시가 치워지고 주 요리를 기다리는 빈 식탁을 내려다보던 순복에게 문득 깨달음 하나가 날아왔다.

남편과의 결혼 전, 임석규 앞에서의 김순복은 자유로웠었다!

주 요리

남편 앞에는 구운 가지를 올린 농어 요리가 순복 앞에는 해산물 스파게티가 놓였다. 남편은 와인 잔을 들어 입 안을 한 번 적신 다음 버터에 구워 낸 농어의 흰 속살을 향해 포크와 나이프를 들이댔다. 순복은 검은 껍데기 속에 누워 있는 주홍빛 홍합을 통째로 들어 내 입 안에 넣었다. 살점이 으깨지며 첫입에 바다 냄새가 출렁였다.

개구리 울음소리가 온 마을을 공략해 대는 초여름 밤이었다.

처녀 선생 김순복의 연인이 막차에서 내려 마을로 들어섰다. 그는 달빛 아래 마을 길을 성큼성큼 걸어 김순복 선생이 방을 얻어 살고 있는 집에 이르러 창호지 댄 방문을 툭툭 두드렸다. 그 밤에 무심코 문을 열었다가 그를 발견한 순복은 자지러질 듯 놀라고 말았다. 주말이면 만나 데이트를 하는 사이였지만 그는 사전에 그곳까지 찾아오는 방법이나 그녀가 사는 곳의 정확한 위치에 대해 문의한 바가 없었다. 그는 오직 순복이 들려주었던 이야기 속의 마을을 찾아 스스로 온 것이었다. 천장 낮은 방으로 구부정하게 들어선 그가 말했다.

「찾기 쉽던데. 순복 씨가 말한 대로 버스에서 내리니까 애향다방이 있고 그 옆의 길을 따라오다가 순복 씨가 말하던 돌다리를 건너니까 논둑길이 나오고, 거 개구리 소리 참 시끄럽데, 그냥 그 길을 죽 따라 오니까 마을이 나오고 거기서 왼쪽으로 트니까 순복 씨가 말하던 그 울타리 없는 집이 나오고, 그 집에 할머니가 혼자 산다고 그랬지, 순복 씨만 보면 선상님 선상님 한다는 그 할머니 말이야, 거기서 오른쪽으로 빠지지 말고 조금 더 걸어간다고 그랬지. 야, 정말 이 불빛이 보이더라구. 순복 씨가 얘기한 것보다 더 작은 마을이야. 아, 돌다리 건너다가 순복 씨가 말하던 그 쬐끄만 교회도 봤어.」

그는 자랑스레 무용담을 늘어놓듯 단숨에 입으로 마을 지도를 그려 보였다. 덩달아 순복마저 으쓱할 정도로. 가보지 않고서도 손바닥에 그릴 듯한 묘사를 그의 머릿속에 심어 준 공로는 순복 자신의 몫이었다.

하지만 누구라도 들은 이야기만으로 눈 감고도 찾아올 만큼 마을은 너무도 빤하고 변화가 없는 곳이었다. 수요일 저녁 그저 심심한 김에 교회의 수요 예배에 참석해 마룻바닥에 무릎을 꿇고 앉아 있을라치면 설교 중인 전도사는 놀랍게도 낮에 학교에서 순복이 체벌한 학생의 이름을 들먹거렸다.

「하나님 아버지, 종학이가 마음의 문을 열고 우리 선생님의 사랑의 손길을 받아들일 수 있도록 도와주십시오.」

순복이 알아차리지 못하는 중에도 예배에 참석한 대여섯 명의 신도들 하나하나에 해당하는 기도가 있을 터였다. 이런 작은 마을이니 순복은 예고 없이 찾아든 연인이 반가운 것도 잠깐일 뿐, 아침이면 삽시간에 번져 나갈 소문의 파장에 지레 전전긍긍일 수밖에 없었다. 더구나 순복이 방을 얻어 자취하고 있는 집은 담임을 맡고 있는 반 아이의 작은집이었다. 아무리 생각해 보아도 그 밤에 막차를 타고 이야기 속 마을을 찾아온 연인의 즉흥적 낭만을 받아 줄 현실이 마련되어 있지 않았다. 순복은 자신의 열정에 도취되어 미처 상대의 처지도 헤아리지 않고 들이닥친 연인이 거추장스러워질 지경이었다. 그가 방에 들어서고 얼마 안 있어 주인집 아주머니가 삶은 고구마를 디밀며 벌써 알은체를 해왔기 때문이었다.

「선상님, 손님이 오셨나 봐요.」

「아, 예, 저어기 사촌 오라버니세요. 지나는 길에 들르셨는데 곧 가실 거예요.」

「아이구, 이 밤에 어딜 가시려고. 차도 끊겼는데. 내드릴 방도 없고 워쩐데야.」

주인아주머니, 엄밀히 말해 순복의 학부모가 혀를 츳츳 차며 삶은 고구마가 담긴 양푼을 방문 앞에 놓고 돌아갔다. 호젓한 방 안에 마주 보고 앉았으나 이미 둘 사이에 뜨거운 기운은 사그라지고 해결해야 할 숙제만 난감할 뿐이었다. 어서 이 비좁은 공간에서 연인을 쫓아내야만 했다. 순복이 난국을 수습하기 위해 안절부절못하는 동안 그녀의 연인은 고구마를 벗겨 먹으며 처음 와본 여자의 방을 흥미롭게 휘휘 둘러보고 있었다. 그러더니 순복의 눈치를 살피며 혼잣말처럼 내뱉었다.

「여기가 천국이네.」

「나가야 돼.」

순복이 단호히 잘라 말했다.

「어디로 가? 막차 타고 왔는데.」

「그러니까 누가 오래. 연락도 없이.」

「어차피 이렇게 된 거 우리 그냥 여기 있자아.」

「뭐라구? 누구 망하는 꼴 보고 싶어서 그래?」

「사촌 오빠 하룻밤 재워 준다는데 뭐가 문제야? 시골 인심 참 야박하네.」

「일어나, 당장.」

　밤길을 걸었다. 밤하늘의 별들이 화르르 쏟아져 내릴 듯 그들의
머리 위에서 빛을 뿌리고 있었고 개구리들은 당장이라도 논에서
튀어나와 좁다란 논둑길로 위태로이 걷고 있는 그들의 발목을 물
어뜯을 기세로 울어 대고 있었다. 순복이 앞장서 손전등으로 비추
는 길을 따라 그녀의 연인이 바짝 등 뒤에 붙어서 걸었다. 논둑길
을 따라 낮은 불빛이 지나갈 때마다 길섶에 웅크리고 있던 개구리
들은 화들짝 놀라 네 발을 뻗으며 양쪽 논으로 곤두박질쳤다. 순복
은 손전등을 땅을 향하게 잡고 조심조심 앞으로 발걸음을 내디뎠
으나 바짝 등 뒤에 달라붙어 선 연인의 숨소리와 뜨거운 콧김이 목
덜미를 간질이는 통에 어지럼증이 일었다.
　한순간 순복의 발 하나가 논둑에서 미끄러졌고 뒤따르던 그가
균형 잃은 순복의 몸을 덥석 안아 올렸다. 그리고 순복은 반사적으
로 손전등을 눌러 껐다. 순식간에 사위는 칠흑의 어둠에 휩싸였으
나 두 사람이 서로의 입술을 찾는 데는 아무 문제가 되지 않았다.
서로의 숨소리에 빨려 들어갈 듯한 진공의 순간, 개구리 울음소리
도, 밤하늘의 별빛도 그대로 멈춰 버리고 오직 둘만이 살아 숨 쉬
는 것 같았다. 두 사람의 거친 숨소리가 개구리 울음소리마저 집어
삼킨 밤이었다.
　달콤한 순간이 지나자 순복이 다시 불을 밝혀 길을 비추었다. 진

흙을 뒤집어쓴 한쪽 발이 걸음을 뒤뚱거리게 했으나 좁다란 논둑
길을 다 빠져나오도록 순복은 허공을 딛고 있는 기분이었다.

「꼭 가야 돼?」

뒤따르던 연인의 볼멘소리를 듣고서야 순복은 제정신을 차릴 수
있었다. 순복은 마을에서 산 쪽으로 올라가는 길을 향해 불빛을 비
추었다. 텃밭이나 다랑논을 낀 집들이 드문드문 이어졌고 순복은
간간이 흐린 불빛이 새어 나오는 창들을 확인하며 조심스레 앞장
서 걸어갔다. 나지막한 집들은 울타리가 없거나 있어도 대문을 열
어 둔 채로 밤을 맞고 있었다.

순복은 대문이 비스듬히 열린 어느 집 앞에서 걸음을 멈추더니
안을 살피다가 한 바퀴 빙 돌아 뒤꼍으로 가서 불빛이 새어 나오는
창을 향해 돌멩이를 집어던졌다. 그러고는 창문 밑에서 가만히 기
다리는데 이내 창문이 열리며,「어느 놈이야.」

일갈이 터져 나왔다.

「임 선생님, 저예요.」

「아, 김 선생님, 죄송합니다. 난 또 녀석들이 장난치는 줄 알고.」

임 선생이 눈치 없이 하숙집 방 창문을 열고 목청을 높였다.

「저어, 임 선생님 잠깐만 이리로 나오실래요?」

「아, 네? 네.」

곧이어 임 선생이 예의 그 자주색 트레이닝 바지에 흰 러닝셔츠
바람으로 슬리퍼를 끌고 어슬렁거리며 뒤꼍으로 올라왔다. 그는

순복의 곁에 서 있는 낯선 사람을 보고도 놀라는 기색이 없었다.

「임 선생님, 오늘 하룻밤만 이 사람 좀 재워 주세요. 부탁 드려요.」

「아, 네 네.」

그는 아무것도 묻지 않았고 순복 역시 아무런 설명도 덧붙이지 않은 채 연인을 그에게 떠넘기고 돌아섰다. 어리둥절해진 순복의 연인이 앞서 내려가는 순복을 아련히 불렀을 뿐이다.

「순복 씨.」

「내일 새벽 첫차 놓치지 마.」

세상을 통째로 집어삼킬 듯 울어 대는 개구리 소리를 뚫고 순복은 총총 밤길을 걸었다.

어느새 남편의 접시가 비어 가고 있었다. 그는 포만감을 이기지 못해 허리띠를 느슨하게 한 다음 다시 와인 잔을 들었다. 혼자서 와인 한 병을 다 마셔 버린 것 같았다. 눈 주위에 붉은 반점이 번져 나간 것으로 보아 평소의 주량을 넘어선 듯했다. 결혼 25주년을 기념하기 위한 저녁 식사가 진행되는 동안 그들은 별 대화도 없이 그저 묵묵히 먹고 마셨다. 그들 사이에 무언의 시대가 열린 지는 꽤 오래되었다. 그와 함께하는 모든 것에서 즐거움이 사라진 뒤로 언제인지 모르게 대화마저 뚝 끊겨 버렸다.

순복은 남편과 함께했던 지난날의 즐거웠던 순간을 떠올려 보려 애썼다. 한데 왠지 25년 이전의 기억들만 떠오를 뿐이었다. 25년

전을 기점으로 남편은 전혀 다른 두 인물이 되어 순복의 기억을 어지럽히고 있었다. 혹 남편이 두 인물로 분리되는 시점에 그녀 자신이 가담했던 건 아니었을까.

후식

저녁 식사의 마지막 순서로 순복과 남편 앞에 후식이 제공되었다. 손대기 아까울 만큼 화사한 빛깔의 산딸기 무스 케이크와 커피였다. 순복은 식사의 즐거움을 후식에서 찾는 편이다. 포만감을 만끽한 연후에 시각과 후각과 미각을 두루 음미하며 차분히 즐길 수 있는 제2의 식사인 후식에 순복은 더 큰 비중을 두고 있었다.

「으음, 커피 냄새 좋고오.」

순복은 커피 잔을 코에 바짝 갖다 대 향을 먼저 들이마셨다. 진한 수마트라 커피 향이었다. 순복에게 있어 함께 식사한 사람과의 대화는 이때 시작되기 마련이었다. 그러나 남편은 커피에 크림과 설탕을 듬뿍 타서 휘저어 마시며 말했다.

「원두커피가 다 그게 그거지. 난 이 원두커피는 무슨 맛으로 먹는지 모르겠더만.」

남편은 인스턴트커피 애호가였다. 인스턴트라면 무조건 배척하는 남편이지만 커피만은 예외였다. 집에서도 남편은 혼자 물을 끓여 커피 가루와 크림, 설탕을 자신만의 황금 비율로 티스푼에 딱딱 재서 타 마시곤 했다. 남편이 스스로 할 줄 아는 유일한 일이기도 했다. 또한 학교 연구실에서도 자신만의 커피를 타서 방문객을 대접하길 즐겼다.

남편이 대학에 자리를 잡은 지는 10년 남짓 되었다. 그러니까 순복이 교사 직을 그만둔 지도 그 정도 된 셈이다. 불혹의 나이라 부르는 마흔이 턱 앞에 와 있는 데다 무조건 쉬고 싶었다. 남편이 박사를 준비하는 동안은 순복 혼자 직장 생활을 했었다. 새벽부터 두 아이 도시락 싸서 보내고 남편의 점심을 준비해 놓고 나면 자신은 먹는 둥 마는 둥 학교로 줄달음질쳐야 했다. 대학교수 남편을 만들기 위해 박사 학위 논문을 함께 쓰는 심정으로 산 세월이었다. 마침내 남편이 보따리장수를 접고 교수가 되었을 때 순복은 열망하던 휴식의 시간을 차지할 수 있었다.

어느 날 남편이 순복에게 넌지시 말했다.

「당신, 조심해야겠어.」

너무도 뼈아픈 지적이었지만 이미 순복의 몸과 마음은 따로 논 지 오래였다. 아직 탈모 전이었던 남편은 순복의 대책 없이 불어나는 몸집에 이따금 주의를 환기시키는 노력을 기울였다. 순복은 그녀 삶의 중심에 자신이 없음을, 아니 없었음을 뒤늦게 깨달았다. 휴식은 참 좋은 것이었다. 순복은 너무 많은 것을 한꺼번에 깨달아서 일찌감치 생이 허무해질 지경이었다. 몸고생하던 시절과 비교도 안 되게 마음이 지옥인데도 몸은 나날이 불어 갔다.

「집에서 번역 일이라도 해보지. 내가 출판사에 알아봐 줄까?」

몇 년 사이 바보가 된 기분이었다. 남편은 집에 돌아오면 여전히 애용하는 트레이닝복으로 갈아입고 소파에 벌렁 누우며 건성 물었다.

「오늘 뭐 했어?」

「아무것도.」

「운동이라도 좀 해보지?」

「싫어.」

순복은 한 떨기 꽃송이 같은 산딸기 무스 케이크를 아주 조금만 허물어뜨려 혓바닥에 올려놓고 향긋한 신맛과 단맛이 섞이며 녹아 내리는 순간을 즐겼다.

남편의 정수리가 벗겨지면서부터 자신감을 되찾은 순복은 탐식가에서 미식가로 변모했다. 별 탈 없이 이어지는 일상이 너무 지루하고 심심해서 자살이라도 저지를 것 같던 순복은 어느 날 남편의 머리에서 대발견을 했다. 그것은 놀랍게도 순복의 생을 역전시켜 놓았다. 순복은 정수리에서부터 뽑혀 나가는 남편의 늙은 머리통을 비웃고 지분거리며 조롱해 대는 사이 자신도 모르게 생의 의욕을 되찾았다. 그리고 남편은 정수리께가 훤해질수록 점점 주눅이 들어 갔다.

순복은 진한 감미가 남아 있는 입 안에 커피를 한 모금 흘려 넣고 다시 포크를 갖다 댔다. 남편의 접시엔 분홍빛 시럽만 흔적으로 남아 있었다. 이제 순복의 접시 위에 장미 꽃잎처럼 남아 있는 한 조각마저 없어지면 그들의 은혼 기념 저녁 식사는 끝날 것이다. 그러면 그들은 일어나 함께 집으로 돌아갈 것이고, 그곳에서 다시 결혼 26년째의 날을 맞이할 것이다. 무언의 사막 같은 나날들. 이 사람이 아니었다면 달라졌을까. 자신이 삶의 중심이란 믿음은 남편이 구애하는 동안의 짧은 환상에 지나지 않았음일까. 이 사람이 아니었다면 25년 동안 내 삶의 중심에 내가 있을 수 있었을까.

순복은 고개를 들어 마주 앉은 남편의 얼굴을 바라보았다. 그는 벌써 지루해진 얼굴로 순복의 커피 잔에 시선을 고정하고 있었다.

「나 말이지, 당신한테 꼭 물어보고 싶은 게 하나 있거든.」

「뭔데?」

남편이 흠칫 시선을 들어 순복을 보았다.

「그때 말이야.」

「언제?」

「옛날에 말이야.」

주말이면 버스 터미널에 나와 있곤 하던 연인을 몇 주째 인파 속에서 찾아내지 못했을 때 순복은 실연당한 자신의 처지를 깨달아야 했다. 만남의 주도권을 쥔 연인이 보이지 않는 터미널 대합실에서 순복은 주말마다 미아가 되어 그가 나타나길 기다렸다. 주말의 텅 빈 시간을 기다림으로 흘려보내고 돌아오길 지치도록 반복하고 있던 순복에게 끝내는 연인의 작별 편지가 당도했다. 그에게서 편지가 온 날, 순복은 오후 수업 두 시간 중 한 시간은 자습으로 그리고 나머지 한 시간은 임 선생에게 부탁해 메웠다. 세상이 끝난 것 같았다. 연인과의 이별이 던져 준 상실감보다 더욱더 순복을 견딜수 없게 한 것은 자신에게 무슨 커다란 결함이 있는지 알 수 없다는 점이었다. 한 남자가 떠나간 이유를 온전히 자기 자신에게서 찾느라 순복은 병적으로 자기반성에 집착했다.

「그때, 당신 왜 나한테 접근했어?」

실은 접근이 아니라 돌격에 가까운 것이었다. 달빛도 없는 겨울 밤 불 꺼진 방으로 소리 없이 들이닥친 검은 형체의 차가운 맨발이 몸에 닿았을 때 순복은 스스로 입을 틀어막았다.

「그때 언제?」

「옛날에 말이야.」

「옛날 언제?」

남편은 짐짓 모르는 사람처럼 정색하며 순복을 노려보았다. 그 어둠 속에서 검은 형상을 받아들이던 순간, 삶의 중심이 그쪽으로 옮겨 갔음을 순복은 이제 와서야 남편의 얼굴에서 싸늘하게 읽어냈다.

계산서를 들고 자리에서 일어서는 남편을 보며 순복은 조금 더 무거워진 듯한 자신의 몸을 일으켜 세웠다. 그리고 남편의 뒤를 따

라 걸음을 옮겼다. 남편이 식당 문을 밀고 나가며 들릴 듯 말 듯 중
얼거리는 소리가 순복의 귀에 날아와 박혔다.

「문 열어 놓고 기다린 게 누군데?」

서른일곱, 옥잠화

　청계천을 가로지르는 퍽 오래된, 낡은 육교에 올라서면 간혹 육교가 흔들리는 것을 느낄 때가 있다. 평화시장에 갈 때마다 나는 이 육교를 건넌다. 도심의 시장 터를 이어 주는 이 다리는 사람의 통행량이 많은 탓인지 그 자체로도 하나의 시장을 형성하고 있다. 육교의 시멘트 바닥은 여느 것들처럼 매끄럽지 못하고 우둘투둘해서 양옆으로 펼쳐진 좌판을 훑으며 천천히 건너노라면 그곳이 지상에 걸쳐진 시멘트 다리라는 사실조차 잠시 잊게 된다. 형형색색의 완제품 커튼, 값싸고 질긴 청바지, 각종 접착제와 얼룩 제거제, 선풍기 커버, 맥가이버 칼, 겉대로 만든 크고 작은 소쿠리들, 방풍 테이프, 이태리타월, 맥 라이언이나 브래드 피트의 대형 브로마이드 등이 그곳에 올라가면 살 수 있는 물건들이다. 나는 그 육교에 올라서면 물건이 귀하던 시절의 나로 돌아가 양옆에 즐비한 색색의 물건들 하나하나와 눈길을 마주치며 느리게 걷곤 한다.

그러다가 순간 나의 몸이 흔들린다. 그러나 이때의 진동은 너무나 미미해서 나의 몸을 가볍게 투과한 뒤 다시 땅속으로 깊이 사라져 간다.

육교 위에서 내 몸이 흔들리는 짧은 시간, 질주하는 차량들 위에 걸쳐진 그 낡고 오래된 시멘트 다리는 생과 죽음 사이에 걸쳐진 다리가 되고 나는 소통되지 않는 두 세계를 잇는 다리 위에서 누군가와의 교류를 안타까이 시도해 본다.

1년이면 서너 차례, 한 계절에 한 번쯤 장을 보기 위해 그 허공에 뜬 육교를 지날 때마다 나는 그렇듯 죽음과 스친다. 하지만 그것은 죽음에의 공포는 아니다. 어찌 보면 죽음과의 친화에 더 가깝다. 출렁거리는 육교 위에서 죽음에 만성이 된 그곳의 노점상들처럼.

언제부턴가.

서른일곱의 그해 겨울, 이른 아침.

커튼도 걷지 않은 어둑한 실내에 울려 대던 전화벨 소리. 매일처럼 간헐적으로 울려 대는 그 익숙한 기계 음에 그 순간 그토록 전율하였던 까닭을 어떻게 설명할 수 있을까.

남편의 이른 출근에 뒤이어 큰아이의 등교 준비를 돕는 나날의 바로 그 시간이었다. 나는 부엌에서 하던 일을 멈춘 채 내가 선 자리에서 직선상의 위치에 놓인 거실의 노란색 전화기를 노려보았다. 반사적으로 수화기를 들어 울리는 소리를 차단하곤 하던 그 유구한 일상의 관행에서 나는 이미 퉁겨 나와 버린 듯했다.

나는 소리를 바라보았다. 전화기는 내 귀를 잡아당기기 위해 그 자리에서 성마른 신호 음을 집요하게 내보내고 있었지만 나는 어찌 된 노릇인지 그것을 들으려 하지 않고 바라보고만 있었다. 책가방을 챙기던 아이가 제 방에서 뛰쳐나오며 소리를 질렀다. 엄마, 전화!

노란 전화의 수화기를 집어 들었다. 두꺼운 겨울 커튼이 드리워져 착 가라앉은 듯하던 실내를 날카롭게 휘저어 대던 기계 음이 순식간에 끊겼다. 수화기를 귀에 댔다.

「나다, 셋째.」

살아오는 동안 전화선을 통해 서로 대화를 나눠 본 적이라곤 전혀 없었던 셋째 삼촌, 아버지의 둘째 동생이었다.

「조금 전에…….」

아무런 감정도 캐내 볼 수 없는 삼촌의 목소리.

「아버지 돌아가셨다.」

「네?」

순간 실낱같은 기대가 그 비통의 와중에 스쳐 지나갔다. 그의 아버지? 나의 아버지?

「새벽에 눈 치우고 들어오셔서 갑작스럽게 가셨다.」

「네?」

눈? 눈이 왔더란 말인가?

「그길로 병원에 모시고 갔는데 심장 마비래. 깨나지 못하셨다 그
만.」

「네? 어떻게 하다가요?」

(누구의 아버지?)

「새벽에 할아버지 변소 가는 길 내드리느라고…….」

오! 나의 아버지, 나의 아버지.

삼촌이 나의 시점에서 아버지의 죽음을 알리는 동안 나는 삼촌
이 지금 삼촌의 시점에서 말하는 것이라는 당치 않은 믿음으로나
마 그 순간을 버티어 내고 있었으니.

아버지의 아버지라면 이토록 비탄에 빠지지는 않으련만.

「지금 병원으로 와라. 영안실에 계시다.」

내 아버지의 죽음을 품고 울려 대던 그날의 전화벨 소리를 통해
청각과 시각의 착란 상태를 겪으며 나는 나의 현실에, 나의 일상에
드디어 견딜 수 없는 죽음을 받아들여야 하는 순간을 맞이하였다.

내 나이 서른일곱이었다.

거실 유리문을 가린 두꺼운 커튼을 양쪽으로 밀치고 창을 열었
다. 눈이 시렸다. 어제 본 세상이 아닌, 온통 하얗게 뒤덮인 세상이
눈앞에 펼쳐져 있었다. 예상치 못했던 갑작스러운 빛에 적응하지
못한 내 눈이 자꾸 닫히려 했다. 어제의 길 위를 뒤덮은 눈은 희디

흰 벌판만을 허허롭게 펼쳐 놓고 있었다. 길을 잃어버린 사람들이 눈벌판 위에서 방향 없이 우스꽝스럽게 뒤뚱거리고 있었다.

아버지는 간밤 내 아늑한 어둠에 갇혀 있던 나를 눈부신 세상에 홀로 던져 놓고 내 곁을 떠나갔다. 나는 당장 그 눈부신 길을 나서 아버지를 만나러 가야 했다. 생전의 아버지가 아닌, 꿈속에서조차 본 적이 없던 죽은 아버지를.

나는 생전의 아버지를 마지막으로 보았던 기억을 미친 듯이 더듬었다. 오래지 않은 며칠 전 주홍빛 플라스틱 양동이에 김장 김치를 담아서 들고 왔던 아버지를 떠올릴 수 있었다. 그러나 아버지가 들고 왔던 빛바랜 주홍색 플라스틱 양동이만 눈앞에 어른댈 뿐 아버지의 무엇도 내 기억의 수면 위로 그 형체를 드러내지 않았다.

서른일곱에 나는 아버지를 잃었다.

그러나 단순히 잃었다는 표현으로는 감당되지 않는 무언가가 아버지와 나 사이에 분명 존재하고 있다. 따라서 아버지의 죽음은 나의 일부로 존재하던 무언가의 죽음을 의미하는 것이기도 했다. 그것은 나의 죽음일 수도 있었다. 아버지의 죽음과 함께 서른일곱에 이르기까지의 내 삶도 죽음의 의식을 겪어야 했다. 내게 끈질기게 하나의 얼굴로 들러붙어 있던 사랑과 미움.

임신 중독증으로 첫아들을 사산하고 나서 허약해질 대로 허약해진 그의 젊은 아내가 가까스로 계집아이를 출산해 안겨 주었을 때 아버지는 스물여섯의 앳된 청년에 지나지 않았다. 본가에서는 죽은 사내애 뒤에 태어난 여식에게 축복을 보내 주지 않았지만 그는 너무 기뻤다. 그는 부친이 항렬자를 대강 따서 지어 보낸 이름 대신 그가 읽고 있던 소설 속 여주인공의 이름으로 아이를 부르고 싶어 할 만큼 꿈 많은 젊은 아버지였다. 젊은 아버지는 아이가 태어난 직후 미국으로의 단기 유학 길에 올랐다. 그는 이국의 거리에서 깜찍하고 예쁜 계집아이들을 볼 때마다 자신의 어린 딸을 어떻게 키울 것인지 가슴 설렜다. 귀국하는 그의 윗옷 주머니에는 계집아이의 앙증맞은 머리핀들이 색색가지로 한가득 들어 있었다. 그러나 공항에 나와 기다리고 있던 아내의 팔에 안긴 딸아이는 머리칼이 하나도 없었다. 탐스런 숱을 기대하며 아이의 배냇머리를 깨끗이 밀어 버린 탓이었다. 그는 아내에게 부르르 화를 내며 아이를 빼앗듯이 받아 안고서 성큼성큼 공항을 걸어 나갔다. 그의 아내는 그처럼 화를 내는 남편의 얼굴을 처음 보았다.

젊은 아버지는 내 머리 빗겨 주기를 즐겼다. 때로 학교에 가기 위해 대문을 나서려는 나를 도로 불러들여 어머니가 빗겨 준 머리를 풀어 내리고 다시 총총 땋아 리본을 매달아 주고 나서야 흡족한 표정으로 내보내 주곤 했을 만큼.

아버지는 나의 머리칼을 한 올 한 올 빗질해 아버지의 취향껏 모양을 낼 수 있듯이 나의 전부를 그렇게 하고 싶어 했고 그럴 수 있

다고 믿었으며 또 그것이 내게 가장 잘 어울리는 삶이라고 확신하
며 살았다.

그러나 어렸을 적 한 가닥도 삐져나오지 않는 아버지의 완벽한
빗질을 못 견뎌 하였던 나는 자라면서 나를 향한 아버지의 손길과
눈빛에 실린 그 꿈을 조금씩 짓밟기 시작했다.

그날 아침.

아버지에게 가기 위해 온통 하얗게 덧칠된 세상의 길 위에 나섰
다. 그리고 눈벌판 위를 나 역시 방향을 잃고 뒤뚱거리며 걸었다.
어떻게 가야 할까. 서른이 훨씬 넘도록 아버지의 길 위에서 벗어나
지 못했음을 비로소 깨달았다. 그토록 오래 아버지는 나의 길이었
다. 벗어났다고 믿었지만 나는 여전히 아버지의 길 위에서만 길을
찾았다. 이제 아버지는 길과 함께 떠나고 나는 흰 벌판에 버려져
나의 길을 찾아야 했다.

나의 20대는 아버지의 길에서 벗어나기 위한 투쟁의 시간이었
다. 내 들끓는 청춘의 근원에 넘지 못할 아버지가 존재한다고 믿었
으므로 그에게 대항하고 그를 부정하려 몸부림쳤다. 그러나 그럼
에도 불구하고 아버지는 더욱 아버지다울 뿐 나는 너무 오래 아버
지에 갇혀 있었다.

서른에 나는 결혼을 했다.

결혼이라는 제도는 새로움에의 갈증을 채워 주기에 충분한 현실적인 제도였다. 새 짐, 새 아파트, 새 남자. 새로운 시작이었다. 그것은 오래도록 나를 지배해 오던 아버지로부터의 독립을 의미하는 것이기도 했다. 그러나 아버지로부터의 독립을 공인받은 결혼이라는 제도가 내 삶에 어떤 덫을 놓고서 나를 기다리고 있을지 예견했던가.

페인트 냄새와 시멘트 독도 채 빠지지 않은 신도시의 허허벌판, 듬성듬성 솟아난 새 아파트에 새 짐을 부리고 전혀 새로워진 내가 새로운 인생을 시작할 참이었다.

그날 저녁, 이웃 아파트 창마다 하나 둘 불이 밝혀지기 시작하였고 아직 커튼도 달지 못한 커다란 거실 창을 통해 불 켜진 이웃집의 광경이 피할 수 없이 한눈에 밀려 들어왔다. 그 순간 내 눈앞에 펼쳐진 이웃집들의 경악스러울 만큼 똑같은 모습들. 집집마다 똑같은 위치에 놓인 장식장, 그 장식장 위에 나란히 올라앉은 TV 수상기, 그 TV 수상기에서 쏟아져 나오는 푸른빛, 그 푸른빛을 향해 똑같이 앉아 있는 사람들…….

아, 아, 나의 서른은 그렇게 시작되었다. 커다란 상자를 똑같이 분할한 똑같은 공간에 갇혀 똑같은 동작을 하며 똑같은 삶을 살아야 할 것이라는 소름 끼치는 예감과 함께.

아버지는 알고 있었을까. 그를 벗어나기를 갈구하여 마침내 그의 딸이 이룬 삶이란 게 자신을 도구로 바쳐야만 지탱되는 삶이란 것을. 더 이상 나의 머리를 빗겨 줄 수 없게 된 아버지는.

아버지에게 가기 위해 온통 하얗게 덧칠된 세상의 길을 내달렸다. 차도와 인도의 구분이 없어져 차와 사람이 뒤섞여 다니는 길에 아이 둘을 데리고 나서서 택시를 잡아타고 시외로 가자고 억지를 부렸지만 내 얼굴에서 심상찮은 기색을 보았음인지 택시 기사는 순순히 내 요구에 응해 주었다. 차선이 뭉개진 흰 벌판을 차는 달리고 또 달렸다. 나는 아버지의 주검을 찾아가는 길이었다. 그 순간 아버지의 주검을 보는 일만큼 절박한 사정은 세상에 존재하지 않았다.

차의 앞 유리를 통해 내다보이는 순백의 망망한 길은 마치 아버지의 주검과 나 사이에 놓인 한없이 긴 다리처럼 끝나지 않고 있었다.

시간도 감각도 정지된 상태로 내달리고 있는 그때 세 살짜리 작은아이가 차멀미를 하기 시작했다. 아침에 변변히 먹인 것도 없는데 배 속의 것을 죄다 토해 냈다. 너무도 급작스러운 상황이라 아이의 토사물은 고스란히 내 코트와 자동차 시트에 뜨겁게 쏟아졌다. 기사가 건네준 휴지 한 통을 다 써가며 아이의 토사물을 치우는데 시큼한 토사물 냄새가 그때까지 마비 상태였던 내 눈물샘을 건드리려 했다. 울컥 치받쳐 오르는 울음을 어쩌지 못해 일그러지고 있는, 내 고통스런 얼굴을 거울로 훔쳐보았는지 기사가 아무 소

리 없이 차를 갓길에 대주었다. 문을 열고 밖으로 나가 아이의 토
사물로 끈적거리는 손부터 눈 속에 파묻었다. 뒤이어 커엉 하고 짐
승과도 같은 울음이 억누를 길 없이 몸 밖으로 터져 나왔다.

낯선 길의 눈밭에서 나는 비로소 울부짖으며 볼 수 없게 된 아버
지를, 아버지의 얼굴을 애타게 떠올리려 했다. 그러나 아버지는 캄
캄한 내 의식을 뚫고 떠올라 주지 않았다. 그것은 내가 생전의 아
버지가 아닌 죽은 아버지를 떠올리려 한 탓이었는지도 모른다. 한
번도 본 적이 없는 죽은 아버지를. 아직 아버지의 주검도 대하기
전에 벌써 나는 아버지의 죽음을 내 의식 속으로 받아들인 것인가.

삶과 죽음 사이의 지극히 비현실적인 모호한 경계에 빠져 애절
하게 아버지를 찾고 있는 그때 아버지는 자신의 옛 얼굴 하나를 마
알갛게 내게 드러내 보였다.

아주 먼 옛날 그 겨울의 아버지 얼굴, 오직 나만이 보았던 아버지
의 그 얼굴, 아버지의 커다란 몸은 사라진 채 그 얼굴 하나만이 홀
연 절벽 같은 내 의식을 뚫고 솟아오르는 것이었다. 얼음을 뚫고
솟아오른 아버지의 얼굴이었다.

강원도 첩첩산중의 얼어붙은 강 위에서 아버지와 내가 스케이트
를 타고 있다. 겨울이 되면 아버지는 내 손을 잡고 꽁꽁 언 겨울 강
에 가서 스케이트 타기를 즐겼다. 내 손을 잡고 강가를 걷다가 주

먹만 한 돌멩이를 집어 들어 언 강에 던져 보는 아버지. 유리알처럼 매끄럽고 단단하게 얼어붙은 강의 표면에 통통 튀어 오르던 돌멩이. 강의 결빙 정도를 확인한 아버지는 이윽고 내 손을 잡고 강으로 내려간다. 흐름을 멈추고 깊은 산속에 갇힌 강은 언제나 무섬증을 느끼게 한다. 겨우내 도도하게 빙벽을 쌓고 누워 있는 강에 아버지와 내가 처녀 걸음을 내딛는다. 갇혀 있던 겨울바람의 메아리가 윙윙 귓가에 휘감긴다. 쩌억 얼음장 갈라지는 소리가 깊은 강의 수심으로부터 위태롭게 전해진다.

아버지의 팔에 매달린 나, 너무 무섭다.

괜찮아, 저 깊은 데서 들리는 소리야. 저 소리 나는 데서 여기까지 녹으려면 한 두어 달은 기다려야 할걸.

우리는 인적이 끊긴 첩첩산중의 겨울 강에서 칼날을 그으며 스케이팅을 즐기고 있다. 날이 짧은 피겨 스케이트를 신은 내가 강 한복판에서 뱅그르르 회전 연습을 하는 동안 롱 스케이트를 신은 아버지는 은빛 칼날을 비스듬히 세워 커다랗게 곡선을 그으며 내 주위를 선회하고 있다. 아버지의 스케이트 앞날이 날렵하게 지나가는 자리마다 얼음 가루들이 햇빛에 부서지며 날아오른다. 눈부시다. 나는 선 자리에서 돌고 또 돈다. 어지러이 돌아가며 눈부신 아버지의 스케이트 날을 쫓는다.

순간, 보석 가루처럼 낮게 흩날리던 반짝임이 눈에서 사라진다. 공포스러운 정적이 어지러이 돌아가고 있는 나를 오싹 덮친다. 돌기를 멈춘다. 아무도 없다. 나 혼자다. 어느새 첩첩 산그늘이 강으로 그 자락을 늘어뜨리기 시작한다. 아버지를 찾는 외마디 비명조차 목을 타고 넘어오지 못한다. 공포에 질린 눈으로 황황히, 이해할 수 없는 사방을 휘둘러볼 뿐이다. 한순간에 아버지가 사라졌다. 그것이 무엇을 의미하는지 깨닫는 순간, 작두날 같은 스케이트의 칼날 위에 세워졌던 내 몸이 휘청 고꾸라지려 한다.

그때, 사라졌던 아버지가 얼음장을 뚫고 치솟는다.

내 앞에 불쑥 솟아오른 아버지의 얼굴. 젖은 아버지의 얼굴이 나를 향해 웃음 짓고 있다. 아버지는 늘 내게 괜찮아, 문제없어, 했다. 무엇이든, 어떤 일이든 아버지를 통하면 이루어졌다. 내게 아버지는 전지전능한 존재였다. 아버지는 죽었다가도 살아날 수 있는 사람이다. 그런 아버지가 사력을 다해 웃고 있다. 그러나 얼음장에 걸쳐진 아버지의 두 팔이 자꾸 미끄러지고 만다.

나무 좀 구해 와, 긴 걸로.

아버지는 내게 웃음을 잃지 않고 부탁한다. 나는 스케이트 발로 강을 뛰어나가 나무를 찾아 헤맨다. 나무를 찾는 동안에도 내 눈은 자꾸 강으로 돌아간다. 아버지는 강 밑으로 사라졌다가 다시 솟아오르기를 몇 차례씩 반복하고 있다. 내가 기다란 통나무를 질질 끌며 다가가자 아버지는 이제 웃음기를 거둔 얼굴이 되어 꺼져 가는 목소리로 그러나 그 어느 때보다 단호하게 말한다.

나무를 이리로 민 다음 그쪽 끝을 꽉 잡고 엎드려. 나무를 놓치면 너 혼자 집에 뛰어가야 한다. 알았지? 아버지 말 들어.

나무의 한쪽 끝을 붙잡고 얼음 위에 납작 엎드려 나는 처음으로 아버지를 위해 기도했다. 하느님, 아버지를 한 번만 살려 주세요. 제발 한 번만 살려 주세요.

눈물범벅이 되어 기도하고 있는 나를 향해 아버지는 엉금엉금 기어 왔다.

그날 이후 아버지는 더 이상 나를 얼어붙은 겨울 강에 데려가지 않았다. 겨울이면 아버지와 내가 함께 즐기던 놀이는 그것으로 끝났고 우리의 은빛 스케이트 날은 녹슬어 갔다.

첩첩 산으로 가로막힌 겨울 강에서 아버지와 내가 벌인 그날의 사투. 어지러이 뱅뱅 돌고 있는 내 시야에서 꿈결처럼 사라졌다가 다시 솟아오르던 아버지의 얼굴. 삶과 죽음의 그 이중적인 얼굴.

눈밭에 두 손을 파묻은 채 울고 있는 내게 그때의 아버지, 죽음에 갇혔던 아버지의 웃음인지 울음인지 모를 모호한 그 미소가 생생히 되살아났다.

어쩌면 서른일곱에 이르도록 나는 죽음을 알지 못했던 것은 아니었을까. 수없이 태어나고 다시 죽어 가는 순환의 현장에 살면서도 미구에 내가 맞이하게 될 죽음에 대해 그토록 무지한 채 살아올 수 있었다니.

어린 내게 아버지는 죽음조차 뚫고 나온 존재였다. 채 스물이 되기도 전에 6·25전쟁에 참전했다던 아버지. 그 무시무시한 전쟁 이야기도 아버지의 입을 통하면 소풍 이야기쯤으로 들렸다. 아버지를 통해 보는 세상은 두려울 게 없었다. 늘 전선을 떠도는 검푸른 군복의 아버지는 그 모습 그대로 내 삶의 방벽과도 같은 위력을 품은 존재였다. 그가 십자성부대를 이끌고 베트남전에 참전하였을 때조차 열네 살의 나는 아버지의 생환을 믿어 의심치 않았다. 그리고 그는 검게 그을린 얼굴로 환하게 웃으며 돌아왔다.

그러나 이제 내 머리를 빗겨 주던 섬세한 아버지, 나의 굳건한 방벽이었던 아버지는 함께 나를 떠나갔다.

서른일곱의 나는, 처음으로 죽음과 맞닥뜨린 나는 어찌할 바를 모르고 눈밭에 주저앉아 꺼억꺼억 울었다. 그도 죽음을 겪어 보았던가, 낯모르는 택시 기사가 갓길에 차를 대놓은 채 담배를 피우며 울음이 멎을 때까지 나를 기다려 주었다.

병원은 언덕배기에 있었다. 눈길을 한 시간 남짓 달려온 택시 기사는 곡예하듯 기신기신 차를 몰아 끝내 우리를 병원 문 앞에 데려다 놓았다. 그러고는 입을 열어 처음이자 마지막으로 한마디 넌지시 던졌다.

「다 살게 마련이라오.」

그는 나를 미망인으로 여겼던지도 모른다. 낯선 자의 눈에 젊은 미망인으로 비칠 만큼 나는 절망적인 슬픔에 갇혀 아버지의 주검을 찾아왔다.

「영안실이 어디지요?」

큰길가 언덕배기에 비스듬히 세워진 잿빛 병원 건물 입구 경비실에 얼굴을 들이밀며 물었다. 그 순간 처음으로 죽음에의 현실감이 나를 기습해 왔다. 이제 아버지는 스스로 움직이거나 말하지도 듣지도 느끼지도 못하는 시신일 뿐이라는 사실이 내 가슴속으로 횅하게 묘혈을 파헤치며 서늘하게 박혀 들었다. 다시는 그를 볼 수도 만질 수도 없으리라는 상실의 슬픔이 전신에 나른한 경련을 불러일으켰다. 수위가 일러 주는 대로 병원 뒤편의 영안실을 찾아가는 나의 심정은 아버지를 확인하고픈 애절함과 확인을 유보하고픈 망설임으로 갈피를 잡지 못하고 허둥댔다. 온통 잿빛 일색의 병원 건물 뒤편은 햇볕이 들지 않아 흰 눈이 그대로 소복이 쌓여 있었다. 아이들이 슬금슬금 내 눈치를 살피더니 발길이 닿지 않은 그 소담스런 눈밭으로 들어가기 시작했다.

죽음이 대체 무엇이기에 그토록 오래 길들여져 온 낯익은 일상으로부터 나를 차단시키는가. 나는 마치 커다란 유리 방울 속에 갇힌 자처럼 외부 세계의 무엇에도 적응하지 못하고 있었다. 그 아침 전화벨이 울리던 순간부터 나는 익숙했던 삶과 단절되는 죽음에의 유사 체험을 경험하면서 아버지의 죽음으로 서서히 다가

가고 있었다.

　나는 눈밭을 좋아라 뒹구는 아이들을 바깥에 그대로 두고 영안실로 향하는 계단을 밟아 내려갔다. 아버지를 만나기 위해. 아니, 아버지를 떠나보내기 위해.

　영안실은 병원에서 가장 후미진 한 켠에 붙어 있었다. 계단에서 내려다보니 병원 부속 건물 한 귀퉁이에 날림으로 덧대어 지은 게 분명해 보이는 허름한 가건물이 한눈에 들어왔다. 숨이 끊긴 자들이 병원의 분주한 손길과 첨단 장비를 더 이상 제공받지 못하고 폐기 처분되듯 신속히 보내지는 임시 거처였다.

　계단을 내려딛는 내 발이 후들거리고 시야가 뿌옇게 흐려졌다. 아침에 느닷없이 아버지의 부고를 접하고 온통 하얗게 변해 버린 세상에 나와 택시를 잡아타고서 병원 영안실을 향해 내달려 올 때까지 나 역시 줄곧 반쯤은 죽어 버린 상태였으며 의식과 무의식을 오락가락하느라 아버지가 떠나 버린 냉엄한 현실에서 이제부터 내가 취해야 할 태도를 미처 정리할 겨를조차 갖지 못한 상태였다.

　예순셋을 갓 넘긴, 이른 나이에 아버지는 아무런 예고도 없이 내 곁을 떠난 것이다. 그는 강철 같은 건강의 소유자였다. 그는 생의 반을 야전 군인으로 살았다. 그가 군복을 벗고 오랜 세월 떠나 있던 본가로 돌아왔을 때는 노부모와 병든 아내가 그의 손길을 기다리고 있었다. 민간인이 된 그는 내 머리를 빗겨 주던 섬세한 손길을 이제 부모와 아내에게 고루 나누어 주어야 하는 삶을 받아들였다.

그는 떠날 수 없는 사람이었고, 떠나서는 안 되는 사람이었다. 정 떠나려 했다면 남은 자들에게 눈짓이라도 주었어야 했다.

병원 뒤편의 낮은 지대에 자리한 영안실에 닿으려면 계단을 꽤 내려가야 했다. 나는 후들거리는 다리를 계단에서 떼어 놓으며 비로소 아버지의 죽음을 나의 현실에 받아들이기 위한 마음의 준비를 하기 시작했다. 아버지의 주검을 보기 전에 그래야만 했다.

서른일곱에 이르도록 죽음을 알지 못했을 만큼 완전한 한 인간에 젖줄을 대었던 나의 삶이 자연스레 그에게서 분열되어 나오기 위한 통과 의례였다.

완벽을 추구하는 아버지에 대립하여 그를 미워하며 끊임없이 그를 벗어나려 하였던 20대의 청춘을 보내고 결혼과 함께 30대에 들어선 나는 그것이 나 자신으로부터의 탈출에 지나지 않았음을 서서히 깨달아 갔다. 아버지를 비난하고 아버지를 미워하면서 아버지의 손길이 미치지 않는 곳으로의 도약이라고 믿었던 새로운 삶이란 결혼과 함께 입주한 새 아파트에서 엿보았던 이웃집들의 복제된 겉모습이 섬뜩하도록 예견해 주던 바 그대로였다.

나의 30대는 아이를 낳고 쩔쩔매는 나날의 연속이었다. 병든 어머니 대신 아버지는 나의 급한 외출 때마다 불려 와야 했다. 외출에서 돌아오면 아버지는 어느새 내 아이를 솜씨 좋게 재워 놓고 마른 빨래까지 걷어다 군대식으로 각을 맞춰 개켜 놓곤 했다. 그는 이미 그의 손을 떠난 내 30대의 삶에 어떤 역할로도 개입하기를 거부했다. 다만 손쉬운 일손으로 내 곁을 맴돌았을 뿐이다. 나는 그 어느 때보다 아버지를 절실히 필요로 했고 그는 언제나 부르면 달려와 주었다.

어쩌면 이 땅의 여자들 대부분이 겪는 흔한 30대의 삶이란 출산과 육아의 격한 노동으로부터 시작되는 것이 아닐까. 나 역시 다르지 않았다.

30대에 이르면 이 땅의 여자들은 무엇엔가 쫓기듯 선택의 기로에 선다. 여자에게 서른이란 나이는 생리적인 분기점이기에 앞서 오랜 관습에 얽매여 스스로 최후의 의미를 걸어 두는 좀 특별한 숫자가 아닐까. 이때 대부분의 여자들은 결혼을 선택한다. 그런 평범한 선택의 배경에는 개개인의 치열한 존재론적 이유가 도사리고 있을 테지만 그보다는 오랜 세월 물 흐르듯 이어져 온 삶에 대한 믿음에 자신을 내맡긴 결과라고 보는 편이 옳으리라.

그러나 물 흐르는 듯 유구하고도 자연스러운 삶을 이어 가기 위해서는 먼저 자신을 도구로 바칠 수밖에 없음을 또 그처럼 물 흐르듯 자연스럽게 받아들이기까지 얼마나 외로운 투쟁의 나날을 뚫고 나가야 할 것인가.

　나는 바로 이때 아버지의 손길을 절실히 필요로 하였지만 내가 진정 의지하였던 것은 손길 너머의 정신, 그의 조건 없는 사랑이었는지도 모른다. 당연히 내가 선택한 내 30대의 삶이었건만 그 명쾌한 제도 속에 도사리고 있는 장애들을 쉼 없이 뛰어넘기 위해서는 내가 기댈 전능한 존재가 현실 속에 필요했다. 바로 아버지였다.

　이제 나는 아버지를 잃었다. 서른일곱이었다.

　서른일곱의 내가 맞이한 아버지의 죽음은 기약 없는 이별이나 실종과는 다른, 존재의 소멸을 의미하였다. 돌이켜 보면 나는 서른일곱이 되도록 전혀 아버지에게서 벗어나지 못하고 있었던 것 같다. 나는 그때까지도 완벽하다 믿고 싶은 어떤 존재에 나를 의지하고 있었다.

　아버지는 자신의 삶을 예고도 없이 서둘러 마감하는 것으로 나에게 뒤늦은 자유를 허락했는지도 모른다. 한 세대가 가고 나는 스스로 주체가 되어 나의 세대를 시작하지 않을 수 없게 된 것이다.

　아버지가 내 곁을 떠난 서른일곱에 이르러 나는 비로소 한 꺼풀 벗겨진 생의 이면과 맞닥뜨려야 했다.

　영안실 문을 열고 들어서자 곧바로 흑백 사진 속의 아버지 얼굴이 나타났다. 오래전 아버지의 사진이었다. 검은 리본이 드리워진 어처구니없는 아버지의 영정 앞에 주저앉았다.

「아버지.」

제어할 길 없는 소리와 울음이 내 몸에서 터져 나왔다.

나의 전부를 지극히 사랑해 준 사람을 잃고서, 잃고 나서야 깨닫고 나는 탄식하며 울었다.

이미 문상객들이 몰려들기 시작한 소란스러운 영안실 바닥에 주저앉아 나는 철부지 아이처럼 아버지를 찾으며 울었다. 믿을 수 없는 죽음에 대한, 내 삶을 뒤흔들어 놓은 죽음에 대한, 뒤늦은 깨달음을 던져 주고 간 죽음에 대한 앙갚음으로 나는 패악을 부리며 울고 또 울었다.

「아버지이, 아버지, 아, 버, 지…….」

그때 누군가가 우는 나를 향해 소리를 질렀다.

「어이, 거기 망자의 딸 내려와 보슈.」

시신을 지키던 늙은 인부가 선심 쓰듯 냉동실 철문을 열어 내 눈앞에 시신 하나를 끌어내 주었다.

아버지였다.

턱이 쳐들려 있을 뿐 잠든 모습 그대로의 아버지였다. 아버지의 옷섶으로 가만히 손을 넣어 가슴을 쓸어 보았다. 체온이 남아 있었다. 아버지의 얼굴을 어루만졌다. 할 수만 있다면 아버지 곁에 잠시라도 눕고 싶었다. 아득한 시간을 뛰어넘어 어린아이로 돌아가 아버지를 만지고 간질이다가 아버지의 품에 안겨 잠들고 싶었다. 나는 아버지의 주검 앞에서 그 옛날로 돌아가고 있었다. 아버지에게 머리를 빗기고 아버지의 손에 매달려 돌아다니던 어린 계집아이로 돌아가는 것을 느꼈다.

나는 아버지의 죽은 몸을 샅샅이 더듬었다. 아버지의 꺼칠한 턱에 내 얼굴을 대보았다. 꼭 움켜쥔 채 굳어 버린 아버지의 손을 만지고 아버지의 발을 쓰다듬었다. 그러는 동안 나는 점점 작아지고 다시 어려져서 갓 태어난 아버지의 딸이 되어 갔다. 그렇게 하는 동안 나는 아버지와 함께 나의 일부가 죽어 가는 것을 느꼈다. 내게서 빠져나가 아버지와 함께 떠나가는, 나 아닌 나를 보았다. 내가 살아온 37년의 시간을 거슬러 올라가 어린아이가 된 채 말없이 누운 아버지의 시신에 매달려 눈물 흘리는 동안 나는 내 눈물에 씻긴 또 하나의 내가 다시 태어나는 것을 느꼈다.

나는 다시 태어났고, 서른일곱의 여느 여자가 되어 제자리로 돌아왔다. 세상을 떠나면서 내게 준 아버지의 선물이었다.

빈소를 지키다가 깜빡 졸면서 꿈을 꾸었다.

아버지가 꽃을 심은 작은 화분을 들고 내게 와 말없이 건네주고는 횡하니 바람을 일으키며 사라져 갔다. 아버지, 이게 무슨 꽃이에요? 아버지가 떠난 자리의 바람 자락을 향해 내가 안타까이 물었다. 바람 속에서 무어라 들릴 듯 말 듯한 꽃 이름이 들려왔다. 흔한 꽃 이름이 아니었다. 네? 바람과 함께 꽃 이름도 잦아들었다. 네? 네? 안타까이 꽃 이름을 묻다가 꿈에서 깨어났다.

꿈에서 아버지가 내게 준 꽃의 이름을 찾기 위해 꽃 도감을 여러 날 뒤적이다가 옥잠화를 발견했다. 아버지가 가져다준 꽃과 생김새가 일치하지는 않았지만 어쩐지 꽃 이름을 대하는 순간 바람 속에서 흩어지던 소리가 조합되어 나타난 듯 섬뜩하기까지 했다. 꿈 속의 꽃을 옥잠화라 부르기로 했다. 더 이상 부를 수 없게 된 아버지란 말 대신 그 자리에 아무도 모르게 옥잠화를 들여놓았다.

망자를 이승에서 떠나보내는 장례 절차를 거쳐 아버지는 땅에 묻혔다.

죽음이란 무엇인가. 아버지의 죽음 이후 아버지를 더 이상 볼 수 없었으니 아버지는 육체적으로 그 존재가 소멸되었음이 분명하다. 그러나 아버지의 시신이 땅속에서 서서히 썩어 가고 있는 동안에도 아버지의 영혼은 가끔씩 내게 인사를 걸어온다.

시장 가는 길에 낡고 오래된 육교를 지나노라면 아버지는 가만 가만 내 몸으로 스며 들어와 살짝 인사를 건넨다.

아버지, 내 곁을 떠난 지 6년째 나는 이제 30대의 강을 건너와 있다.

돌이켜 보면 나의 30대는 내부의 전쟁이 치열하던 시기였다. 한 남자의 아내로, 두 아이의 어머니로, 순환하는 자연의 일부로 나 자신의 뿌리를 내리기까지 치러 내야 할 끝없이 외로운 나 자신과의 싸움 속에 나는 있었다.

　나의 전부를 의지하였던 아버지를 잃고서야 나는 비로소 나 자신과의 싸움에서 벗어나 자연의 일부로서의 미미한 내 존재를 인식하기 시작했다.

　서른일곱이었다.

고행, 무간지옥에 떨어진 영혼이 구원을 모색하는 방식들

박수현(문학평론가)

1. 마음을 앓던 소녀들의 행방, 이중의 환멸로 다시 앓는 그녀들

양순석 소설에서 집은 소우주이다. 집은 인물들의 트라우마의 발원지이자 환상과 환멸의 악무한이 펼쳐지는 무대이다. 양순석은 등단작 「오위류」에서 가족에게 상처받은 소녀를 인상 깊게 묘파했다. 매력적인 주인공 '오위류'는 부모의 과오로 훼손된 가정에서 결핍을 느끼며 성장한다. 이전 작품집 『지워지지 않을 그 연둣빛』과 장편소설 『나무가 아름다워지는 시간』에서도 독자는 가족을 증오하고 결핍된 애정 때문에 고통받는 젊은 여성들을 어렵지 않게 만날 수 있다. 소녀는 온전한 애정을 베풀어 주지 못하는 부모에게 상처를 받거나 지나치게 간섭하는 부모에게 구속을 받는다. 그래서 소녀는 부모를 원망하거나, 온건한 경우에라도 부모로부터 벗어나고 싶어 한다. 소녀는 훼손된 가정의 트라우마를 보유하고 있기에, 자신이 일구어 갈 아름다운 가정을 꿈꾼다. 이렇게 아름다운 집을 꿈꾸었던 소녀들이 성장한 후일담이 이번 소설집의 주류를 이룬다. 그러나 꿈을 실현하기 위해 선택한 결혼은 이제 여인이 된 소녀를 배반한다. 배반은 다양한 경로로 이루어진다. 배반은 남편의 외도와 폭력, 차갑고 낯설어진 자식 등 외부로부터 비롯되기도 하지만, 자유를 상실하고 살았다는 자의식처럼 내부에서 기인하기도 한다. 어쨌든 소녀의 꿈은 결혼 전과 후에 이중으로 배반당하는 셈이다.

「집을 찾아가는 길」(이하 「집」)의 '그녀'는 시시때때로 "걷잡을 수 없는 우울"에 빠져 든다. 그녀가 우울의 늪에 빠지는 원인은 집을 두고 꾸어 온 꿈이 좌절되었기 때문이다. 어렸을 적 어머니는 집을 떠나고 아버지가 홀로 그녀를 키워 왔다. 집다운 집이 아닌 관사에서만 아버지와 단둘이 살아온 그녀는 "늘 춥고 어두운" 집을 몹시 혐오했다. 그녀는 남들보다 결핍된 삶을 산다고 여겼기에 "남들과 같은 삶"을 꿈꾸었고, 가족의 애정으로 충만한 온기(溫氣)에서 소외되었다고 느꼈기에 "빛과 볕을, 그 속의 집을, 집 속의 삶을 그녀 자신도 모르게 무섭도록 갈망"했다. 아버지의 집에서 꿈을 이루지 못한 그녀는 갈망을 충족시켜 줄 듯한 남자를 만나서 결혼하지만, 세월이 흐르자 그 남자와 만들어 낸 집 역시 결핍되고 음습한 공간일 뿐이다. 사랑으로 충만한 행복한 가족을 꿈꾸는 마음은 그녀의 "처연한 갈망"이다. 성장 과정에서 느꼈던 결핍이 결혼 생활에서조차 충족되지 않았을 때 그녀가 맞닥뜨렸을 절망의 깊이는 가늠하기 어렵다.

「무시무종」의 어머니 역시 어린 '그녀'를 떠났다. "어머니는 항상 부재했고", "어둡고 텅 빈 상실감 속에 내던져진 아이의 불안과 두려움"만이 "오래고 오랜 습관"처럼 그녀에게 각인되어 있다. 이런 어머니를 그녀가 원망하는 모습은 자연스러워 보인다. "해체된 가족의 흔적을 지우지 못"하던 그녀는 남편을 만나 "가족에의 꿈"을 품지만, 그 '꿈'은 "끝내 완성되지 못한"다. 결국 그녀는 폭력을 일삼던 남편과 헤어지고, "남편을 견디는 힘"이 되어 주었던 "아이는 그녀의 손길을 뿌리친다". 소설 전반에 걸쳐서 딸아이가 그녀를 외롭게 하는 섬세한 정황들이 처연하게 묘파된다. 이 중 가장 인상적인 장면은 딸아이의 초경을 둘러싸고 연출된다. 그녀가 첫 생리를 시작했을 때에 어머니는 곁에 없었다. 생리의 의미를 가르쳐 준 이가 없었기에, 그녀는 첫 생리혈을 "어떤 힘이 내린 저주의 징표"라고 여기며 두려움에 떨었고, 밤마다 광목 생리대를 홀로 빠는 고역을 치르면서 어머니의 부재를 원망했다. 따라서 딸아이의 초경을 맞이한 그녀가 자신이 누리지 못했던 어머니로서의 애정을 한껏 베풀려는 심정이었을 것임이 짐작 가능하다. 그러나 초경을 맞이한 딸아이는 그녀의 도움을 거부하고 "저 혼자 혈흔 한 점 남기지 않고 나갔다". 그녀는 차갑고 낯설어진 딸아이에게 외로움을 느낀다. 이 소설의 그녀는 이중의 절망을 겪는다. 처음 어머니로 인해 훼손된 꿈은 남편과 자식의 타자성 앞에서 다시 한 번 좌절된다. 그런데 여기에서 자식에게 받는 아픔의 결은 단순하지 않다. 그녀는 딸아이의 차가움에 가려진, 두려움에 떨고 있을 속마음을 짐작하기에 서운해도 서운하다고 말할 수도 없다. 소설 말미에 그녀는 '통곡'한다. 통곡하는 그녀의 심경을 어찌 필설로 다 하겠는가만, 아마도 이런 상념들이 스쳤으리라. 가족이란 숙명적으로 상처를 주고받을 수밖에 없는 연(緣)인가. 아무리 애써도 상처는 대물림되는가. 가족을 둘러싼 꿈은 끝내 실현 불가능한가.

「거울 속의 거울」(이하 「거울」)의 '정인' 역시 자신을 구박하는 어머니에게서 벗어나고 싶어서 결혼하지만, 그 결혼은 실패로 끝난다. 정인 또한 다른 소설들의 인물들처럼 "미처 꿈꾸지 못한 집"에 대한 동경을 간직하고 있다. 남편과 자식이 상처를 입히지 않는 경우에도, 여인은 결혼 생활에서 행복하지 못하다. 감수성 예민한 여인이 스스로 느끼는 고통 때문이다. 「서른일곱, 옥잠화」(이하 「옥잠화」)의 '나'는 "아버지의 길에서 벗어나기" 위해 선택한 결혼 역시 '덫'에 불과했음을 깨닫는다. 「푸른 진주」(이하 「진주」)의 '엄마'는 아프기 전에 "불만으로 가득 차 있었"으며 "끊임없이 아버지 아닌 다른 누군가와의 삶을 놓쳐 버린 불행에 시달리며 살고 있었다". 「저녁 한때」(이하 「저녁」)의 '순복'은 "남편이 자유로운 삶을 영위하는 동안 그녀 스스로는 자유롭지 못한 생을 살았다는 인식" 때문에 때때로 치미는 울화를 참을 수 없다. 울화증의 이유는 "그녀 삶의 중심에 자신이 없"었기 때문이다. 결혼과 동시에 삶의 중심이 자신에게서 남편에게로 이동했음을 그녀는 깨닫는다. 그리하여 순복은 "정리되지 않은 불편과 불만과 불안의 감정들"로 괴로워하다가 "남편의 알머리에 미움의 집중포화를 퍼붓"는다.

이런 식으로, 집과 가족에 대한 환상과 환멸은 양순석 소설에서 자주 볼 수 있는 모티프이다. 그러나 어디 환상과 환멸이 집과 가족에 연관된 꿈에만 해당되던가. 따뜻한 집과 애정으로 충만한 가족을 향한 꿈과 그 좌절은 인간의 보편적인 환상과 환멸의 제유로 읽힐 수 있다. 꿈의 실재는 부재한다. 양순석의 인물들은 이제 꿈의 실재는 텅 빈 공허일 뿐이라는 존재론적 성찰에 이른다.

2. 텅 빈 구멍, 부재하는 꿈의 실재

라캉의 유명한 명제에 의하면 "욕망의 구조상 인간의 욕망의 대상에는 항상 불가능성이 내포되어 있다".[1] 인간이 욕망하는 대상은 존재하지 않는 텅 빈 기표일 뿐이다. 여기에서 욕망이라는 단어를 꿈으로 대체해 보자. 인간은 꿈을 꾸고 때로 꿈을 이룬다. 그러나 이루어진 꿈 앞에서 인간이 대면하는 것은 새로운 결핍이다. 그리하여 인간은 새로운 꿈을 꾸지만 다시 또 다른 결핍과 대면한다. 꿈과 결핍의, 환상과 환멸의 악무한을 체험한 인간은 자신이 애초에 꾸었던 꿈은 부재하는 것을 향해 있다는 인식에 도달하게 된다.

---

1) 자크 라캉, 『욕망 이론』, 민승기 외 역, 문예출판사, 1998, 166쪽.

꿈의 실재는 텅 빈 구멍일 뿐이다. 이를 라캉은 "실재계 속의 구
멍"(『욕망 이론』, 167쪽)이라고 표현한 바 있다. 이러한 정황은 "모
든 법의 성품은 다 허망하게 보이는 것이 꿈과 같고 불꽃과 같고
건달바성(建闥婆城) 같"[2]다는 유마힐의 설법과도 연관된다. '건달
바성'이란 신기루처럼, 실체 없이 허망한 환영으로 나타나는 것을
의미한다. 인간이 꿈꾸는 것은 결국 도달할 수 없는 신기루에 불과
할 뿐이다.

「뉴저지의 새」(이하「새」)의 '나'는 마흔을 앞둔 가을, "빗에 묻어
나기 시작한 생경한 흰 머리칼과 함께 찾아온, 참으로 낯선 감정"
을 느끼는데, "그것의 정체는 슬픔을 동반한 노여움이었다". 그녀
는 동생의 초대를 계속 무시하다가, '옥수'를 봤다는 동생의 말을
듣고 나서 비로소 뉴저지로 떠난다. 그녀는 뉴저지행의 이유가 "어
쩌면 내가 누려 보지 못한 옥수의 자유, 그것에의 갈망"임을 알고
있다. 그녀가 시시때때로 느끼는 "슬픔을 동반한 노여움"은 아마
도 자유를 박탈당한 일상에 대한 자각에서 비롯되었으리라고 짐작
된다. 그러나 그녀는 옥수를 끝내 찾지 못하고 돌아오는 길에 "정
녕 집을 떠나 내가 그토록 보고 싶어 했던 얼굴이 옥수의 얼굴이
아닌, 바로 거울 속의 지금 이 얼굴이었다는" 사실을 깨닫는다. 꿈
꾸던 자유는 발견되지 않고, 발견한 것이라곤 "마흔을 갓 넘어선

2)『유마경』, 장순용 역, 시공사, 1997, 71쪽.

280

낯선 여자의 흔하디흔한 얼굴” 즉 남루한 현실뿐이다. 옥수는 없다. 따라서 옥수가 구현하는 탈일상적인 자유도 존재하지 않는다. 이 소설에서 ‘자유’는 그녀의 꿈의 중핵이지만, 결국 그것은 부재한다. 다시 말해 그녀의 꿈의 실재는 공허한 구멍일 뿐이다.

「진주」에서 ‘얼’의 가족은 ‘제이’에게 행복한 가족의 표상으로 보인다. “환한 웃음을 짓는” 어머니가 얼의 가족을 표상하는 이미지이다. 그러나 실상 얼의 가족은 부도를 내고 도피하는 중이다. 얼에게도 제이의 집인 파라다이스 펜션은 부러움의 대상이다. “우리도 이런 데서 이런 집 짓고 살았으면 좋겠다”는 얼의 어머니의 동경과 상반되게, 제이네 가족도 경제적 어려움과 어머니의 병 수발로 결코 행복하지만은 않은 상황이다. 얼과 제이가 서로 상대방의 가족에게 품는 부러움과 동경심은 각각 그 실상에 배치된다. 인터넷 쇼핑몰에 진열된 상품들처럼, 행복해 보이는 가족의 이미지는 허망한 꿈이거나 신기루일 뿐이다.

“언 땅을 밟고 한 발 한 발 걸어가면 점점 가까워질 테지만 끝내 딛고 설 수는 없는” 그래서 “너르고 너른 저 너머의 세상일 뿐”인 ‘바다’는 이 소설에서 ‘꿈’을 의미한다. 바다는 방 안에서 아름답게 보이기 때문에 그 실체에 도달하고픈 꿈을 환기한다. 그러나 바다를 향해 걷는 사람은 점점 더 뒤로 물러나는 바다만을 발견한 채 죽고 말 것이다. 이처럼 꿈의 실체에는 결코 도달할 수 없다. 한편, 다음을 보자.

숲을 빠져나온 제이는 빈 들판을 걸어 나가다 소스라치듯 멈춰 선다.
벼랑이다.

돌출된 벼랑 끝에 선 제이를 향해 잿빛 바다가 일어설 듯 다가든
다. 매일 집을 나와 숲을 지나고 들판을 걷다 뒷걸음질쳐 멈춰 서기
까지 눈 감고도 걸을 수 있는 산책 길이지만 제이는 늘 처음처럼 벼
랑 앞에 서면 흠칫 숨이 멎곤 한다. 바다와 하늘로 이루어진 단순하
고도 거대한 풍경이 내려다보이는 벼랑 끝은 제이에게 더는 나아갈
수 없는 세상의 끝이다. 세상의 끝으로 나앉은 집 파라다이스, 그리
고 거기서 멀지 않은 벼랑 끝에 제이는 서 있다.

처음 파라다이스에 와서 이 벼랑 끝에 섰을 때 제이는 비로소 엄
마의 마음을 알 것 같았다. 한 발짝도 더는 나아갈 수 없는 세상의
끝이 거기 있었다. (170쪽)

바다를 향해 걷다가 제이가 만난 것은 벼랑이다. 꿈을 향해 걷는
사람은 꿈의 실체와 조우하는 것이 아니라, 꿈의 불가능성만을 조
우한다. 꿈이었던 바다의 실체에 다가가고 싶은 사람은 벼랑에서
몸을 던져야 한다. 꿈은, 그것을 향해 다가갈수록 점점 멀어지며,
끝까지 가볼수록 실체에 도달 불가능함만을 알려 준다. 끝까지 가
기도 어렵겠지만, 끝에서 꿈꾸는 자가 맞닥뜨리는 것은 생사를 건
도박을 하라는 위협적인 요구일 뿐이다. 사막에서 신기루를 만지
려고 끝없이 걷는 자가 조우하는 것이 신기루의 실체이겠는가, 죽

음이겠는가.

한편 제이는 중독적으로 인터넷 쇼핑에 몰두한다. 그녀는 그러나 주문한 물건을 받자마자 반품하는 습관 역시 가지고 있다. "배달된 옷의 색깔은 번번이 모니터로 보던 것과는 느낌이 달랐고 섬유의 질감도 기대했던 것에 비해 조악하기 일쑤였"기 때문이다. 인터넷 쇼핑몰의 상품들 역시 환상과 환멸의 메커니즘을 제유하는 상관물이다. 그 실체를 대면할 때 남루하고 실망스럽지 않은 꿈이 도대체 존재하겠는가. 이제 양순석의 인물들은 환상을 품었던 대상의 실재가 애초 환상에 결코 부합하지 못하는 결핍된 존재라는 사실을, 애초의 꿈 자체가 불가능을 향해 있다는 사실을, 그리하여 꿈의 실재는 공허한 구멍이라는 사실을 잘 알고 있다.

3. 살가야견(薩迦耶見), 마음의 감옥

앞서 보았듯, 양순석 소설의 인물들은 "정리되지 않은 불편과 불만과 불안의 감정들"(「저녁」)로 괴로워하거나, "걷잡을 수 없는 우울의 늪"(「집」)으로 빠져 들거나, 시시때때로 "슬픔을 동반한 노여움"(「새」)을 느끼며, 때로는 아예 "통곡"(「무시무종」)한다. 마음의 무간지옥에서 헤매던 인물들은 이제 다양한 방식으로 구원을 모색한다. 우선 그들은 원초적 결핍의 기원이었던 부모를 용서하거나, 고통에 민감했던 '자아'라는 틀을 벗어 버리려고 한다.

인물들은 일단 상처의 기원이었던 부모를 용서하고 수용한다.

「집」의 '그녀'는 "그토록 갈망하였던 빛과 볕이 드는 집"이 곧 "언제든 찾아가 목 놓아 울 수 있는" 아버지의 무덤, 즉 "아버지가 빗장을 걸어 잠근 아버지 내부의 실제 이미지"임을 깨닫는다. 「무시무종」의 '그녀'는 "마흔일곱에 이를 때까지 틀어막았던 기억의 봉인"을 뜯고 어머니를 대면하러 떠난다. 이때 어머니는 "그녀의 눈물을 닦아 줄 한 사람"으로 상정되고 있다. 이들의 부모 수용은 그들이 주체가 되어 꾸민 가정의, 환상과 판이한 남루한 실재를 정직하게 대면한 체험과 연관된다. 이 체험은 고통의 연원이 부모의 과오보다는, 결핍을 느끼고 분노해 온 자기 자신에게 있다는 성찰을 수반하기 때문이다.

때로 이러한 자기반성은 구원의 한 방도가 되기도 한다. 꿈꾸었다 좌절하기를 반복하는 고통은 불가(佛家)식으로 말한다면, 탐내고 성내는 마음과 연관된다. 꿈꿈은 탐함으로 바꾸어 말할 수 있고, 꿈이 좌절될 때 느끼는 감정이 성냄이기 때문이다. 불가의 가르침에 따르면, 탐냄과 성냄과 어리석음은 삼독(三毒)이라 하여 중생이 마음의 괴로움을 겪고 열반에 이르지 못하는 이유이다. 이렇게 볼 때 괴로움의 원인이 자기 자신에게 있다는 인물들의 반성은 타당해 보이며, 이들의 자기반성이 자아 탈피의 소망으로 이어지는 모습은 현명해 보인다. 「집」의 '그녀'는 "그녀의 몸에 덧씌워진 너무 작은 집, 그녀의 갑옷"을 인식하며, "그녀가 그토록 갈망하였던 집도 이 작은 집에 갇혀 있는 동안은 끝내 허상에 지나지 않았을 뿐이며, 먼저 그녀를 가둔 너무 작은 집부터 부수지 않는다면 그 어떤 집도 들어가 살 수 없는 꿈에 불과"함을 깨닫는다. 그리하여 그녀는 "오랜 시간 갇혀 있던 아주 작은 집을 부수기 위한 의식"을 치르고 "마침내 껍질을 벗어 버린"다. 그녀는 자아라는 감옥을 격파함으로써 고통에서 벗어나려고 했던 것이다. 이는 물론 훌륭한 구원의 방식이 된다. 마음의 지옥도(地獄圖)를 그리는 화가가 사라진다면 지옥도 역시 소멸할 것이다. 불가에서도 이르지 않았던가. 살가야견(薩迦耶見)이란 '내'가 우연으로 조합된 허상임을 모르고 진짜 '내'가 있다고 생각하여 '나'와 '내 것'에 집착하는 견해이다. 하여 유마힐은 문수사리에게 말한다. "'나'는 이 법상이 그대로 뒤바뀐 것이며, 이 뒤바뀜이 그대로 큰 병이니", "'나'와 '내 것'이라는 집착을 없애야 합니다".(『유마경』, 111쪽) 다시 유마힐은 우바리에게, "만약 자아를 취함이 있다면 번뇌에 물듦이 있는 것이요, 자아를 취함이 없다면 마음의 본성이 청정한 것입니다"(『유마경』, 71쪽)라고 말하면서 자아에 대한 집착을 끊는 것이 마음의 자유를 얻는 방편임을 설파한다. 이런 맥락에서 고통을 소거하기 위해 '자아'라는 '작은 집'에서 빠져나오려는 인물의 시도는 지혜로워 보인다.

「실연」은 "자기만의 작은 집"에서 빠져나온 여인의 행방을 그린 소설이다. 이 소설은 마흔을 넘긴 여인과 스물일곱 살 여자의 이야기이다. 중년 여인은 "작지만 특별한 내면을 가진" 방에 젊은 여자

를 세입자로 들인다. 중년 여인은 자신이 오랫동안 기다려 온 사람
이 바로 그 젊은 여자라는 확신에 차 있다. 젊은 여자는 연인과 헤
어진 채 임신 중이다. 젊은 여자는 중년 여인과 이야기하면서 자신
의 상처를 치유한다. 젊은 여자는 "어찌해 볼 수 없는 본질에 대한
두려움"을 가지고 있고, '어둠'과 '그늘'이 그녀의 표지가 되어 있
다. 중년 여인과 대화를 나누면서 젊은 여자는 자신의 어둠과 그늘
의 기원을 직시하게 되고, 울며 떼쓰는 가운데 상처를 치유받는다.
그러나 이 소설에서 주목되는 인물은 젊은 여자라기보다 중년 여
인인 듯하다. 그녀는 고통받는 타인의 이야기를 주의 깊게 듣고,
그에게 유형·무형의 배려를 베풀며, 궁극적으로 그의 상처를 치유
하도록 보조한다. 이는 「집」의 '그녀'가 자아의 감옥에서 탈출하여
타인의 상처를 보듬을 수 있을 정도로 성숙한 모습이라고 보인다.

  6월이었다. 내 집 뜰에 핏빛의 칸나가 피어나던 때였다. 다른 집
에 앞서 내 집에서도 딱 한 송이만 먼저 피어났는데 그 빛깔이 바라
보는 사람의 눈을 빨아들일 듯 신비로웠다.
  땅속에 묻혀 추위와 어둠을 견디다 한순간 밖으로 터져 나온 그
순결한 빛에 생의 남루마저 씻기는 듯했다. 그 생명력의 파장이 언
제인지도 모르게 내 스스로 질러 버린 빗장 앞에 와서 멈췄고, 단단
히 잠긴 채로 이제는 벽이 되어 버린 그것을 두드려 대기 시작했다.
그러자 믿을 수 없게도 그토록 견고하던 것이 스르르 빗장을 풀었

다. 살 것 같았다.

기억을 봉합하듯 꽁꽁 묶어서 쌓아 두었던 케케묵은 짐들을 치우고 나니 그것들이 유령처럼 들어앉아 있던 자리에 방이 하나 생겨났다. 비워 놓은 그 작은 방에 누군가를 받아들이기로 마음을 정한 순간 이미 그 누군가를 향한 운명적인 기다림이 꿈틀거렸다. (37쪽)

인용한 대목은 중년 여인이 작은 방에 누군가를 받아들이기로 결심한 순간을 묘사한다. "단단히 잠긴 채로 이제는 벽이 되어 버린" "빗장"이 스르르 풀려나는 순간, 그녀는 "살 것 같았다". 빗장이란 자기만의 방문에 질러 놓은 것일 테다. 빗장이 풀림은 자아의 틀에서 벗어남을 의미하며, 그것은 드디어 "살 것 같"은 무한한 자유로 귀결된다. 또한 "케케묵은 짐들"을 치운 자리에 방이 하나 생겼고, 그녀는 그 작은 방에 누군가를 들이기로 마음을 정한다. 여기에서 방과 짐은 모두 마음의 비유일 터이다. 짐은 자신만의 고통과 번뇌를, 새로 얻은 방은 타인의 고통을 수용할 수 있는 마음의 여유를 의미한다. 살가야견에서 벗어난 인물은 이제 타인의 고통을 포용하고 위로할 수 있게 된다. 위 대목에서 보듯, 빗장이 풀리는 순간은 칸나가 피어나는 순간, 즉 신비로운 생명력으로 충만한 순간과 상통한다. 자아의 감옥에서 벗어난 자유는 이토록 본래적인 생명력에 순응하는 것으로, 아름답기 그지없다.

4. 고통의 수락과 구원으로서의 자기 연민

그러나 자아의 감옥에서 벗어나는 것보다 좀 더 근원적인 구원의 방식이 있다. 그것은 자기를 있는 그대로 용납하는 방식이다. 양순석 소설의 인물들에게 이 방식은 긴요하게 요구된다. 그들은 자기반성에 지나치게 몰두한 나머지 자기 학대에까지 이르기 때문이다. 가족에 대한 환상과 환멸의 악무한을 체험한 인물들은 쉽사리 고통을 느끼는 자기 자신에 대한 반성에 빠져 든다. 전술한바, 불만을 느끼고 분노하기 쉬운 자질은 탐진치 삼독이자 마음의 지옥으로 이끈 주범일 수 있기 때문이다. 「집」의 '그녀'는 "나의 문제는 어디에서 비롯되었을까. 지금 나는 왜 이러는 걸까"라는 화두를 지니고 산다. 그녀는 또한 "당신한테 문제가 있다는 거 알아?"라는 남편의 다그침에 항상 직면해 있다. 외도라는 명백한 남편의 잘못 앞에서도 그녀는 "남편을 거짓에 빠져 들게 한 그녀의 잘못은 무엇이었던가 스스로 묻고 괴로워해야 했다." 「저녁」의 '순복'은 자신의 분노가 "그토록 오래 함께해 온 남편이 아닌 자기 자신에게로 되돌아"옴을 느끼면서, "모든 걸 자기 탓으로 돌리고 괴로워하길 반복하는 편집증적인 나날"을 보내기도 한다. 「실연」의 젊은 여인은 "어찌해 볼 수 없는 본질에 대한 두려움"을 가지고 살아왔다. 이들은 모두 마음의 지옥을 구성하는 원인을 자기 탓으로 돌리면서 이중으로 괴로워하는 인물들이다.

다시 불가의 가르침을 참조해 보면, 유마힐은 수보리에게 이렇게 말한다. "탐냄, 성냄, 어리석음을 끊지 않으면서도 그런 것들과 함께하지 않을 수 있다면, 살가야견을 무너뜨리지 않고서도 단 하나의 평등한 길에 들어갈 수 있다면, 무명(無明)을 극복하거나 삶에 대한 갈망을 멸하지 않고서도 지혜의 빛을 일으켜 해탈을 이룰 수 있다면"(『유마경』, 63쪽), 그것이 진정한 법이라고 한다. 삼독과 살가야견을 벗어 버리는 것도 해탈이지만, 그보다 더 진정한 해탈은 그것에 휘둘리지 않으면서도 그것을 있는 그대로 수용하는 것이다. 그래서 유마힐은 문수사리에게, "몸의 덧없음은 보여 주어도 몸을 싫어하라고 권하지는 말 것이며, 몸이 고통이라는 것은 보여 주어도 열반 속에서 즐기라고 권하지는 말 것이며, 몸이 무아(無我)라는 것은 보여 주어도 중생을 성숙시키라고 권하지는 말 것이며, 몸이 고요히 비어 있음〔空寂〕은 보여 주어도 궁극적으로 적멸(寂滅)만을 닦으라고 권하지는 말"(『유마경』, 109쪽)라고 설파한다. 적멸은 모든 번뇌가 소멸하여 안락한 상태를 뜻한다. 그러나 이는 중생에게 권장되는 지상(至上)의 법이 아니다. 병을 없애기보다 병과 함께 고요히 즐기는 길이 더 높은 차원의 법이 된다. 비교적 최근에 발표한 소설들에서 양순석은 번뇌와 자기 자신을 모두 수락하는 성숙한 경지를 그린다. 인물들은 환상과 환멸의 악무한을 겪으며 받은 고통을 긍정적으로 수용하고, 번뇌할 수밖에 없었던 섬세한 자의식을 용납하며, 결과적으로 자기 자신과 화해한다.

「진주」에서 제이의 '엄마'는 아프기 전에 "불만으로 가득 차 있었"으며 "끊임없이 아버지 아닌 다른 누군가와의 삶을 놓쳐 버린 불행에 시달리며 살고 있었다". 엄마는 이전 소설들에서 보인 '화내고 우울해하고 아파하는 인물들'의 계보를 잇는다. 제이는 "엄마가 꿈꾸는 다른 누군가"가 어쩌면 "엄마 생애에는 실재하지 않는 존재일 것만 같"다고 생각한다. 여기에서 꿈의 실재가 실상 공허하기 이를 데 없다는 작가의 인식을 다시 한 번 확인할 수 있다. 그런데 이 소설에서 흥미로운 점은, 그러한 분노와 결핍감과 그 연원인 꿈 모두를 긍정적으로 수락하는 작가의 시선이다. 예전에 "분노로 일그러져 있을지라도 엄마의 얼굴은 살아 있는 자의 표정을 담고 있었다." 그것은 "엄마의 꿈"이 "뼈와 뼈 사이에 봉긋하게 채워" 져 있었기 때문이었다. 꿈 없는 자가 분노하겠는가. 분노는 꿈꾸는 자의 전유물이다. 꿈이 있어 기대하는 자만이 훼손된 꿈에 좌절하여 분노할 수 있기 때문이다. 여기에서 작가는 꿈과 그 파생물인 분노를 생의 긍정적 에너지로 수긍하고 있는 듯하다. 탐내고 성내는 마음은 어리석음일 수도 있으나, 궁극적으로 삶의 추동력이 아니겠는가.

　하지만 다시 만난 엄마에게서 제이는 엄마를 가득 채우고 있던, 엄마를 엄마이게 했던 것의 소멸을 보았고, 역설적으로 사라진 것을 통해 비로소 엄마의 본질을 받아들일 수 있었다. 겨울나무처럼 바짝 메마른 엄마는 이제 더 이상 아무것도 요구하지 않고 고요했으

나 평화로워 보이지는 않았다. 공허해 보였을 뿐이다. (175쪽)

뇌종양에 걸려 죽음을 앞둔 엄마는 위에서 보듯 아무것도 요구하지 않고 분노하지도 않는다. 그러나 그녀는 공허해 보일 뿐이다. 엄마의 분노와 불만은 꿈에서 비롯된 것이었다. 분노와 불만의 소거는 따라서 꿈의 소멸을 의미하며, 꿈이 소멸된 정경은 공허하다. 여기에서 분노와 불만은 삶을 삶답게 하는 삶의 필수불가결한 요인으로 격상된다. 이 지점에서 다시 바다 이야기로 돌아가 보자. 바다의 실체와 조우하기를 기원하며 바다를 향해 걸어가는 이는 벼랑만을 만날 뿐이지만, 그 벼랑에서 바라보는 바다는 놀랍도록 아름답다. "소리와 냄새와 멈추지 않는 역동의 실물이 벼랑 끝 발 아래에 섬뜩하게 살아 있"는 "살아 숨 쉬는 광경"을 연출하기 때문이다. 앞서 말했듯 바다는 꿈을 의미한다. 꿈의 실재에 다가가려는 노고의 극한은 꿈의 불가능성만을 조우하지만, 그래도 그 꿈은 아름답기 그지없다. 꿈은 분노와 불만의 기원이지만, 그래도 생을 꿈틀거리게 하는 본질적 요인이 아닌가. 불가 용어로, 탐냄은 성냄과 어리석음의 연원이기도 하지만, 탐냄 없는 생명이 어찌 생명이랄 수 있겠는가.

분노와 불만은 '기다림'의 좌절에서 비롯되었고, 다시 '기다림'으로 귀결된다. 양순석 소설에서 '기다림'은 주요한 모티프이다. 작가는 '기다림'에 관한 긍정을 자주 내비치는데, 이는 분노와 불만의 수락과 꿈의 수락을 모두 내포한다. 「진주」의 제이는 환상이 실망으로 귀결되는 체험이 반복됨에도 불구하고 인터넷 쇼핑 습관을 버리지 못한다. "물건을 돌려보내기 무섭게 다시 인터넷 주문을 하고 나면 제이의 기다림은 처음처럼 설렘으로 시작되"고, '기다림'은 "제이가 누릴 수 있는 유일한 꿈의 시간이"며, 그래서 그녀는 "저도 모르게 기다림에 중독되어 갔"기 때문이다. 「실연」의 젊은 여자도 "그런데 이제 와 생각해 보니 우리가 서로를 기다리며 앉아 있곤 하던 짧은 시간의 그 장소에는 어쩌면 우리의 모든 것이 응축되어 있지 않았을까 싶네요. 서로를 향해 온몸의 세포를 활짝 열어 놓고 기다리던 그 간절했던 시간들 말이에요"라고 말하면서, '기다림'이야말로 지나간 연애의 본질이었다고 추억한다.

「실연」은 한편 양순석의 소설적 자아가 스스로를 치유하는 과정의 알레고리라고도 보인다. 젊은 여자는 양순석의 인물들이 반복적으로 보이는 트라우마를 공유한다. 어렸을 적 부모님이 가위를 들고 싸우는 장면, 부모님의 사랑을 받지 못하고 자라 온 성장 과정, 자신의 본질이 남과 다르게 어둡다는 자의식 등이 이 소설과 다른 소설들에서 반복되는 모티프이다. 이전 소설들이 이들을 제시하는 데 그쳤다면, 이 소설의 인물은 그것을 적극적으로 말하고 분석하며 무엇보다 타인이 공감하여 흘리는 눈물과 대면한다.

　하지만 그들은 아무도 내게 사랑을 주지 않았어요. 아니, 정확히 말하자면 내가 그들을 거부한 건지도 모르겠어요. 그들은 이런 날 측은해하기도 했지만 그보다는 방치해 두는 편이었어요. 내가 자초한 거예요. 왜냐구요? 왜 사랑을 거부했냐구요? 그들이 내게 베푸는 것들 가운데 무엇이 과연 진짜인지 혼란스러웠거든요. 아무도 말해 주지 않았고 나 혼자 받아들이고 나 혼자 판단해야 하는 그런 세계에 내던져진 채였으니까요.

무슨 말인지 알아듣기 쉽게 말해 보라구요? 아, 나도 어떻게 말해야 할지 정말 모르겠어요. 무서워요. 이런 얘기는 영원히 하고 싶지 않았거든요. 그냥 쉽게 편안하게 말해 보라구요? 나도 그럴 수만 있다면 얼마나 좋을까요.

…….

외삼촌이 여럿이었다고 말씀드렸던가요? 네, 내게 특별히 친절한 삼촌이 있었어요. 노래도 가르쳐 주고 데리고 다니며 영화 구경도 시켜 주던 참 좋은 삼촌이었죠. 내 공부도 봐주는 유일한 삼촌이었어요.

어느 날 숙제로 내준 문제를 많이 틀렸다며 벌을 준다고 삼존 방에서 나가지 못하게 했어요. 어렸어요. 중학교에 들어가기 훨씬 전이었으니까요. 삼촌이 갑자기 낯설고 끔찍했지만 저항하기엔 너무 무서웠어요.

이상하죠, 그 기억은 시간이 갈수록 점점 몸집이 불어나는 괴물처럼 나를 꼼짝 못하게 덮쳐 왔어요. 기억의 시간으로부터 멀어질수록 기억은 더욱더 또렷해져 갔어요. 한 여자로 온전히 살아갈 수 없으리라는 예감이 내 뒷덜미에 달라붙어 나를 옥죄기 시작했어요.

왜 그러세요? 우시는 거예요? 아…… 괜한 이야길 했나 봐요. 괴롭혀 드리고 싶진 않았는데. 제발 그만 우세요. 이런 이야기까지 하게 될 줄은 정말 몰랐어요.

계속할까요?

그 사람과 나 사이에 위기가 닥쳤을 때 잊은 줄 알았던 그 일이 다시 날 괴롭히기 시작하는 거예요. 정말 두려웠어요. 어찌해 볼 수 없는 본질에 대한 두려움 말이에요. (33~34쪽)

인용한 대목은 젊은 여자가 중년 여인에게 자신의 상처의 기원을 이야기하는 장면이다. 여기에서 중년 여자와 젊은 여자를 각각 한 인물 속의 초자아와 자아라고 가정해 보자. 중요한 것은 초자아가 자아를 비난하지 않고, 자기의 상처의 기원을 스스로 분석하도록 유도하며, 눈물을 흘릴 정도로 그것에 연민하고 있다는 점이다. 초자아는 자아가 씻김굿을 치르도록 멍석을 깔아 주는 셈이다. 양순석 소설에서 대개 초자아는 자아를 비난해 왔다. 그러나 이 소설에서 초자아는 자아를 수락하며, 상처의 분석과 포용을 통해 상처를 적극적으로 치유할 자세를 갖추고 있다. 젊은 여자는 믿었던 외삼촌에게 아마도 성적 학대를 당한 듯하다. 그녀는 사랑받지 못해 불행하다고 느끼는데, 이것은 실상 그녀가 사랑을 거부했기 때문이다. 이는 사랑을 믿을 수 없는 마음에서 비롯되며, 다시 그 연원은 믿었던 사람에게 당한 의외의 폭력이다. 이는 상처의 기원에 대한 정치한 분석이다. 알려진 바대로, 정신 분석 치료의 요건은 상처의 기원과의 정직한 대면이다. 여기에서 "이런 얘기는 영원히 하고 싶지 않았거든요"라는 젊은 여자의 고백은 상처의 기원을 직면하기 두려워하는 마음, 즉 정신 분석 치료 시 돌출되는 저항이라고 보인다. 저항은 상처의 본질과 조우하기 직전 단계로, 그것만 극복한다면 치료는 급진전한다. 이 저항은 중년 여인의 포용력 앞에서, 다시 말해 자아를 수용할 자세를 갖춘 초자아 앞에서 무너진다. 중년 여인이 젊은 여자의 상처에 깊이 공감하여 눈물을 흘리는 장면은 주목을 요한다. 이는 자아를 정직하게 대면한 초자아가 자기를 수긍하고 용서하는 장면이라고 보인다. 때로 자기 연민은 구원이 될 수도 있다. 어떤 면에서 자기를 사랑하는 자, 그가 바로 구원받은 자이다. 이 소설에 이르러 양순석의 소설적 초자아는 처벌하는 아버지 대신 포용하는 어머니로 변신한다. 자아를 용납하지 못하여 괴로워하는 이들에게, 아픔의 연원 앞에서 우는 자아와 함께 울며 위로하는 너그럽고 다정한 어머니 같은 초자아는 분명 진일보한 구원의 방편이다.

마음은 꿈꾸고 분노하고 자기를 반성하고 다시 분노하는 조화를 거듭한다. 그런데 「거울」의 작가는 이 마음의 조화 자체를 관조하며 포용한다. 이 소설에서 염색은 사람의 마음을 의미한다. "얼핏

갈색으로 우러난 물속에" 실상은 "무지갯빛의 휘황한 색들이" 도
사리고 있다. "매염제 성분에 따라 하나의 염재에서 전혀 다른 색
깔이 뽑혀 나오"기도 한다. 여기에서 '색'은 인간의 희로애락과 오
욕칠정 등 중층적인 마음의 조화를 의미한다고 보인다. 중요한 것
은 "똑같은 염재에서도 매염제에 따라, 아니면 들이는 시간이나 손
길에 따라 모두 다른 색이 나"온다는 사실이다. 일체유심조(一切唯
心造), 모든 것은 마음먹기에 달렸다고 했던가. 이제 작가는 마음의
현상학을 담담하게 관조한다. 관조는 대상과 거리를 취할 때에만
가능한 현상이며, 따라서 그것에의 얽매임을 벗어난 양태이다. 관
조가 가능한 사실은 바로 마음의 요지경에서 어느 정도 자유로운
상태를 반영한다고 보인다. 이때 마음의 현상학을 관조하며 정인이
본 것은 무엇일까? "모든 법의 성품은 다 분별심이니, 분별심이 일
으킨 영상은 마치 물속에 달이 비친 것 같고 거울 속의 영상 같습니
다. 이처럼 일체 만법은 마음이 건립한 것입니다"(『유마경』, 71쪽)
라는 유마힐의 설법 중, '물속의 달' 혹은 '거울 속의 영상'이 바로 정
인이 본 것이 아니었을까? 이것은 이 소설의 제목 '거울 속의 거울'
이 의미하는 바와도 상통할 것이다.

　한편 이 소설에서 작가는 지금까지 앓아 왔던 마음을 다시 긍정
한다. 이 긍정은 몹시 적극적이어서 환대로까지 해석된다. 주인공
'정인'은 명주를 가장 좋아한다. 명주는 "까다로운 섬유"이고, "성
질이 예민한 명주는 재단한 대로 가만히 있어 주지를 않아 끊임없

296

이 달래 가며 바느질을 해야 하고 특히 물과는 상극이라 한 방울만 튀어도 견디지 못하고 바로 얼룩을 만들어 시위하는 것이 꼭 신경증을 앓는 여자 같”기 때문이다. “그러나 정인은 이런 명주로 작업하기를 고집해 오고 있었다. 바느질을 하는 내내 살아 있는 것을 만지는 듯한, 이야기를 나누는 듯한 느낌은 명주가 정인에게 주는 은밀한 기쁨이었다.” 양순석 소설에서 ‘자기에게 문제가 있다는 생각’ 즉 ‘자기반성’은 중요한 모티프였다. 이는 인물들이 불행한 탓을 외부의 악이 아니라, 쉽사리 상처받는 자신의 예민한 심성으로 돌렸기 때문이었다. 이 생각은 지나치면 자학이 되기도 한다. 그러나 이 소설에 이르러 작가는 예민하고 까다로워서 상처받기 쉬운 심성을 긍정하는 한편 마음이 상처받는 순간을 향유하고 있다고까지 보인다. 앞서 「진주」에서 보았듯, 상처받는 마음은 살아 있다는 증거에 다름 아니기 때문이다. 정인은 명주를 좋아하는 이유 중 하나로 “명주로 바느질할 때 바늘에 잘 찔”린다는 사실을 든다. 다음은 바늘에 찔리는 순간의 묘사이다.

　　미세하고 가녀린 바늘 끝은 어떤 섬유 조직이라도 뚫을 수 있을 만큼 벼리어 있었지만 명주를 만나면 곧잘 퉁겨 나오곤 했다.
　　손가락 마디 하나 길이의 짧은 바늘로 수십 장의 색색 명주 조각을 이어 붙이는 아득한 적요의 순간, 명주가 퉁겨 낸 바늘은 정인의 손끝을 파고든다. 바늘이 살갗을 찌르는 아찔한 통증의 순간, 어두

운 침묵의 터널 속으로 눈부신 빛이 쏟아져 들어오고 정인의 몸은
그 빛을 타고 치솟아 오른다.

아득한 한순간. (147쪽)

바늘에 찔리는 순간에 정인은 눈부신 빛을 보며, 정인의 몸은 그
빛을 타고 치솟아 오른다. "아득한 한순간"이라고 표현된 이 순간
은, 정인이 생생하고 황홀하게 살아 있는 순간으로 해석 가능하다.
까다로운 마음은 피 흘리듯 상처받는다. 그러나 그런 상처와 아픔
은 바로 생명력의 증거가 아닌가. 상처는 기대의 좌절에서 비롯된
것이니, 상처 없는 마음은 기대 없는 마음이요, 기대 없는 마음은
그러나 생명력을 상실한 양태이니 말이다. 정인은 마치 낮은 목소
리로 이렇게 뇌까리는 듯하다. 나는 상처받는다, 고로 존재한다.

5. 다시, 앓던 여인들의 행방

양순석 소설에서 집은 애증의 대하드라마가 펼쳐지는 장소이자
영혼의 추락과 구원이 전개되는 공간이다. 또한 집은 무간지옥인
동시에 해탈의 성소(聖所)이다. 인물들은 가족에게 절망하여 다른
가족을 꿈꾸다가 다시 절망한다. 그들은 치열하게 앓는 와중에 상
처받기 쉬운 자기 자신의 본질에 고통의 탓을 돌리며, 자기반성의
탈을 둘러쓴 자기 학대에 시달리기도 한다. 환상과 환멸의 악무한

끝에 인물들은 꿈의 실재는 텅 빈 구멍일 뿐이라는 존재론적 깨달음을 얻기도 하고, 애초 상처의 근원이었던 부모를 포용하거나, 자아의 감옥에서 빠져나오기를 소망한다. 한편 그들은 고통의 또 다른 기원이었던 자학에서 벗어나 자기 자신을 수락하고, 마음이 그려 내는 무늬들을 조용히 관조하며, 고통을 생의 에너지로서 환대한다. 이 다층적인 구원의 방식들은, 그 연원이 타인에게 있건 자기 스스로에게 있건, 상처의 기원을 긍정적으로 수용한다는 점에서 일맥상통하는지도 모른다. 이렇게 인물들이 마음의 무간지옥을 벗어나는 과정이 독자들에게 가장 웅숭깊은 감동을 제공한다. 양순석의 인물들이 그리는 마음의 지옥도는 지금 여기의 우리들이 보편적으로 겪는 고통에 매우 밀접하게 맞닿아 있기 때문이다. 마음의 선혈을 뚝뚝 흩뿌리던 소녀가 환상과 환멸의 악무한을 체험하는 여인으로 성장하여, 다시 무간나락에서의 번뇌에 시달리다가, 마침내 자아의 감옥을 깨부수거나 고통 자체를 생명의 본질로 수락하기까지의 그 지난한 여정은, 한 수도자의 눈물겨운 고행이나 다름없어 보인다.

푸른 진주

초판 1쇄 인쇄일 · 2007년 6월 5일
초판 1쇄 발행일 · 2007년 6월 11일
지은이 · 양순석
펴낸이 · 임성규
펴낸곳 · 문이당

등록 · 1988. 11. 5. 제 1-832호
주소 · 서울시 성북구 동소문동 4가 111번지
전화 · 928-8741~3(영) 927-4990~2(편)
팩스 · 925-5406
ⓒ 양순석, 2007

홈페이지 http://www.munidang.com
전자우편 webmaster@munidang.com

ISBN 978-89-7456-366-0 03810